망루

망루

주원규 장편소설

문학의
문학

"오늘의 '망루'에서 지상의 고뇌를 안고 새까만 숯으로 구워낸 소설!"

《망루》. 첫 장을 펼치면 단숨에 끝까지 읽을 수밖에 없을 만큼 사뭇 긴장 감도는 문제작이다. 등단 이후 한국 사회의 천박한 풍경을 독특한 시각으로 곰비임비 고발해 온 주원규가 "언젠가 신학과 문학을 결합해 보고 싶다"고 토로했을 때 반가웠다. '대안교회' 목사인 작가의 신학적 성찰이 민중의 고단한 삶에 깊숙이 뿌리내린다면, 우리 문단이 수작을 수확할 게 분명했기 때문이다. 소설 《망루》는 작가의 오랜 꿈을 전망할 수 있는 '망루' 다. 애면글면 살아온 철거민들이 새까만 숯으로 죽어간 비극의 망루에서 지상에 다시 온 예수의 고뇌를 담는 데 그치지 않았다. 대형 교회의 두터운 위선을 질타하며 철거민 운동을 벌여 온 신학도가 쥔 시퍼런 식칼의 끝이 결국 파고들어가는 대상은 우리의 심장에 뾰족한 여운을 남긴다.

— **손석춘**(새로운사회를여는연구원 원장·전 〈한겨레〉 논설위원)

"읽는 사람에게 자기 성찰을 요구하는 회초리가 너무 따갑게 느껴지는 소설"

성악설의 포위망 안에 살며 성선설을 꿈꾸는 건 부질없는 짓일지 모른다. 정치권력과 경제권력, 종교권력이 의형제를 맺으면 새로운 로마 제국이 탄생한다. 작가는 2천 년 전의 열심당원 벤 야살과 2천 년 후의 열심당원 김윤서를 번차례로 내세워 제국의 실체를 규명한다. 제국 군대에 의해 불타는 예루살렘을 보며 그들이 할 수 있는 건 메시아를 기다리는 일밖에 없다. 결국 그들이 만난 재림 예수가 제국의 폭력 앞에 무기력한 존재로 밝혀지는 현실이 참으로 안타깝고 서글프다. 읽는 사람에게 자기 성찰을 요구하는 회초리가 너무 따갑게 느껴지는 소설이다.

— **윤흥길**(소설가)

"기괴한 욕망으로 뒤틀린 현실 기독교나
사회사적 비극 모두 자본에 포섭된 총체화된 비극의 결과"

《망루》는 오늘의 현실을 종말론적 시선에서 조명하고 있다. 소설에 묘사된 기괴한 욕망으로 뒤틀린 현실 기독교나 사회사적 비극 모두가 결국은 자본에 포섭된 총체화된 비극의 결과일 것이다. 《망루》에서는 인간뿐만 아니라 예수조차도 이 비극에 심각하게 연루되어 있다. 그러니 구원은 멀고 아득하다. 일품의 기독교적 상상력이다.

_ **이명원**(문학평론가)

"문장만으로 보아서도 대가들의 대열에 껴들 수 있는
최소한의 재능이 있는 작가"

나는 평소에 근·현대 우리나라 소설은 벽초 홍명희, 이광수, 염상섭, 채만식, 이태준, 박태원, 김유정, 이상, 김동리, 황순원, 김정한에, 생존 작가 네댓을 합친 15명 내외로 꼽아오고 있다. 이들에게 공통점 하나가 있다면, 그것은 제각기 자신만의 독특한 문체, 문장 스타일을 우선 지니고 있다는 점이다. 한데, 이번에 새로 나온 장편 《망루》는 문장으로만 보아서도, 이 젊은 작가는 위에 거론된 작가들 대열에 껴들 수 있는 최소한의 재능은 있어 보인다는 것이, 지난 60년 가까이 소설이라는 것을 써 온 본인대로의 조심스러운 평가이다.

_ **이호철**(소설가·대한민국예술원 회원)

"우리 시대의 가장 예민하고 핵심적인 문제를 꿰뚫는 소설!
사납고 용렬하고 잔인한 시대의 초상을 그려낸 대담한 문단의 기대주!"

놀랍다. 무명에 가까운 신진 작가에 의해 당대 현실의 가장 예민하고 핵심적인 문제를 꿰뚫는 소설이 나왔다는 사실이! 서른 해쯤 앞서 나온 이문열의 《사람의 아들》에 견줄 만큼 주원규는 진지하고 거칠게 악과 싸우는 한 인간의 신학적인 고뇌를 소설로 녹여낸다. 굵은 서사의 선, 빠른 장면 전환, 추리 기법 등은 이 소설의 덕성이다. 작가는 선과 악, 가해자와 피해자라는 대립 구도 속에서 인생 막장까지 내몰린 사람들의 절망과 분노, 탄식에 공감의 언어를 부여한다. 삶이 진화한다면 악도 따라서 진화한다. 《망루》는 진화하는 악의 '현재'를 드러내고, 그게 비판적 지성이 미약한 현실에서는 언제나 재귀하는 것임을 고발한다는 점에서 주목할 만하다. 우리는 교회 권력과 그 안에서 벌어지는 비리의 양태들을 통해 악은 진화하더라도 그 진부함은 사라지지 않음을 깨닫는다. 그게 악의 본질이니까. 주원규는 《열외인종 잔혹사》로 문단에 제 존재를 알리고, 새 장편소설 《망루》로 사납고 용렬하고 잔인한 시대의 초상을 그려냄으로써 대담함을 가진 문단의 기대주라는 평가를 이끌어 낸다.
_ **장석주**(문학평론가)

"망루에 오른 이들은 철거민이 아니라
욕망과 구원, 권력과 저항, 분노와 용서가 뒤범벅된 우리들이다"

현실 세계에서 일상과 절망을 가르는 망루는 눈에 잘 보이지 않는다. 보통의 사람들도 일상에서 망루를 오르내리며 살고 있는 곳이 대한민국이기 때문이다. 그러나 직접 당해 보기 전에는 이 땅 대부분 사람들의 삶은 망루 주위를 맴돌고 있다. 우리는 용산 참사의 희생자들을 통해 일상의 평범한 사람들이 망루로 올라가서 숯덩이가 되어 내려오는 것을 보았다.

예술과 문학이 어떤 내용으로든 세상을 비춰 주는 거울이라는 상식을 《망루》를 통해 확인할 수 있다. 신학대학 동기인 민우와 윤서가 보여 주는 두 종류의 삶은 남의 얘기가 아니라 우리 모두에게 선택을 강요하는 세상의 모습 그대로이다. 신과 인간과의 관계 성찰을 날줄로, 이 땅 위에 사는 '열외인간'들의 삶을 씨줄로 엮어낸 주원규의 《망루》는 비단이 아니라 엉성하고 거칠지만 그래서 사람 냄새나는 삼베와 같다. 주원규의 '망루'에 오른 이들은 철거민이 아니라 욕망과 구원, 권력과 저항, 분노와 용서가 뒤범벅된 우리들이다.
_ **조승수**(진보신당 국회의원)

추방의 언덕, 생존의 망루에서

15년 전 꿈인지 환상인지 모를 하나의 장면에 압도된 적이 있었습니다. 머리 위로 쏟아지는 핏물의 기운이 느껴져 눈을 떴을 때, 보이는 건 피투성이가 된 몸으로 가파른 언덕 위에 오르는 한 남자의 모습이었습니다. 남자의 등엔 커다란 나무 십자가가 지워져 있었지만 그는 힘겹게 언덕의 끝을 향해 오르고 또 올랐습니다.

그를 따라 올라간 저는 보지 않을 수 없었습니다. 언덕 밑으로 드러난 거대한 도시의 위용을 말입니다. 빌딩들의 숲, 휘황한 불빛, 범접할 수 없는 세련됨이 기어이 남자를 자신들의 요새에서 추방할 듯한 기세로 타오르고 있었습니다.

그렇게 남자는 추방당했고 언덕 위엔 수많은 도시의 추방자들이 모여 있었습니다. 그들은 누가 먼저랄 것도 없이 언덕 위로 내몰리듯 오르고 있었는데 어느 순간 저는 그들의 따가운 눈빛을 의식하게 되었습니다. 영문을 모르던 저는 급기야 손에 쥐어져 있던 그 무언가를 인지하고 말았습니다. 칼이었습니다. 전 칼을 들고 있었고 그 칼은 피로 물들어 있었습니다. 누구의 피였을까요. 그리고 저는 어째서 십자가를 등에 진 남자를 쫓아 추방자들의 언덕 위에 올랐던 걸까요. 무엇이 과연 우리를 저 견고한 철옹성을 닮은 도시의 장엄으로부터 내몰았던 걸까요.

15년이 지난 지금 더 이상 환상의 문제가 아닌 것 같습니다. 비단 용산의 참사만이 아닐 것입니다. 15년 전에도, 지금도 계속해서 사람들은 추방의 언덕, 생존의 망루 위로 오르고 또 오릅니다. 수원, 성남, 서울 곳곳에서 도시의 이름, 인간의 이름으로 어떤 이들은 살아남거나 또 어떤 이들은 짓밟히는 둘 중 하나의 선택을 강요받고 있습니다.

저는 알고 싶습니다. 과연 누가 제 손에 칼을 쥐어 줬던 걸까요. 그 칼로 정말 나무십자가를 진 남자를 찔렀던 걸까요. 그는 어째서 피투성이가 되어 언덕 위에 오른 걸까요. 왜 그 누군가들은 그를 자신들의 도시에서 내쫓았던 걸까요. 그 누군가들은 누구인가요.

가해자와 피해자, 승자와 패자, 가진 자와 잃은 자. 여전히 우리는 이와 같은 도식적 구조에서 자유롭지 못합니다. 하지만 누가 승자일까요. 이런 구별을 끊임없이 책동하는 이들이 승자일까요. 묻지 않을 수 없습니다. 과연 승자가 존재할 수 있는 건지, 구분 짓기의 고통이 잉태해 낸 악마의 태양 아래 방치된 우리들에게 과연 그러한 구분이 무슨 의미가 있을지 의문인 것입니다. 그 의문에 대한 답을 지금도 여전히 찾고 있습니다. 내 손에 칼을 쥐게 만든 그 무엇을 찾기 위해. 이제 그 칼을 내려놓고 약탈에 근거한 생존의 피에 굶주린 의식의 감옥으로부터 벗어나기 위해 과연 소설은 무엇을 말할 수 있을지 묻고 싶은 것입니다.

쉽지 않은 주제를 담은 작품의 출간을 흔쾌히 허락해 주신 동화출판사(문학의문학)에 머리 숙여 감사드립니다. 또한 고정된 장소도 없이 이곳저곳 떠돌며 함께 성서를 묵상하는 지인들께도 작가의 말을 빌려 고마움과 죄송스러운 마음 함께 밝히고 싶습니다.

끝으로 이 소설이 지금도 망루에 오르는 고단한 삶을 꾸려가는 분들에게 조금이나마 위로가 되었으면 하는 바람입니다.

2010년 7월
주원규

차례

1

어느덧 땅거미가 지고 있었다. 아침을 먹고 시작했던 설교문 작성이 늦은 오후가 되도록 끝나지 않고 있다. 민우는 초조감을 느꼈지만 의도적으로 불을 켜지는 않았다. 어느새 어둑해진 방 한 모퉁이에 마련된 책상 앞에 앉은 정민우. 그렇게 반나절이 지나도록 그는 노트북 앞에 앉아 주일 설교문 작성과의 씨름을 계속하고 있었다.

대충 얼버무리고 적당한 용어를 끼워 넣어 완성할 수도 있다. 다른 교회나 종교 단체 역시 크게 다르지 않은 고만고만한 주제들의 나열이 아니던가. 하지만 어김없이 돌아오는 한 주 한 주 주일 예배를 성수하기 위해 모여드는 적잖은 신도들의 진지한 광경을 상상할라치면 섣불리 얼버무리고 싶은 의지가 우습게 휘발되어 버린다. 자리를 가득 메운 3천여 명 가까운 신도들, 그렇게 두세 번씩 반복되는 주일 예배. 민우는 그들의 눈과 귀가 언제나 두려웠다. 그랬기에 어휘 선택에서부터 적합한 성서 경구 사용, 사례 선택 그 모든 부분에 신중을 기하지 않을 수 없었다.

그렇게 작성한 A4 용지 열 장 분량의 설교 원고. 기어이 마무리 단계에 이르자 민우도 작은 한숨을 내쉬며, 잔뜩 경화된 근육들의 긴장을 느슨하게 할 수 있는 여유도 찾을 수 있었다. 물론 크고 작은 퇴고 작업이 남았지만, 민우는 완성된 초고를 손으로 직접 만져 보고 확인하기 위해 파일의 인쇄하기 버튼부터 눌렀다. 그제야 책상의 의자에서 벗어난 민우는 방의 불을 켜고 그대로 바닥에 드러누워 버렸다. 융단이 깔려 있는 바닥에선 낡고 익숙한 냄새가 났다. 책상, 책장, 티브이, 옷걸이, 냉장고. 교회에서 제공해 준 노트북을 제외하곤 10년을 채우지 않은 세간이라곤 없다. 융단에서 풍겨오는 냄새 또한 그저 세탁하지 않아 묻어나는 냄새가 아니었다. 곳곳의 올이 터져 있는 등 긴 시간의 세례를 받은 흔적들에서 어쩔 수 없이 풍겨 나오는 해묵은 향취였다. 민우는 예수와 열두 제자의 만찬 장면이 수놓아져 있는 융단 위에 드러누워 길게 한숨을 내쉬며, 미세한 깜빡거림을 지속하는 녹슨 소켓의 20촉 형광등 불빛을 올려다보았다.

이렇게 또 한 고비를 넘긴 것인가. 매 주일마다 어김없이 반복되는 설교 원고 작성은 원고가 마무리되는 그 즉시 찾아오는 한 순간의 후련함을 제외하면 늘 민우의 마음을 무겁게 짓눌렀다. 지금도 예외는 아니다. 프린터가 토해 내고 있는 열 장의 종이 위에 적힌 설교 원고를 작성하는 건 교역자로서 마땅히 할 수 있는 일인데 어째서 마음이 무거워야 하는가. 그렇게 조심스럽게 마음속 질문을 건네 보는 민우는 선뜻 납득할 수 없는 이러한 상황이 오히려 기가 막혔다. 그 설교 원고를 자신이 직접 낭독하는 것이 아니기 때문이다. 더 정확히 말해 민우가 작성한 원고는 주일이 되면 더 이상 민우의 것이 아닌 것으로 되어 버린다.

민우는 3천여 명이 가득 들어선 예배당의 중심, 강대상 위에 올라서지 못한다. 그 자리를 차지하고 그 시간에 그곳에 서게 되는 이는 별도로 존재한다. 그 존재가 바로 이렇듯 토요일 하루 전체를 송두리째 할애하여 피고름을 쏟아 부어 작성한 민우의 원고를 대신 낭독하게 된다. 이 사실을 천형의 비밀로 규정하고 은밀히 공유하는 건 강대상 위에 올라선 존재와 민우, 그리고 그들을 둘러싼 몇몇 교역자들만이 전부다. 신도들은 유려한 문체, 억지가 난무하긴 해도 매번 사람의 심금을 자극하는 이른바 주옥같은 설교의 창조자를 강대상 위에 올라선 존재로 믿게 될 것이다. 그리고 그 존재를 향해 두 손을 높이 들고 아멘을 외칠 것이고, 감동에 젖은 눈을 지그시 감고 기도에 몰입하게 될 것이다.

그런 생각들이 주마등처럼 스쳐 지나가자 민우는 차라리 눈을 감아 버렸다.

'편하게 생각해. 어려울 것 없어.'

민우는 지금 이 순간 그가 남겼던 말을 생각했다. '그'라는 존재. 언제나 미열처럼 잔류된 숙취의 기운을 이기지 못한 채 상기된 얼굴 그대로 강대상 위에 올라서는 이. 조정인 담임목사가 전도사인 자신에게 남긴 말을 지금 민우는 애써 머릿속에서 끄집어내어 합리화하려 하고 있다. 자신의 이 부적합한 행위에 대해.

조정인이 세명교회에 모습을 나타낸 건 정민우가 전도사로 활동하던 시기보다 훨씬 뒤의 일이다. 물론 유년 시절부터 초등학교 시절까지 정인은 세명교회에 매 주일마다 빠지지 않고 참석했다. 하지만 그런 그의 교회 출석은 신앙심의 발로라기보다는 다분히 거역할 수 없는 의무감에서였다. 조정인의 부친 조창석이 바로 이곳 세명교회의 담임목사였기 때문에…….

하지만 그런 의무감에서 비롯된 교회 출석도 초등학교 때까지가 고작이었다. 중학교에 진학한 뒤 사춘기를 맞이한 정인은 교회에 대한 반감을 노골적으로 드러냈다. 중·고등부 모임에도 번번이 불참하기 일쑤였고 주일 예배 출석은 아예 거의 하지 않았다. 그렇게 반항하기를 몇 년째 반복하다가 정인은 끝내 자신의 아버지가 일궈 놓은 교회, 언제나 적당한 감상적 조증 상태로 부유하는 종교적 환경이 저주스럽다며 돌연 미국 유학을 떠나 버렸다.

조창석 목사의 유일한 아들 정인은 그렇게 세명교회를 떠났고, 그렇게 그는 미국에서 청춘의 시간을 소비하며 교회라는 공간과는 철저히 분리된 존재로서의 삶을 꾸려 가게 되었다. 미국에 설립된 신학대학에 진학하길 원하는 아버지의 간곡한 요청에도 불구하고 정인은 끝내 신학의 지루함을 견디지 못하겠다며, 제멋대로 경영학을 선택했고, 이후 월가를 동경하는 펀드 매니저로 일하며, 나름대로 금융과 자본의 최전선에서 활동해 나갔다. 그러던 중 현지에서 활동하던 직장 동료인 백인 여자와 결혼도 하고 아이까지 갖게 된 정인은, 이따금 아버지 조창석의 설교 도중 묘사되는 아들에 관한 몇 마디 언급만으로 세명교회 2만여 명 교인들의 기억 속에 어렴풋한 추억으로 존재하고 있었던 것이다.

그러던 어느 순간, 정인이 다시 한국, 그것도 세명교회에 모습을 나타냈다. 놀랍게도 다시 나타난 정인의 신분은 목회자였다.

처음 교회에 나타났을 때 그의 모습은 돌아온 탕아의 몰골 그 자체였다. 들리는 소문만으로도 그가 돌아온 탕아일 수밖에 없음을 입증하는 증거들은 충분했다. 펀드 매니저로 재직 시절 공금

횡령 혐의로 미국 교도소에 투옥된 일, 정인을 고소한 미국 회사 측과의 원만한 합의를 위해 막대한 교회 재정이 지출됐다는 사실, 그 사건을 계기로 백인 부인과 이혼하고 혼자가 되었다는 얘기 등, 모두 그저 떠도는 유언비어가 아니라 교회의 녹을 먹는 관계자들이라면 확연히 인정할 수 있는 진실들이었다.

그런 저간의 혐의를 품고 돌아온 정인의 등장에 모두들 어리둥절해 하는 건 당연했다. 누구도 그가 신학을 공부했다는 말을 들어본 적이 없기 때문이다. 하지만 재직회의에서 정인을 부목사로 임명하자는 안건이 제시되었을 때, 장로와 부교역자들 모두 그의 이력을 캐묻거나 특별나게 문제 삼지 않았다. 조정인이 나타난 것도, 자신의 아들을 부목사로 앉히려는 안건을 제시한 것도 세명교회의 실질적 주인임을 자임하는 범접할 수 없는 카리스마의 주인공 조창석이었기 때문이다.

조창석은 아들의 이력에 대해 최소한의 말만 남겼다. 재직회의에서 그가 내보인 건 아들 조정인의 목사안수증과 신학 석사과정 수료증이 고작이었다. 목사안수를 언제 받았는지, 신학을 어디서 어떻게 어떤 과정으로 공부했는지에 대한 경로는 철저히 베일에 가려진 채 조정인은 어느 순간부터 세명교회의 영향력 있는 부목사로 활동하기 시작했고, 더 나아가 2만여 명이 운집한 대규모 공동체의 작은 주인 노릇을 노골적으로 행사했다.

매월 장로와 안수 집사로 구성된 재정위원회의 교회 운영회의에 부목사 신분임에도 불구하고 감사 자리를 임의로 만들어 참석하고는 자신이 미국 월가에서 펀드 매니저로 활동했을 때의 선진화된 재정 관리 노하우를 전수해 주겠다는 명분으로 사사건건 교회 집행 내역과 교역자 사례비, 잉여 비용의 규모와 집행 관계를 파악하는 데 혈안이 된 모습을 보여 주었던 것이다.

그렇게 조정인이 부목사로 부임해 활동하게 된 지 2년여가 지나고 아버지 조창석의 지병이 악화되어 담임목사로서의 활동이 어려워질 시기가 임박하게 되었다. 그러자 장로회의에서는 심심찮게 후임 담임목사 임명 여부를 두고 설왕설래 설전이 벌어졌다. 아버지 조창석과 한솥밥을 먹으며, 개척교회 시절부터 시작해 세명교회를 전국적 규모의 대형 교회로 성장시킨 창업 공신임을 자부하는 장로들은 조창석의 유일한 혈육인 정인이 부목사로 활동하는 이상 그에게 후임 목사직을 승계하는 것이 순리라는 입장을 펼쳤지만, 소수의 개혁적 성향을 가진 장로들, 그리고 대다수의 안수 집사들은 그 같은 교회 세습에 회의적인 반응을 보였다. 이른바 개혁 세력이 조정인의 후임 승계를 탐탁지 않게 생각하는 결정적인 원인은 최근 문제가 되었던 몇몇 대형 교회와 같이 목사직 세습의 구태를 반복하는 데 있기보단 오히려 정인의 목회자로서의 자질 문제였다.

세명교회는 결코 작은 규모의 교회가 아니었다. 이미 초대형 공동체가 되어 단순한 종교 단체를 넘어 지역 사회에도 영향을 미칠 수 있는 하나의 거대한 실력 기관으로까지 성장한 것이다. 그런 거대 공동체의 중요한 연결고리라 할 수 있는 주일 예배에서 말씀을 설파해야 하는 목회자가 가져야 하는 신학적 소양의 깊이는 일정 수준 이상의 연륜과 내공이 담보되어 있어야 함이 당연한 요구 조건일진대 사실 조정인은 부목사로 부임한 이후로도 공예배公禮拜에서의 설교를 제대로 해본 적도 없을뿐더러 관심조차 없었던 것이다.

그러한 민감한 시기와 때를 맞춰 정인이 물색한 대상이 있었으니 그가 바로 정민우였다. 서른 명이 넘는 전도사들 중 가장 전도 유망하며 모태에서부터 어머니의 맹목에 가까운 신앙 열정에 따라 성장해 세명교회 울타리를 한 번도 벗어난 적이 없는, 그야말로 뼛속까지 철저한 세명교인이던 정민우를 눈여겨본 정인이 그를 은밀히 찾아왔다.

정인은 민우가 아버지 조창석의 강권에 의해 자신의 여동생 수희와 약혼한 상태라는 특별한 가족 관계의 입장을 강조하며 민우와의 친밀하고 별다른 관계를 요구했다. 그 요구는 당연히 힘의 논리에 의해 좌우되었다. 평소 정인은 자신의 여동생이 별 볼일 없는 신학대학원생인 전도사와 약혼했다는 이유만으로 이따금 가족 모임에 모습을 나타낸 민우에게 노골적인 혐오와 냉대의 시선을 보낸 적이 한두 번이 아니었다. 그랬기에 민우는 정인이 자신을 먼저 찾아와 관심을 보인다는 사실이 처음엔 여간 반갑지 않았더랬다. 그러나 그 관심은 결코 작지 않은 대가를 수반했다.

한두 번, 은밀히 민우를 불러내어 저녁을 대접하고, 종교의 숲 속에서만 숨을 쉬던 그가 한 번도 접해 본 적 없는 골프장 같은 곳도 데리고 다니며 부자연스러운 친목을 도모하던 정인은 끝내 그 특유의 조급한 성미를 참지 못한 채 후임 담임목사 승계 회의를 한 달 앞둔 어느 날, 민우에게 자신의 검은 속내를 드러냈다.

처음 정인으로부터 소위 '거래'를 제안 받았을 때, 여리고 순수한 영혼을 가진 민우로서는 감당하기 어려웠다. 하지만 정인은 오히려 민우의 그러한 반응이 가족으로서의 정리를 벗어난 불성실한 경우라고 비난하며, 민우의 융통성 없고 순진하기만 한 태도를 강하게 질타했다. 그러면서 협박에 가까운 강압적인 말들을 거침없이 쏟아 부었다.

'네 녀석이 내 제안을 거부해도 난 어떤 식으로든 아버지의 뒤를 물려받아 이곳의 주인이 되고 말 것이다. 그때 가면 내 제안을 거부한 너란 녀석도 절대 무사하진 못할 것이다'라는 협박성 경고로 일관하며 자신에게 거래를 강요하는, 장래 아내가 될 여자의 오빠라는 특별한 존재에게 민우는 그만 백기를 들어 버리고 말았다. 너무나 쉽게 그 검은 거래를 수락해 버린 자신이 부끄럽게 느껴질 정도로.

민우로부터 설교문을 대신 작성해 줄 것을 다짐받은 정인은 그때부터 노골적이고 대담하게 강단에 오르기 시작했다. 처음 정인이 민우의 꼼꼼하고도 사리에 부합되는 신학적 소양과 오묘한 감동이 절묘하게 배합된, 대신 작성해 준 설교를 주일 오후 예배 때 선포했을 때, 모여든 사람들, 특히 장로회의의 많은 이들은 대단히 만족스럽다는 반응을 보였다. 예배에 참석했던 아버지 조창석 목사조차도 미처 예상하지 못했던 아들의 썩 훌륭한 설교에 감동한 나머지 박수를 치는 촌극까지 불사할 정도로 정인의 설교자로서의 데뷔는 성공적이었다.

자신감을 얻은 정인은 민우와의 비밀스런 뒷거래의 결과로 결국 몇몇 신도들과 교회 운영위원회의 거듭되는 반대에도 불구하고 아버지 조창석의 카리스마를 종교적 능력이 아닌 경영 마인드로 전환시킨 새로운 가치관을 은밀하고도 강력하게 추진하여 아버지의 뒤를 이어 세명교회 후임 담임목사 자리에 오를 수 있는 밑 작업을 성공리에 마무리 지을 수 있었다.

그렇게 2년이 지나 지금에 이른 것이다. 여전히 정인과 민우의 뒷거래는 둘만이 알고 있는, 무덤 속까지 갖고 갈 비밀로 봉인된 채, 매주 토요일만 되면 민우는 교회에서 마련해 준 교회 옆 허름한 단독주택 1층 서재에 틀어박혀 정인의 입에서 나오게 될 주옥같은 감성의 언어들을 쥐어 짜내는 데 골몰하는 일을 반복하게 된 것이다.

2

"아무래도 이상해서요. 말씀드려야 할 것 같아서……."

민우는 약간 짜증스러운 얼굴로 사무실을 들어섰지만 별다른 내색은 하지 않았다. 하지만 현민은 토요일 밤에 자신이 출석하고 있는 교회 고등부를 관리하는 담당 전도사를 직접 불러낸 것에 대한 송구스러움에 어쩔 줄 몰라 했다.

토요일 하루 내내 씨름한 설교 작업을 끝내고 언제나 그래 왔듯 원고를 서류 봉투에 담은 민우가 찾은 곳은 바로 세명교회 2층에 위치한 고등부 사무실이었다. 저녁 9시가 넘은 시각. 토요 고등부 예배를 마친 현민이 집에 가지 않고 사무실에 남아 민우를 부른 것이다.

현민은 토요일에도 교복 차림이었다. 녀석은 일요일에도 교복 차림 그대로 교회 행사나 허드렛일 따위를 도울 것이다. 다른 동갑내기 친구들은 드러내고 내색하진 않았지만 현민의 교복 차림을 두고 비웃는 정서를 갖고 있었다. 하지만 민우는 녀석을 비웃지도 않았지만 반대로 특별히 동정하지도 않았다. 다만 불쾌한 느낌이 들 뿐이다.

현민의 모습이 자신의 고등학교 때의 그것과 크게 다르지 않아 보였기 때문이다. 변변한 사복을 찾지 못해 편한 마음에 줄곧 입게 되는 교복 차림으로 교회를 돌아다니던 자신의 고등학교 시절의 모습, 그 납득하기 힘든 가난과 함께 교회라는 세계 속에 도리 없이 종속되어 버린 자신의 모습이 현민을 보고만 있어도 고스란히 복원되곤 했기 때문에, 내색하지 않아도 민우의 마음속 불쾌감은 아무래도 떨쳐 버릴 수 없는 앙금으로 자리 잡았다.

현민이 가리킨 컴퓨터 모니터 속 화면을 통해 익숙한 서식이 눈에 들어왔다. 세명교회 홈페이지의 자유게시판 코너였다. 공지사항이나 교회 소식, 설교 동영상 수록과 같은 코너는 회원제나 비밀번호로 운영되어 관리자만이 글쓰기 권한을 갖고 있었기에, 흔히 말하는 스팸성 게시물이 등록될 수 없었지만 자유게시판은 달랐다.

대출 광고나 사행성 도박 프로그램 안내를 유도하는 스팸성 게시물이 최근 들어 갈수록 기승을 부리고 있었다. 실업계 고등학교에서 컴퓨터 프로그래밍을 공부하며 거반 집사나 다름없이 교회에서 생활하는 현민에게 민우는 홈페이지의 자유게시판이나 기타 비회원이 접근 가능한 코너의 관리를 맡겼었다. 처음엔 스팸성 게시물 삭제 여부를 일일이 전도사인 민우에게 보고하고 허락을 맡아 진행했지만 그것도 하루 이틀이 지나자 알아서 자진 삭제하곤 했는데, 굳이 그런 일 때문에 면담을 요청한 것인지 궁금할 따름이었다.

　민우는 자신도 의식하지 못한 사이 누적된 피로 탓에 손으로 모니터를 가리키는 현민에게 다소 퉁명스런 말투로 말했다.

　"스팸 게시물들은 알아서 삭제하라고 했잖아."

　"그런데, 성격이 좀 다른 게 있어서요."

　"뭔데?"

　"한번 보시겠어요?"

　현민이 마우스를 두 번 클릭하자 자유게시판으로 화면이 변경되었다. 목록이 나열되고 하루에도 수십 개씩 업데이트되는 목록 중 중간쯤 되는 게시물 하나를 선택해 더블 클릭하자 비교적 장문의 글이 제시되었다. 한눈에 보기에도 눈이 아플 정도로 깨알 같은 크기의 바탕체 글씨로 적힌 게시물. 하지만 제목만큼은 눈에 선명하게 들어왔다. 종교적인 주제와 성격이 강하게 묻어 있는 제목이었기 때문이다. 민우는 그 제목을 중얼거리듯 읽어 내려갔다.

"이 땅에 나타난 재림 예수……?"

"보통 스팸 게시물은 대출이나 카지노 선전 같은 건데, 이건 그런 게 아닌 것 같아서요. 전도사님이 한번 보셔야 할 것 같아서."

현민이 말을 줄였다. 민우의 반응을 살피기 위함이다. 화면 속 게시물은 A4 용지로 한두 장은 족히 육박할 분량이었다. 별다른 단락의 구별도 없이 9포인트도 넘지 않아 보이는 인색한 크기의 바탕체 글씨가 빼곡하게 화면을 가득 메운 모양새라 정독하기엔 여간한 집중력으론 견뎌내기 어려운 인내심을 필요로 하는 글로 보였다.

글 곳곳에 번역되지 않은 한문도 섞여 있었으며, 종교적 용어도 심심찮게 등장했기에 종교적 감수성에 정도 이상으로 예민할 나이인 현민과 같은 이들이 관심을 가질 만한 텍스트였다. 민우는 우선 게시물 등록자의 닉네임부터 확인했다. '벤 야살', 벤 야살이라니.

현민이 호기심을 참지 못하고 다시 말문을 열었다.

"벤 야살이란 인물이 누구죠?"

"1세기경의 열심당 지도자 중 한 사람이야."

"이단 종교의 유포물 같은 건가요? 재림 예수라고 말하는 게

꼭 그런 분위기 같아서요."

"글쎄, 그런 것 같기도 한데."

전도사 입장이라면 현민의 지금 질문에 당연히 '예스'라고 답해 주어야 했다. 교리적으로 분명한 입장을 가지고 그 입장을 전달해 줄 의무가 있는 교역자라면 말이다. 재림 예수가 이 땅에 나타나다니. 그때는 곧 성서에서 말하는 세상의 끝이 아니던가. 재림 예수를 들먹거리는 이단 종파들의 주장을 노골적으로 혐오하는 경향을 밝히는 것이 기성의 전통성으로 인정받은 교파의 엄격한 분위기 속에서 성장한 민우였지만, 게시물의 초입, 단지 몇 문장 접해 본 것만 갖고 쉽게 사이비 이단의 포교 선전 원고쯤으로 단정 짓고 싶진 않았다. 그건 단순히 느낌 같은 것이었다. 설명하기 힘든 기괴한 설득력이 제목 자체에서부터 이미 민우의 마음을 잡아끌었던 것이다. 현민이 물었다.

"삭제할까요?"

"잠깐만. 이거 관리자 아이디하고 비밀번호만 있으면 임의 삭제되는 거지?"

"예, 맞아요. 제가 지금 접속한 상태니까 얼마든지 삭제할 수 있어요."

"혹시 스크랩도 되나?"

"스크랩하시게요?"

질문과 함께 현민이 빠르게 행동했다. 의자에 앉은 민우의 뒤에 서 있던 현민이 마우스를 이용해 빠르게 글 전체를 드래그한 다음 복사해 개인 폴더에 저장했다. 그런 다음 현민이 물러나자 민우가 게시물을 삭제하며 다음과 같이 말했다.

"자유게시판을 아예 폐지할까 봐. 하루에도 광고성 게시물만 스무 개 이상 등록되는 통에 현민이 네가 피곤하겠어."

"제가 뭘요. 늘 하는 일인데요."

"그런데 너."

"예?"

"집엔 언제 갈 거야?"

당연한 질문인데, 어느 시기부터인가 민우는 현민에게 그 말을 묻는 게 조심스러워졌다. 최근에는 더욱 심해졌다.

토요일 밤 10시를 육박하는 시간대다. 교회 건물 경비 업무를 담당한 사찰 집사가 1층 로비에서 소등 점검을 하는 인기척이 들려왔다. 채 10분도 되지 않아 2층으로 올라올 것이고, 그땐 고등부 사무실을 비워 줘야 할 것이다. 당연한 과정일진대 현민은 여전히 가방을 테이블 위에 올려놓고 교회를 떠나는 것을 머뭇거리고 있다. 민우는 그 이유를 굳이 캐묻지 않았다. 너무나 잘 알고 있기 때문이다. 현민이 돌아가야 할 집이란 결코 집이란 단어가 가져다주는 아늑함과는 거리가 먼 곳이란 사실을 잘 알고 있기에 민우는 반쯤 고개 숙인 현민의 서글픈 심리를 애써 자극하고 싶지 않았다.

세명교회의 교회 개축을 도화선으로 삼아 도강동의 재개발 붐은 본격화되었다. 시에서도 뉴타운 사업 지정 이후 도강동 개발을 강북 지역의 모범 사례로 제시하고자 하는 의지를 내보였고, 돈이 될 만한 사업이라 판단한 각종 시행사와 시공사, 재개발 전문 브로커들이 일제히 들러붙어 삽시간에 도강동은 서울의 그 어느 지역보다도 개발 호재가 가장 활성화되는 장소로 급부상했다.

세명교회와 차선 하나를 사이에 두고 인접한 미래시장 구역 역시 예외는 아니었다. 허름하고 드문드문 불확실하지만 광범위하게 형성된 재래시장 촌으로 유명한 미래시장엔 몇 채의 낡은 건물들이 들어서 있었고, 도강동의 막강한 평당 가격을 무색하게 만들 정도로 서울시에서 몇 안 되는 빈곤층 시민들의 거주지로 유명한 곳이었다. 하지만 이제 그곳에 남아 있는 이들은 몇 되지 않았다.

땅 주인이나 집주인들은 개발 붐에 힘입어 한몫 톡톡히 챙겨 이미 빠져 버렸고 대다수의 세입자들과 하루하루 일당을 받아 생활하던 쪽방촌 사람들마저도 얼마 되지 않은 서글픈 수준의 이주비만 받고 물러나거나 반강제로 파도에 떠밀리듯 그곳에서 추방된 상태였기에 미래시장은 갈수록 험악해지는 폐허의 살풍경을 닮아 가고 있었다.

민우의 착잡함이 현민을 대하면서 더욱 깊어지는 건 녀석이 할아버지와 단둘이 아직까지 그곳에 남아 있는 세입자라는 사실과 함께 자신 역시도 고등학교 시절까지 미래시장에서 생선가게로 생계를 꾸려 오던 홀어머니 한양례 집사와 함께 시장 고유의 비린내로 가득한 쪽방촌 반지하 방에서 지냈던 한때가 떠올랐기 때문이다. 외곽의 비루함과 첨단의 도회적 이미지가 공존하는 곳. 도강동은 그런 곳이었다.

경비 아저씨가 2층 계단을 밟고 올라오는 소리가 들려온다. 그제야 현민도 체념한 듯 테이블 위에 올려놓은 가방을 집어 들었다. 민우는 자리에 앉은 채 현민에게 그래도 묻지 않을 수 없는 녀석과 할아버지의 신변과 거취 문제에 관련된 안부를 물었다.

"할아버지는 괜찮으시냐?"

"매일 허리가 아프다고는 하시는데 그럭저럭 견딜 만해요."

"이사는…… 어떻게 결정했어?"

"아직요."

현민이 뭔가를 말하고 싶었지만 말을 더 이어 나가지는 못했다. 딱히 답이 나오지 않는 문제였기 때문이다. 민우는 이 순간 더없이 무력해지는 자신을 발견하게 된다. 미래시장에 아직까지 남아 있는 이들은 생존의 막장에 내몰린 이들이 대부분이다. 터무니없이 형편없는 보상 액수에 도무지 살 길이 막막해진 세입자들이 보상이나 이주 요청을 거부하고, 시행사와 구청 관계자의 성의 있는 대화를 마련해 보려는 의지를 가진 이들이 절박한 심정으로 모여든 형국이 이제 그곳에 남아 있는 구성원의 전부였다. 그들 중에 고등학교에 다니는 현민과 녀석의 유일한 혈육으로 남아 있는 할아버지도 포함되었으리라. 때문에 현민이 전기도, 가스 공급도 기분 내키는 대로 공급과 단전을 반복하는 그 기가 막힌 거주지로 매일 밤마다 돌아가기를 내키지 않아 하는 모습을 민우는 십분 이해하고도 남음이 있었다.

그럼에도 불구하고 지금의 그가 해줄 수 있는 건 단지 기도밖에 없다. 기도. 그 가장 숭고하면서도 동시에 가장 무의미한 행위. 종교 행위의 한계와 희망을 너무나 잘 알고 있기에 민우는 지금 기도밖에 할 수 없는 자신이 더없이 무력하게만 느껴졌다.

민우가 더 묻지 않자 현민은 간단히 목례를 하고는 이내 사무실 밖으로 나섰다. 곧이어 랜턴을 손에 쥔 사찰 집사가 열린 사무실 너머로 민우가 있는 것을 확인하곤 그대로 지나쳤다. 사무실에 혼자 남은 민우는 조심스럽게 문을 닫고 다시 컴퓨터 모니터 앞에 앉았다. 그리곤 방금 전 스크랩한 삭제된 게시물을 한글 파일에 붙여넣기 한 다음 천천히 들여다보았다.

　종교적 야심이 들끓고 선동의 언어들이 난무하는 다소 거칠고 혁명적인 묘사가 돋보이는 문장들이었다. 에세이로 보기엔 그 발언의 수준이나 성격이 더없이 과격했고, 논문으로 보기엔 정제되지 않은 필자의 감정이 개입되고 서툰 문장의 억지스런 진행이 눈에 거슬렸다. 더욱이 게시물의 글은 이 한 편의 단락으로 마무리되는 단문의 성격이 아니었다. 연속 게재물의 느낌이 강했다. 민우가 그 글을 다 읽은 뒤에는 좀 더 신중한 생각을 품지 않을 수 없었다. 흔히들 말하는 재림 예수의 이름을 팔아먹는 이단 종파들의 설익은 교리서 같은 느낌은 거의 휘발되어 버리고 차라리 급진 해방신학자들의 사회주의 이론을 어딘가 닮은 것 같은 뉘앙스가 강하게 전달되었기 때문이다.

　재림 예수가 나타났다. 마침내 예수는 이 고통과 번민의 땅에 재림하고야 만 것이다. 벤 야살이 그러한 확신을 갖게 된 때는 공교롭게도 재앙의 먹구름이 유대 땅 예루살렘을 가혹하게 뒤덮어 버린 어느 날이었다.

　로마 제국주의의 오만과 광기가 극에 달하고 무기력한 유대 종교 지도자들은 저들의 논리의 함정에 빠져 갈팡질팡하다가 허망하게 무너져 내렸다. 거리엔 로마 군대의 살기 가득한 함성이 울려 퍼졌으며, 무정한 자들의 손에 쥐어진 무기의 날 끝엔 잔혹한 피의 흥분이 멈추지 않았다. 거리는 피의 용광로로 들끓었고, 열심당들은 그 맹목적일 만큼 강력한 분노의 열기와 실행력에도 불구하고 로마의 대군, 그들의 우상들이 직조해 낸 문명의 철옹성에 대항할 만큼의 규모도, 결속력도, 철학도 부재했다. 단지 곳곳에서 산발적으로 테러를 일으키는 것만이 그들이 할 수 있는 발작의 전부였다.

그 자학의 한가운데 벤 야살의 존재도 동참하고 있었다. 사카리^{열심당} 원의 다른 명칭들의 철학적 모순과 한계를 철저히 통감하고는 있지만 그렇다고 다시 타협의 길로 돌아갈 수도 없는, 이미 회복의 마지막 다리마저 스스로 무너져 내린 예루살렘의 한복판에 선 벤 야살은 그때 야속하게도 재림 예수를 발견하고야 만 것이다. 섬광처럼, 혹은 불꽃처럼 타오르는 깨달음의 한순간처럼 넋을 잃고 재림 예수의 현현을 목격하고야 말았던 것이다.

하지만 영적인 우매함에 휩싸여 있거나 전운과 살육의 반복에 심신이 지쳐 버린 민초들로 전락해 버린 다수의 유대인들은 초림^{初臨} 예수 당시에도 그러했듯 이번에도 다시 나타난 예수의 신적 위엄을 깨닫지 못하는 최악의 영적 무지의 늪을 헤매고 있었다. 그러한 악순환의 도래엔 기독교도들의 모순적인 태도도 한몫 단단히 차지했다. 신의 아들은 지상의 자유를 위한 것이 아니라 하늘의 자유를 위해 이 땅에 왔다는 이원론적 교리만을 지루하게 반복하며, 이 땅, 성스러운 예루살렘을 짓밟는 로마의 굶주린 야만에는 철저히 침묵하거나 저항하지 않는 것, 심지어 그들의 명령과 제도에 순종하는 것을 정교政敎를 별도로 분리해 수용하는 종교적 미덕이라고 추앙하는 작태로 일관했기 때문이다.

그러나 이건 단지 민족의 문제가 아니다. 인간의 문제가 아닌가. 인간이 인간을 짓밟고 유린할 수 있는 권리, 심판하고 살해할 수 있는 권리가 존재할 수 있는가. 아무 이유도, 명분도 없는 살육이 정당화되는 그런 권리가 존재한다면 땅의 정의는 도대체 어디에서 찾을 수 있단 말인가. 하물며 이렇듯 이 땅의 정의가 철저한 절망의 발짓으로 짓밟혔다면 하늘의 정의가 과연 무슨 의미가 있을 수 있단 말인가.

벤 야살의 핏빛 절규는 그렇게 그의 심장을 고동치게 했고, 그랬기에 그는 사카리短劍의 헬라어 어원. 열심당원을 상징하는 상징물를 가슴에 품을 수밖에 없었고, 로마의 개들을 향해 온당한 저항의 비수를 꽂을 수밖에 없었다. 그것이 비록 최선의 보편성을 담보한 정의는 아닐지언정 인간이 인간을 향해 자행하는 야만의 질서를 일시적으로나마 휴지시킬 수 있다는 희망을 갖게 해 주었기에 벤 야살은 행동할 수밖에 없었던 것이다.

그런데, 지금 이 순간 벤 야살은 이제 전혀 다른 희망의 불꽃을 발견하고야 만 것이다. 그 희망은 벤 야살과 같은 유대인들이 그토록 갈망하고 숭배해 오던 예루살렘에 안치된 실제 성전의 강력한 위엄을 통해 발출되는 메시아 강림이 아니었다. 야훼 하나님의 심판자의 불을 품은 현현도 아니었다. 메시아는 그러한 유대인들의 기대를 통렬히 배반하고 말았다. 음란과 불경, 쾌락과 허무주의로 점철된 이교異敎의 신들, 그 신들의 지체와 골육으로 존재되기를 기꺼이 욕망하는 로마인들의 잔혹함에 의해 예루살렘 성전이 이제 곧 무너지고야 말 가혹한 운명의 수레에 얽혀들게 될 이 절체절명의 순간에 벤 야살이 본 재림 예수는 그야말로 찬란한 빛으로 타올랐고, 그 자체로 그의 심장을 들끓게 했던 것이다.

하지만 벤 야살을 추종하던 이들조차 벤 야살이 메시아로서 지목한 재림 예수를 받아들이진 못했다. 그들이 어떤 존재들인가. 이스라엘의 변방 나사렛에서 출생한 풍운아 초림 예수의 존재조차 성가신 것으로 치부했던 이들이다. 그들에겐 강력한 메시아, 야훼 하나님의 혁혁한 분노의 임재만이 필요했던 것이다. 벤 야살은 하지만 설명할 수 없는 역설의 신비가 재림 예수의 존재를 통해서 빛의 기운으로 발출되고 있음을 결코 외면할 수 없었다. 그것은 분명 무력하기 짝이 없는 비폭력으로 대응하는 기독교도들이 비교祕敎의 주문처럼 주억거리는 그리스도기름부음 받은 자의 헬라어 이름로서의 예수일 수도, 그렇지 않을 수도 있었던 것이다.

가혹한 박해와 피의 예루살렘, 그 도시의 한복판에 재림 예수는 그렇게 홀연히 벤 야살의 정신의 안목 속으로 성큼 걸어 들어왔다. 오직 그의 눈에만 재림 예수가 읽혀지고 이해되었다. 그것이 불행인지 행운인지는 훗날 반복되는 이 고난과 야만의 역사가 증언해 줄 것이다. 그렇지만 부정할 수 없는 건 열심당원임에도 열심당의 태생적 한계를 온몸으로 거부하던 벤 야살이 기어이 그의 고갈된 정신의 희망을 발견하고 말았다는 사실이다. 여전히 그 누구에게도 그가 재림 예수인 것을 섣불리 설득시킬 수 없는 거대하고 엄혹한 종교적 간극이 존재함에도 불구하고 말이다.

그렇게 재림 예수는 1세기에 이미 이 땅 위에 정체를 드러냈다. 피와 야만의 질서, 끝을 모른 채 치솟는 잔혹의 열기가 하늘의 정의를 짓뭉개던 참혹한 피조물들의 역사 위에 또다시 나타나고야 만 것이다. 그렇게 이번에도 이름도 빛도 없이 말이다.

대충 읽고 넘어갔음에도 민우는 두통을 호소할 정도로 머리가 지끈거렸다. 글의 내용이 이해하기 힘들 정도로 특별히 어려웠다기보다는 정제되지 않은 혼란스런 이미지의 난립이 글을 읽는 내내 독자인 자신을 힘들게 했기 때문이다. 이 무슨 말인가. 재림 예수가 이 땅에 이미 왔다니. 어설픈 해방신학 도그마의 반복이라고 치부하려 했지만, 그들이 공공연히 옹호하던 민족해방을 위한 투쟁의 상징인 사카리, 열심당원의 모순과 한계를 인식한 존재로부터, 심지어 그 존재에게서만 재림 예수가 발견되었다는 논점은 해방신학의 교리를 벗어나 신비주의나 밀교의 분위기로 돌연 전환된 느낌을 던져 주기도 했다.

잠시 궁리를 뒤로 하고 민우는 이내 파일을 닫고 컴퓨터를 오프off시켰다. 그리곤 서둘러 교회를 벗어났다. 그에겐 유난히 고달팠던 하루였다.

3

고대 로마의 콜로세움을 연상케 하는 원형의 중심, 하지만 그 살벌하고 비정한 무대 위에서 겁에 질린 노예들과 피에 굶주린 맹수는 오간 데 없고 이제 그 중심을 차지한 강대상 위엔 축복의 무한 공급을 약속하는 신의 영광을 한 몸에 끌어안은 세명교회 담임목사가 서 있을 뿐이다.

거대한 위용을 과시하는 파이프 오르간의 중심에 사방 테두리에 금박이 박힌 십자가가 현황한 빛을 발출하고 있고, 바로 그 앞에 빛의 후광을 입고 선 성의 차림의 정인이 설교 행위에 열중하고 있었다.

오케스트라의 정기연주회를 연상케 하는 장엄한 종교 찬가의 시간이 마무리되고 성가대원들이 일제히 자리에 앉은 후 이윽고 바닥에 살짝 끌리는 순백색의 성의를 차려입은 정인이 강대상을 향해 둔중한 한 걸음 한 걸음을 옮기면 1, 2층 예배당을 가득 메운 3천여 신도들의 시선은 일제히 단 한 명 정인에게로 집중된다.

신의 대리인이 된 정인은 그때부터 검은 뿔테 안경을 눌러쓰고 가볍게 헛기침을 한 후, 최신형 마이크 폰에 입술을 갖다 대며 손에 쥔 서류 봉투에 담겨 있는 설교 원고를 개봉한 뒤 지그시 눈을 감고 낮고 차분한 음성으로 신도들의 평안을 기원하는 간단한 기도를 마친다. 그리고 개봉된 용지에 적혀 있는 민우의 땀과 정성이 어려 있는 원고를 감동적인 어조로 읽어 내려가기 시작한다.

이 모습을 정민우는 3층 방송실에서 시청했다. 방송실 유리관 너머로 비추이는 정인의 모습은 외관상으론 대형 교회 담임목사다운 입성으로 나무랄 데가 없었다. 곱게 빗어 넘긴 머리숱이 유난히 많은 머리칼, 가끔씩 영어를 섞어 가며 유학파임을 은근히 과시하는 지적 우월성의 티 나지 않은 노출, 청중을 압도하기 위해 사용되는 절도 있는 제스처까지. 확실히 정인은 이제 신도들을 자신의 제국 시민으로 잡아 붙들 만한 탁월한 노하우를 체득한 명인으로 거듭난 듯 보였다.

옆에 선 동료 전도사 재훈이 정인의 설교 장면을 몰입한 채 지켜보는 민우의 어깨를 살짝 건드리며 말을 건넸다. 민우가 유난히 정인의 설교에 집중하는 모습을 보이는 게 부담스러웠던 모양이다.

"야, 너도 은혜 받는 중이냐?"

"응?"

"뭘 그렇게 감격에 겨운 표정을 짓고 있냐고."

"그런 게 아니고."

"그나저나 대단하다."

"뭐가."

재훈은 자리에 앉아 있는 방송실 기사를 의식한 듯 민우의 곁에 다가가 귀엣말 비슷하게 한마디 남겼다.

"미국에서 한 짓이라곤 알코올 홀릭, 도박, 어설픈 펀드 놀음밖에 없던 사람이 무슨 재주로 저런 설교를 구해 왔는지 암튼 대단해. 동시에 의문이구."

· "구해 왔다고?"

"그럼 설마 저 설교가 저 인간 머릿속에서 나온 걸로 믿는 건 아니겠지? 출처만 밝혀져 봐. 익명의 제보자가 되어 게시판을 도배해 버릴 거니까."

노골적으로 자신이 봉사하는 교회의 당회장^{담임목사}을 폄하하는 재훈의 말엔 강력한 자기 확신이 자리 잡고 있었다. 그건 어쩌면 세명교회에서 소위 녹을 먹는 사람이라면 누구나 공감할 수 있는 신앙에 가까웠는지도 모른다.

정인이 벌여 놓은 미국에서의 방탕한 사생활 정도는 아무리 수면 위로 드러나진 않았더라도 유언비어는 아니라는 것이 기정사실로 굳어진 상태다. 설교자로서의 자질 문제 역시 마찬가지.

　하지만 재훈은 결코 정인이 어디서 어떤 경로로 설교 원고를 수급해 왔는지 발견하지 못할 것이다. 그 사실이 민우를 더욱 씁쓸하게 했다. 저건 내 머릿속에서 창작된 설교라고 민우 자신이 고발하지 않는 이상 영원히 정인의 작품으로 남아 있을 것이기 때문이다.

　그렇게 30여 분 정도 정인의 설교가 마무리되자 그는 설교 원고를 다시금 서류 봉투에 집어넣고 자리로 돌아왔다. 그 후 정인은 헌금의 시간이 지나고 교회 소식 시간에 다시 강대상에 올라섰다. 보통의 경우 교회 소식은 사회를 맡은 부목사 중 한 명이 진행하곤 했는데, 이번엔 무슨 일인지 정인이 직접 강대상에 오른 것이다. 민우와 재훈은 정인이 어떤 말을 하려는지 대충은 짐작하고 있었다. 정인이 3층 방송실을 향해 눈짓을 보내 슬라이드 화면을 내릴 것을 지시할 때부터 감을 잡은 것이다.

　정인의 눈짓 신호를 받은 방송실 기사가 이내 예배당의 전체 조명을 소등하고 교회 우측 벽면에 설치된 대형 슬라이드를 내린 다음 곧바로 레이스 웨이race way 전등만 점등시켜 신도들이 오직 슬라이드 화면에만 집중하도록 만들었다. 영화관 스크린을 떠올릴 정도의 초대형 슬라이드엔 세명교회의 새로운 신축 건물 조감도가 선명한 화질을 과시하며 공개되었다.

하지만 냉정히 말해 그 조감도를 교회가 아닌 다른 장소에서 보았다면 부동산 시행사의 쇼핑몰이나 복합 건물 분양 브리핑 시간에 익숙하게 접할 수 있는 형태로 보기에 손색이 없었다. 십자가는 어디에도 보이지 않았고, 최고급 커튼월로 마감된 6층 높이의 대형 건물의 모습은 도회적 화려함과 세련됨의 극치를 과시하는 고급 쇼핑몰이나 레저 센터 같은 분위기였다.

제시된 조감도를 바라본 신도들이 저마다 탄성이나 놀라움을 표시할 즈음 정인이 말문을 열었다. 차분하지만 자신은 분명 흥분하고 있다는 느낌을 실감 있게 살리는 말투는 그의 장사꾼다운 기질이 유감없이 발휘되는 순간과 그 궤적을 같이했다.

"하나님은 저에게 이 지역 사회에 봉사하고 국가에 기여할 수 있는 세명교회의 비전을 성취하라는 사명을 주셨습니다. 이제 교회는 더 이상 예배만 드리고 성도들끼리 모여 밥이나 나눠 먹는 조악한 장소가 될 수 없습니다. 이웃과 지역 사회 개발을 위해 봉사하고 하나님의 질서에 가장 성실하게 부합하는 자유민주주의의 이념을 받든 시장경제가 보다 활성화될 수 있도록 문호를 과감히 개방하는 복합 레저 타운을 조성하는 것이 세명교회가 할 수 있는 진보적인 하나님 나라 확장이라는 신념이 저에게 주신 하나님의 참된 소명이었던 것입니다. 제 자랑을 늘어놓는 것 같아 하지 않으려 해도 굳이 한 말씀 드리자면, 저는 성도 여러분의 부담을 최소화하기 위해 저 위대한 세명교회 신축 자금을 컨소시엄 제도를 적극 도입하여 국내 유수의 개발 회사와 건설 회사, 구청과 시가 연합해서 발흥시킨 도강동 개발 기금을 지원받아 일으킬 수 있도록 만반의 조치를 취해 놓았음을 말씀 드리는 바입니다."

교회의 모습을 잃어버린 교회를 참된 지역 사회를 위한 봉사의 장소로 합리화하는 정인의 논리에 민우는 깊은 의구심이 들었다. 물론 교회가 교우들만의 전유 공간으로 남아서는 안 된다는 취지엔 공감할 수 있다. 하지만 정인의 신념을 지배하고 있는 세명교회 신축의 궁극적 동기는 단순히 지역 사회를 위한 봉사 운운하는 차원과 성격을 넉넉히 넘어선 것이었다.

결국 이것은 도강동에 첫발을 내딛는 신도시에서나 볼 수 있는 매머드급 종합 레저 쇼핑몰의 출범에 있어서 세명교회가 단지 그 쇼핑몰에 입점하는 상가의 하나로 전락하게 될지도 모르는 것이다. 아무리 지하 1층 전체를 선교법인 명의로 된 교회 용도로 사용할 수 있게 해준다는 약속을 받아냈다고 큰소리쳐도 말이다.

더욱 민우의 마음을 착잡하게 만드는 건 바로 그 세명교회와 시, 각종 개발 시행사들이 아귀처럼 들러붙어 컨소시엄을 구성한 쇼핑몰이 들어설 장소가 바로 세명교회의 맞은편, 철거를 눈앞에 둔 미래시장 구역이라는 사실이었다. 그곳은 한때 자신의 유년과 청소년기의 추억이 고스란히 묻어 있는 곳이었으며, 더 나아가 여전히 생존에 허덕이는 이들이 갈 곳을 찾지 못하고 남아 절규하는 곳이기도 했다.

담임목사로서 자질을 의심받던 자신의 리더십을 일소하고 지금껏 숨겨온 자신의 능력을 한껏 과시하던 정인만의 원맨쇼가 끝나자 다시금 예배당의 불이 켜졌다. 민우는 교회 소식이 그것으로 끝날 것으로 생각했는데, 정인은 그대로 강대상에 서 있었다. 슬라이드가 모두 올라가자 정인은 신도들을 둘러보며, 아직 남아 있는 아쉬운 여운을 마저 털어내기라도 하듯 단호한 어조로 말을 이었다.

"그런데, 하나님의 비전을 성취하는 일에는 사소하든 그렇지 않든 사탄의 역사가 개입되기 마련입니다."

무슨 말을 하려는 걸까. 민우는 괜히 불안해졌다. 자신이 죄를 지은 것도 아닌데 괜스레 얼굴이 붉어졌다. 사탄의 역사라는 말이 정인의 입에서 발설된다는 자체가 전혀 근거가 없음에도 불구하고 설교를 대필해 주는 자신을 두고 한 말처럼 비수가 되어 박혀 왔기 때문이다. 하지만 정인은 그런 식의 양심선언을 할 만큼 윤리적인 인간이 결코 아니다. 정인은 자신이 말한 사탄의 역사는 직접 강대상 밑 보조 발언대로 걸어 나오는 한 남자의 간증에 의해 명명백백 밝혀질 거라는 점을 특별히 강조했다.

강맹호란 이름을 밝힌 것으로 자기소개를 시작한 그 남자는 세명교회의 서리 집사라고 했다. 2만 명을 육박하는 대형 교회에서 전도사 이상의 교역자들은 자신들에게 할당된 구역 내 사람들을 제외하고는 거의 얼굴도 모르고 지내는 것이 상식이다. 지금도 예외는 아니다. 민우는 생전 처음 보는 그 남자가 세명교회의 집사라고 밝힌 것에 대해 전혀 의심의 눈길을 보낼 수가 없었다. 교회 신도들 중 7할 이상이 집사였기 때문이다. 그건 아마도 예배당을 가득 메운 신도들 역시 마찬가지일 것이다.

그런데 그 강 집사란 인물이 간증이라고 내뱉는 말들은 다분히 전략적인 느낌이 강하게 배어 나왔다. 통상 간증이라 함은 개인의 삶이나 가족 관계, 경제 상황 등등 개인 신변상의 막대한 어려움이 봉착했을 때, 이를 슬기롭게 극복하게 해준 하나님의 은혜를 찬양하는 천편일률적인 개인사의 고백이 대부분일진대 강맹호가 말하는 간증은 처음부터 전혀 성격이 달랐다.

우선 그는 자신이 철모를 한때 '한철연한국철거민연합회'이란 불법 단체에서 활동했다는 말을 시작함으로써 신도들의 귀를 솔깃하게 했다. 그런 식으로 시작부터 한철연이란 단체는 강맹호의 세치 혀에 의해 불법 집단으로 신도들의 의식 속에 낙인찍히게 된 것이다.

강맹호는 작심한 듯 입술을 굳게 다문 후 다시 입을 열면서 그 불법 단체, 한철연이 지금까지 저질러 온 온갖 만행에 대해 마치 공산당의 자아비판을 연상시키듯 쉼 없이 쏟아냈다. 철거 분쟁 지역마다 따라다니면서 보상금을 더 받아 주겠다고 세입자들을 선동해 대책 없는 시위와 난동을 부리고 생떼를 써 보상금을 착복하며, 경찰서, 시민단체, 관공서 따지지 않고 파고들어 철거민 지역을 이슈화시킨 다음 시행사나 관공서로부터 합의금 명목으로 뒷돈을 챙기고 순진한 철거 세입자들의 허파에 바람만 잔뜩 집어넣는 구제 불능의 악질 집단으로 그곳의 성격을 규정지었다.

강맹호는 자신이 한때나마 그런 곳에 몸담고 있었다는 사실을 깊이 회개한다는 말을 반복했는데, 그럴 때마다 정인은 마이크를 입에 대고 큰소리로 '아멘'을 연발하며 신도들의 반응을 유도했다. 강맹호가 소위 한철연의 만행을 고발할 때마다 신도들은 놀라움의 탄성과 분노의 탄식을 번갈아 내질렀고, 급기야 강맹호는 이야기가 절정에 이를 무렵 한철연을 악질 빨갱이 집단이라고 규정하는 발언까지 서슴지 않았다.

"그곳에선 단지 보상금만 뜯어가는 것으로 만족하지 않았습니다. 우리들에게 이상한 책을 읽게 했어요. 마르크스가 어떻고, 해방이 어떻고 하는 말들을 눈 하나 깜빡 안 하고 말하더군요. 그러면서 여기서 우리가 계급 해방을 이뤄내지 않으면 민중들은 모두 길바닥에 나앉을 거라는 협박에 가까운 말도 했어요. 저는 그때 아, 이 집단이 완전히 빨갱이 집단이구나 하는 확신을 거둘 수가 없었죠."

강맹호가 지나치게 흥분해선지 붉게 상기된 얼굴로 두서없는 횡설수설을 시작할 때, 정인은 이야기의 핵심을 청중들에게 주입시키고자 질문을 던졌다. 논리를 상실한 맹호의 말을 중간에서 잘라먹으며 물은 것이다.

"강 집사님, 그럼 한마디만 묻겠습니다."

"네? 예."

"강 집사님이 가담하고 계셨다던 그 한철연이란 단체가 지금 우리의 비전이 완성되려는 저 미래시장 철거 구역에도 침투했나요?"

"예, 그렇습니다."

"그럼 저곳에 남아 있는 사람들은 적어도 순수한 마음으로 남아 있을 사람들은 아니겠군요. 그렇죠?"

"그렇죠. 맞습니다, 맞아요. 죄다 빨갱이들예요, 빨갱이."

21세기에 들어선 지금, 3천여 명 가까이 모인 교회 안에서 사어死語에 가까운 '빨갱이'란 말이 난무하는 이 현실을 민우는 받아들이기 어려웠다. 그러므로 정인이 강맹호란 서리 집사의 간증을 명분으로 내세워 신도들에게 전달하고 싶었던 메시지는 너무나 명백하게 드러났다. 미래시장에서 아직까지 철거를 망설이게 하는 이들의 저항이 바로 '빨갱이'의 붉은 물이 든 한철연이란 이익 집단의 사주를 받아 이뤄졌다는 메시지를 신도들에게 가장 강렬한 극적 효과를 담아 전달해 주기 위해서였다.

강 집사의 말을 더 듣고 싶은 의지가 사라진 정인은 그대로 맹호를 퇴장시켰다. 이마와 얼굴, 목 전체에 식은땀을 흘린 맹호는 그렇게 제대로 된 인사도 생략한 채 성가대석 뒤에 마련된 뒷문을 통해 서둘러 걸어 나갔다.

맹호의 퇴장을 확인한 정인이 작심하고 마음속에 품어둔 한마디를 웅변하려던 찰나였다. 바로 그때, 교회 밖에서 요란한 확성기 소리가 들렸고, 북을 두드리는 소리와 함께 사람들의 고성이 들려왔다. 정인은 순간 말을 멈췄고, 신도들의 집중력 또한 교회 밖에서 들려오는 소리에 집중되었다. 예배당 내부는 어수선해졌고, 더 이상 자신의 말을 귀담아 듣지 못할 것으로 판단한 정인은 교회 소식을 마치고 자리로 돌아왔다. 그와 함께 재훈과 민우는 서둘러 방송실을 빠져나갔다.

　교회 밖에서 들려오는 고성의 원인을 재빨리 파악해 진압하지 않으면 안 된다. 그렇지 않음 준비 소홀로 담임목사와 장로회 임원들에게 혹독한 꾸지람을 들을 것이 불을 보듯 뻔하기 때문이다. 정인은 잔뜩 불편해진 심기를 담은 얼굴로 대기석 자리에 앉았고 예배당 내부는 외부에서 들려오는 비교적 뚜렷한 메시지가 담긴 고성을 차단하기 위해 소리 높여 파이프 오르간 연주를 시작했다. 뚜렷하게 들려오는 한 사내의 외침 '악마의 교회 물러가라', 그 소리가 정인의 얄팍한 인내심을 거칠게 자극했다.

4

가장 먼저 소리의 진원지를 찾아 밖으로 나온 윤양태 장로의 삿대질의 표적은 교회 앞 주차장에 모여 피켓을 들고 시위를 벌이는 한철연 소속 철거민들이 아니라 뒤늦게 교회 밖으로 뛰어나온 전도사들이었다. 그들 중엔 물론 민우도 포함되었다.

방송실에서 급히 연락을 받고 뛰어 나간 교회 건물 밖 입구에서 윤양태 장로는 전도사들의 무능을 강하게 질타했다. 그는 교역자들을 향해 최소한의 존칭도 생략하고, 사전에 농성이 발발할 거란 정보조차 감지하지 못한 채 경찰에 연락하는 등의 일련의 조치를 취하지 않은 전도사들을 밥이나 축내는 기생충이란 식의 극단적 언어를 불사하면서까지 비난했다.

열 명 가까이 모여든 전도사들은 세명교회의 원로인 윤 장로의 폭언에 얼굴이 붉어져 아무 말도 못하고 전전긍긍하기만 했다. 당황해 하는 전도사 무리에 끼여 있던 민우는 윤 장로의 상식 이하의 비난에 얼굴을 붉힐 겨를이 없었다. 그의 두 눈엔 시위대의 모습이 선명히 들어왔으며, 이내 차도 건너편에서 호루라기와 사이렌을 동원하며 철거민 농성단의 해산을 위해 접근하는 경찰의 모습이 눈에 띄었다.

시위대는 아무리 보아도 집단적인 위협으로 존재하거나 막강한 조직력을 과시하는 전문꾼들의 모습과는 거리가 멀어 보였다. 그들 중엔 노약자로 보이는 할아버지 몇 명과 아이, 40~50대 중년 여성 몇 명, 그리고 한눈에 보기에도 지쳐 보이는 40~50대가량의 남자 몇이 느슨하게 모여 오직 그들을 인솔해 온 것으로 보이는 젊은 남자의 외침에 호응하는 수준이었다.

하지만 그들 모두의 얼굴에 스며든 절박함의 기세만큼은 결코 무시할 수 없었다. 매서운 칼바람이 몰아치는 초겨울 날씨. 변변한 외투 하나, 털장갑 하나 끼지 않고 피켓을 흔들거나 소리를 지르는 그들의 모습은 절박함과 동시에 더없는 처량함으로 무장되었다. 그런 그들을 진압하기 위해 달려드는 경찰들의 전의는 상대적으로 거창하기 이를 데 없었다. 백차 소리가 연이어 철거민들이 외치던 확성기 구호 소리보다 더욱 요란하게 세명교회 앞에서 울려 퍼졌으며, 허리에 권총집을 착용한 제복 차림의 경찰들이 일사불란하게 철거민들을 향해 달려드는 통에 순식간에 시위는 엉망이 되어 버리고 말았다.

이렇게 일순간에 벌어진 진압의 시나리오는 모두 윤 장로의 인맥으로부터 비롯된 것임을 민우는 짐작했다. 오래전부터 윤양태 장로는 도강동을 중심으로 한 강북 지역 시의회 의원직을 역임해 오면서 다져온 치안 세력과의 막역한 인맥으로 불법 시위라고 임의로 규정 지은 철거민들의 농성에 대해 공권력의 빠르고 단호한 대응을 주문할 수 있었던 것이다.

한순간에 진압당하는 철거민들은 피켓을 내버리거나 경찰들의 위협에 못 이겨 교회 앞 주차장에서 한발 물러나는 무력한 모습을 보였다. 하지만 그들 중 두 명은 달랐다. 한 명은 여전히 확성기를 손에서 놓지 않았다. 듣기에도 섬뜩한 구호를 거침없이 내지르며 경찰들의 진압 의지를 무색하게 만들었다. 그와 함께 50대 초반 정도로 보이는 스포츠머리의 남자 역시 쉽게 물러날 기미를 보이지 않았다. 주동자로 보이는 한 남자를 비호하며 교회 앞으로 달려 나온 윤 장로 일행과 전도사들을 더없이 원망스러운 눈길로 노려보기까지 했다. 확성기를 든 남자는 경찰들에 의해 목덜미가 붙잡혀 끝내 구호를 외칠 수 없게 된 마지막 순간까지 확성기에 입을 대고 처절한 외침을 중단하지 않았다.

"철거 세입자들의 피를 말리는 악마의 교회, 세명교회. 하나님의 이름을 빙자해 거리의 영혼들을 압살하는 짐승 목사 조창석과 조정인 부자는 물러가라! 너희들이 그 지옥의 불을 피할 것으로 생각하느냐. 이 더러운 것들아! 화가 있을 것이다. 화가!"

단순한 철거 세입자의 농성 구호라고 보기엔 다분히 종교적인 악의가 묻어 있는 외침이었다. 그 순간 민우는 자신의 두 눈을 의심하지 않을 수 없었다. 두세 명의 경찰들에 의해 강제로 확성기를 빼앗기고도 여전히 악을 쓰며 온몸으로 저항하는 남자와 면식이 있었기 때문이다. 그를 알아본 건 비단 민우만이 아니었다. 혀를 끌끌 차며 그들의 절규를 사탄의 방해 공작 따위로 매도하는 윤 장로의 눈에도 남자의 정체는 분명함으로 각인되고 있었다. 윤 장로가 민우를 찾았다. 전도사 무리에 섞여 있던 민우를 발견한 그는 대뜸 소리쳤다.

"이봐, 민우. 저 새끼 저거 혹시 김윤서 아냐?"

"……."

"맞아, 안 맞아? 그 사탄의 새끼 맞냐고?"

민우는 대답하지 않았지만 이미 그 표정만으로 남자의 정체가 김윤서임을 긍정하고 있었다. 윤 장로의 몇 마디 말로 인해 사탄의 새끼로 전락해 버린 그 이름 김윤서. 그가 지금 경찰들에 의해 연행되고 있다. 불법 시위를 벌인 현행범 신분으로. 그렇게 끌려가는 시위대의 모습은 앞서 예배 도중 강 집사란 인물이 간증했던 충격적인 내용 속에 담겨 있는 빨갱이의 전형적으로 조직화된 흔적은 찾아볼 수 없었다. 생존의 악다구니에 지친 이들의 절규는 그렇게 별다른 소득도, 효과도 없이 경찰의 구둣발에 의해 짓밟혀진 대충 갈겨쓴 피켓처럼 허망하게 무너져 내리고 말았다.

민우는 백차에 억지로 따라 들어가는 김윤서의 모습을 좀 더 확실히 보기 위해 주차장 앞으로 걸어 나갔다.

'윤서. 정말 김윤서. 네가 맞느냐. 악마의 교회를 힘껏 외치던 지금 내가 보고 있는 인물이 김윤서. 정녕 너란 말이냐. 청춘의 한때를 같은 시공간 속에서 보내며 기도와 종교적 고민을 함께 공유하던 윤서 네가 어째서 지금 그 함께했던 공간, 세명교회 앞에서 이런 식으로 마주할 수 있단 말인가. 이럴 수도 있단 말이냐. 이럴 수도……'

백차에 올라탄 김윤서 앞에 그렇게 민우는 멈춰 섰다. 그제야 윤서도 차창 밖으로 더없이 안타까운 얼굴을 하고 선 민우를 발견할 수 있었다. 둘은 서로 눈을 마주했다. 더없이 어색하고도 숨막히는 대면의 순간이다. 윤서는 여전히 두 명의 경찰들 틈에 에워싸인 채 목덜미가 잡혀 버둥거리고 있다. 그 상태로 윤서는 민우를 노려보았다. 그러나 순간, 민우가 잘못 본 것일까. 원망과 독기로 무장된 눈빛. 그 눈빛을 하고 있는 윤서가 미소를 짓고 있는 게 아닌가. 비웃는 것도, 상대를 멸시하는 것도 아니지만, 그

미소에서 배어 나오는 끔찍한 서늘함이 민우의 간담을 서늘하게
했다. 민우는 그렇게 멀어져 가는 윤서를 태운 백차의 뒤를 한동
안 지켜보았다.

5

　도강동 지구대 경찰서 안. 민우가 이런 곳에서 윤서를 만나야 한다는 사실은 그 자체로 재앙인지도 모른다. 불과 몇 년 전만 해도 둘은 이곳 경찰서가 아닌 세명교회 안에서 서로 얼굴을 맞대던 사이가 아닌가. 모든 것이 씁쓸하고 개운치 않았다. 민우의 표정은 분명 그랬다. 하지만 책상을 사이에 두고 마주 앉은 윤서는 그렇지 않았다. 지독한 담담함으로 무장한 표정이었는데, 마치 이런 식의 상황 도래가 필연적일 수밖에 없음을 스스로 예견한 듯한 초탈의 의지가 더욱 돋보였다.

　하지만 그러한 견고한 결의에도 불구하고 윤서의 모습은 적당히 지쳐 보였다. 몇 년 만에 다시 보는 모습치곤 한눈에 알아보지 못할 정도로 수척해진 상태가 민우의 우려를 더욱 가중시켰다.

그동안 어디서 무슨 일을 하고 지내다 결국 이런 모습으로 다시 돌아왔단 말인가. 민우는 비록 침묵으로 윤서를 바라보았지만 둘은 그러한 종류의 질문에 대한 무언의 답을 주고받는 중이었다. 윤서는 그 야윈 얼굴에도 불구하고 비범한 눈빛만큼은 여전히 잃지 않은 채 눈빛만으로 다음과 같이 민우에게 답했다.

'이렇게 될 수밖에 없는 것 아니더냐. 네가 그곳에 계속 남아있었다면 어쩔 수 없는 것이다. 나의 이런 모습을 볼 수밖에 없는 비극을 말이다.'

윤 장로를 비롯해 조정인 목사까지도 불법 집회 혐의로 현장 구속된 한철연의 주동자로 지목된 윤서를 상대할 교회 측 관계자로 민우를 지목했다. 이유는 단순하고 동시에 지나치게 선명했다. 그 선명함이 상대적으로 민우에겐 더할 수 없는 무거운 짐이 되었다.

둘은 고등학교 동창이며, 신학대학까지 함께 다녔던 사이였다. 김윤서는 고아로 지내면서 일찌감치 중학교를 중퇴하고 미래시장에서 앵벌이 패거리들과 어울리며 험한 삶을 꾸려 가던 인물이었다. 그런 윤서에게 어머니 역할을 해준 분이 바로 민우의 홀어머니 한양례 집사였다. 시장 한구석에서 생선 장사를 하며 근근이 외아들과의 소박한 삶을 꾸려 가던 그녀는 오직 신앙의 힘으로 윤서를 받아들였으며, 녀석을 민우와 함께 교회에 정을 붙이도록 무던히도 애를 썼다.

그런 그녀의 정성이 윤서의 상처 입은 마음을 움직였고, 그렇게 둘은 형제처럼 시장통 반지하 방에서 함께 지내게 되었다. 고등학교까지 마치게 된 둘은 내친김에 함께 같은 신학대학에 진학하여 한 집사의 마음을 더욱 뜨겁게 만들었었다. 부모 없이 도강동 변두리를 오가며 앵벌이나 하다가 뒷골목 인생으로 전락할 운명이던 윤서의 삶은 그렇게 종교의 힘으로 극적인 변화를 맞이하는가 싶었다. 적어도 민우와 함께 신학대학에서 2년이란 시간을 보낼 때까지만 해도 그랬다.

하지만, 신학대학에 진학한 윤서는 그때부터 적잖은 갈등의 시간을 보내게 되었다. 교양 과목으로 전공과 관계없는 사회학 관련 강좌를 듣고, 학교 내에 진보적 정치색을 갖고 있던 동아리 모임에 적극 참여하기 시작한 이후부터 윤서의 신학에 대한 관점이랄까 신앙관은 민우의 그것과 현저한 차이를 보이기 시작했다.

민우에게 있어 신학과 신앙은 어머니의 기도, 그 순수한 열정의 반영 외에 다른 것일 수 없었다. 물론 신학의 세계 자체는 광대한 학문의 영역임은 분명했다. 하지만 신을 섬기는 학문의 궁극은 신에 대한 깊은 경외심과 무한의 신뢰에 함몰되는 적극적인 이성의 부정을 통한 신성으로의 회귀에 있다고 민우는 믿어 왔다. 그것이 세명교회의 십자가를 보고 자라난 민우의 신앙관이었던 것이다.

그러나 윤서는 달랐다. 윤서에게 나타난 신학과 인간의 세계는 번민과 모순의 용광로였다. 신은 너무나 먼 곳에 붙박여 있는 사물화(事物化)된 박제로만 느껴졌으며, 인간 세계의 모순은 어느 것 하나 해결되지 않는 고통의 심연으로의 몰락으로만 다가왔다. 윤서는 민우에게, 그리고 그의 어머니 한 집사에게 어째서 분노하지 않느냐고 소리쳤다. 세명교회 설립 당시 교회를 채운 교인들 대부분이 느슨하게 상권이 형성된 미래시장촌에서 내일의 생계를 걱정해야 하는 가난한 영세 상인들이었다. 한 집사도 예외는 아니었다.

그러나 도강동에 본격적인 개발 붐이 일어나고 본격적으로 첨단 금융, 교육 시설이 들어섬으로 인해 교회 성도들도 모든 면에서 점차 수준 차이를 드러내기 시작했다. 소위 엘리트로 대표되는 교인들이 대거 영입되면서 초기에 자리 잡았던 영세 상인들의 교회에서의 지위와 활동이 차츰 보잘것없는 것으로 치부되기 시작했다.

그와 함께 몰아닥친 도강동의 재개발 열풍. 그럼에도 한 집사는 자신의 영적 아버지로 믿어 의심치 않는 조창석 목사가 신의 대리인이란 믿음을 추호도 의심하지 않았고 자신에게 주어진 세명교회에서의 사명 또한 막중한 것임을 단 한순간도 잊지 않고 견뎌냈다.

민우는 그런 어머니의 교회를 거부할 수 없었다. 너무나 초라한 이주 보상금을 받고 시장통을 떠날 때조차도 한 집사는 그 보상금 전체를 세명교회 건축 헌금으로 쾌척하는 일까지 서슴지 않았다. 민우는 그때 더 이상 자신이 이곳을 벗어날 수 없다는 현실을 절감했었다.

그러나 윤서는 분명 달랐다. 그는 한 집사의 교회를 향한 일련의 행위를 맹신의 일환이라고 비난하기보단 그러한 평신도들의 순수한 신앙심을 호도하고, 속물의 감흥으로 윤색된 축복을 남발하는 세명교회의 왜곡된 가르침을 향해 과감히 적의의 칼날을 들이밀었다.

노골적으로 학생부 예배 때마다 교역자를 난처하게 하는 질문들을 퍼붓곤 했는데, 그 질문들은 모두 사실상 윽박지르는 것만으론 해결되지 않는, 가슴 아프지만 일리 있는 교회 행정이나 제도의 문제점을 지적한 것들이었다.

그리고 결정적으로 윤서는 자신의 소신을 끝내 굽히지 않고 피력한 그날의 사건을 정점으로 더 이상 세명교회, 민우와 함께 다니던 신학대학 그 어느 곳에서도 모습을 나타내지 않았다. 잠적해 버린 것이다. 완벽하고 철저한 자발적 실종. 그리고 이렇게 홀연히 다시 나타난 것이다. 한철연이란 그와는 어울리지 않을 것 같지만, 더없이 자연스러워 보이는 생존의 밑바닥에서 소리치는 단체의 주동자가 되어 돌아온 것이다. 민우의 눈앞에.

"이게 몇 년 만이지?"

민우가 어색하게 말문을 열었다. 하지만 윤서는 서로의 안부를 주고받을 정도의 태연함을 가장한 민우의 어색한 질문에 답하지 않았다. 대신 날카로운 눈빛으로 민우를 쏘아보며 정곡을 찌르는 질문으로 답을 대신했다. 매사 진지하면서도 타협을 모르는 윤서다운 날선 기질이 여전히 묻어 있는 말이었다.

"실망이다."

"뭐가?"

"아직도 네가 그 집단에 남아 있다는 사실 말이다."

"집단이라고?"

"듣자 하니 전도사가 되었더구나. 무엇을 전도하기 위해 그곳의 전도사가 된 것이냐? 하나님의 사랑? 아님 하나님의 사랑을 빙자한 사기꾼이 되기 위해?"

"너…… 많이 변했구나."

"변한 건 내가 아니야. 세상이 변했지. 그리고 세명교회는 더욱 악랄해졌고."

둘의 대화에 경사는 내내 끼어들 타이밍만을 기다리고 있는 듯 안절부절못하는 모습이 역력했다. 민우의 눈엔 분명 그랬다. 윤서와 민우의 대화를 허락한 저간의 사정엔 피해자 관계자로서 민우의 선택을 요구한 측면이 다분했다. 하지만 가만히 대화를 지켜 듣던 경사는 고개를 설레설레 저어야 했다.

윤서가 원만한 합의를 위해 민우에게 저자세를 취하며 사정하고 매달려도 모자랄 판에 아예 판을 뒤엎을 태도로 으르렁거리는 모습이 포착되었기 때문이다. 하지만 민우는 인내심을 잃고 싶지 않았다. 5년 만에 다시 만난 친구가 아닌가. 내성적인 성격에다 더욱이 집과 학교, 교회밖에 모르고 살아온 민우에게 한때나마 유일하게 속을 내보이며 진솔한 속내를 주고받던 친구였기에 민우는 뭐라도 말을 붙이며 작금의 상황에서 어딘가에 남아 있을 자신과의 공통분모를 찾아보고 싶었다.

"한철연이란 단체에 있다고 들었어. 사회운동을 하는 거냐?"

"순진하긴, 이게 사회운동으로 보이냐?"

"……."

"사회운동이나 할 만큼 내가 그렇게 한가해 보이냐고?"

독기를 품은 윤서의 눈빛은 끝 모를 절박감에 휩싸여 있었다. 기어이 생의 바닥을 목도하고야 만 군상들의 얼굴에서 자연스럽게 흘러나옴직한 노기로 무장된 눈빛이었다. 그 이글거리는 눈빛을 민우는 기억하고 있다. 5년 전의 그날로 되돌아간 기분이다. 어찌 잊을 수 있겠는가. 그날의 윤서를.

세명교회의 연말 재정보고회의가 있던 날. 청년회 총무와 부총무 자격으로 민우와 윤서는 회의에 참석했었다. 그리고 그날, 윤서가 보여 준 분노의 사자후는 민우를 비롯해 그 자리에 모인 교역자들조차도 예상하지 못했던 들끓는 열기와 그에 부합되는 타당하고 논리적인 의견의 개진 그 자체였다.

윤서는 세명교회의 헌금 내역과 재정 집행의 불합리성을 조목조목 지적하며, 더 나아가 건강한 교회가 될 수 있는 유일한 대안이라며 그가 심혈을 기울여 임의로 작성한 보고서까지 모여든 장로회 임원들과 교역자들에게 배포하려고 했다. 그때 윤서의 눈빛은 더할 수 없이 간절했다. 절박한 심정으로 자신이 몸담고 있는 교회 조직이 적어도 자신의 눈에 부끄럽지 않은 모습으로 갱신되어야만 한다는 외로운 사명감에 몸부림치는 눈빛이었던 것이다. 비록 설익고 어설픈 비판 정신이 깃들어 있다 하더라도 말이다.

하지만 윤서의 외침은 대안을 적어 놓았다는 보고서를 배포하기도 전에 무참히 묵살되고 말았다. 그날 부목사로 부임한 지 채 한 달도 되지 않던 조정인 목사는 윤서가 건네준 보고서를 보지도 않은 채 갈기갈기 찢어 버리며 분노를 표현했고, 평소에도 말이 거칠기로 소문난 교회건축위원장직을 맡고 있던 윤양태 장로는 시건방진 놈이라는 욕설을 쏟아 부으며, 교회가 하는 일은 세상이 하는 일과 동등한 논리로 비교할 수 없다는 말만을 억지스럽게 반복했다.

그날의 회의는 그렇게 마무리되었다. 찢겨 나간 보고서 용지를 주우며 예배당에 홀로 남은 윤서를 마지막까지 지켜본 건 민우였다. 그때 윤서의 절망과 비탄에 사로잡힌 눈빛을 잊을 수 없는 것처럼, 지금 자신의 온몸을 할퀴듯 바라보는 윤서의 눈빛 또한 외면할 수 없는 비수의 부메랑이 되어 민우의 심장을 두근거리게 했다. 그날 그 비감에 젖은 눈빛 그대로 사라진 윤서는 더 이상 교회에 모습을 드러내지 않았고, 일주일이 지난 후 교회 지하 식당에서 의문의 화재가 발생했다. 관계자들은 모두 그 화재를 방화로 규정하고 방화범 역시 김윤서의 소행이 분명하다는 근거 없는 결론을 내리며 윤서를 천하에 둘도 없는 사탄의 배교자로 낙인찍었다. 하지만 그 어느 것도 확실한 것은 없다. 교회에 불을 지른 범인이 윤서라는 정확한 물증도, 아무것도 입증되지 않은 상태다.

민우는 차마 그날의 일을 묻지 못했다. 그렇기엔 작금의 상황이 너무나 가혹하고 긴박했기 때문이다. 윤서는 민우가 차마 하지 못하고, 입 안에만 거친 모래알처럼 담아 두고 있는 말을 대신 대화의 도마 위로 끄집어 올렸다.

"서약서를 갖고 왔겠지?"

"윤서야."

"조서엔 이렇게 쓰여 있을 거야. 불법 시위를 자행한 한철연 소속의 시위 주모자 김윤서가 집회를 말리려고 다가온 세명교회의 성실한 종 정민우 전도사의 멱살을 잡고 일방적으로 폭행했다. 그런 돼먹지도 않은 거짓말에 대한 합의를 명분으로 서약서를 요구하는 거겠지, 그렇지?"

그러자 참다못한 경사가 주먹으로 책상을 내리치며 소리쳤다.

"이 사람이, 지금 무슨 소릴 하는 거야? 그럼 당신이 이 전도사님을 폭행하지 않았다는 거야, 뭐야?"

그러나, 세 사람 모두 진실의 내막을 너무나 잘 알고 있다. 보다시피 민우의 몸과 얼굴은 멀쩡했다. 단지 불법 집회를 주동한 김윤서가 민우를 일방적으로 폭행한 것으로 조서에 적혀 있을 뿐이다. 이 사건 현장의 목격자는 아마도 윤양태 장로가 될 것이다. 그 외에도 수많은 사람들이 거짓 증언을 할 것이다. 그러한 거짓 증언을 바탕으로 민우는 방금 전 윤서가 말한 합의서를 들고 윤서에게 있지도 않은 폭행 사실에 대한 합의를 조건으로 교회 앞에서의 불법 집회를 다신 하지 않겠다는 서약서를 받아야 한다. 그것이 조정인 목사와 윤 장로가 민우에게 부과한 사명이었다.

윤서는 모든 상황을 짐작하고 있다는 듯 고개를 끄덕거리며 말을 이었다.

"진부하지만 윤양태 그 늙은 여우가 사용하는 방법은 언제나 시의적절해. 최소한 쌍방 폭행이라도 걸고 넘어가지 않으면 벌금이나 몇만 원 때려 맞고 훈방 조치될 게 거슬려서 아예 이런 방법을 사용하는 거겠지."

"……."

"선택을 강요하는 건 아니지만."

그와 함께 윤서는 처음으로 민우의 시선을 피했다. 그리곤 경찰서 내부를 한번 크게 둘러봤다. 대기실 의자에 앉아 있는 철거민들의 모습이 눈에 들어왔다. 하나같이 누적된 피로와 긴장감에 지친 얼굴들이었다. 그들 모두 윤서가 어떻게 될지 노심초사하는 내색이 역력했다. 민우도 그들을 바라보았다.

'저들이 어떻게 빨갱이란 말인가.'

어이가 없었다. 후줄근한 차림새에서 배어 나오는 생존에 대한 악다구니 외에 다른 어떤 이념의 흔적도 묻어 있지 않은 무구한 모습들이었다. 이런 이들에게 이념이니 사상이니 하는 말이 과연 어울릴까.

잠시의 침묵이 흐른 뒤 민우는 자리에서 일어섰다. 그리곤 세명 교회에서 몇 번 얼굴을 마주한 적이 있는 경사의 자리 위에 놓인,

그가 임의로 작성한 합의서에 사인을 하고 지장을 찍어 주었다.
놀란 얼굴의 경사는 말소리를 최대한 낮추며 민우에게 물었다.

"전도사님, 합의서보다는 먼저 서약서에 사인을 받으시는
게……."

"잘 알아듣게 설명할게요. 저 친구 제 신학교 동기입니다."

그렇게 말을 끝내자 경사도 더 이상 민우를 설득하려는 말을
이어 나가지 못했다. 자신이 신원을 보장하겠다는 의지를 확고히
나타낸 민우는 다시 윤서의 옆으로 다가갔다. 윤서 옆에 서 있던
경찰을 바라보자 경사가 고갯짓을 하며 윤서를 훈방 조치하라는
무언의 신호를 전했다. 그 신호를 확인한 민우가 안도의 한숨을
내쉬며 윤서에게 말을 건넸다.

"점심이나 먹으러 가자, 김윤서."

6

　늦은 점심을 먹자고 한 건 민우였지만, 5년 만에 만난 친구와 점심을 먹기 위한 장소를 일방적으로 정한 건 윤서였다. 윤서는 말없이 앞장섰고 민우가 뒤를 따르는 그 어색한 거리감이 경찰서 건물을 벗어난 내내 유지되었다. 그렇게 윤서는 민우를 이끌었고 민우는 순순히 그의 뒤를 따랐다. 민우의 시야엔 너무나 익숙하지만 이제는 낯선 어색함이 지배하는 곳, 폐허와 붕괴의 징후만으로 충만한 미래시장촌 골목이 드러났다.

　백여 미터 정도 길게 늘어서 있던 고만고만한 단층 상가들이 이제는 몇 상가를 제외하고는 완벽한 폐허로 돌변해 버렸다. 파손된 집기와 음식물 쓰레기들이 제멋대로 방치된 탓에 시장 전체에 악취가 들끓었다.

처음에 민우는 윤서가 자신을 왜 이곳으로 데리고 왔는지 이해하지 못했다. 하지만 미래시장촌의 마지막 골목을 가로막고 선 성문당 건물 바로 옆 상가에 마련된 순대국집에 불이 켜져 있는 것을 보곤 윤서가 정말로 자신과의 늦은 점심을 먹고자 하는 의지를 확인할 수 있었다. 아직도 여기 남아 장사를 하고 있는 곳이 있다니. 민우는 정말 몰랐다.

　자신의 어머니 한 집사가 행상을 끝내고 간단하고 초라한 짐을 꾸려 이곳을 빠져나올 때 민우는 조만간 미래시장에 남아 있는 이들은 단 한 집도 없을 것으로 예상했었다. 그런데 지금 여전히 불이 켜져 있는 상가가 눈에 띄었다. 성문당 건물 역시 2층에 불이 켜져 있었다. 아직은 어둑해지기 한참 전인 늦은 오후임에도 검은 천막과 멋대로 쌓아 올린 대형 컨테이너들로 인해 미래시장촌의 내부는 어두웠다. 한낮에도 이렇게 불을 켜놓을 만큼.

　순대국집에 들어서서 익숙하게 주인의 이름을 부르는 윤서. 구석 자리에 자리를 잡고 앉아 대포부터 주문한다. 민우는 순대국집 주위를 황당하고 불길한 표정을 둘러봤다. 불도 켜져 있고, 주방에서 순대를 찌는 찜통의 열기가 모락모락 올라왔지만 그것들을 제외한 실내 풍경에선 과연 장사를 계속할 수 있을지 의문인 폐업의 기운이 강하게 실감되었다. 간판 전체와 건물 외벽을 도

색한 입에 담지 못할 욕설들이 휘갈겨진 스프레이 낙서는 내부
벽면에도 가득했고, 테이블도 어느 것 하나 성한 것이 없었다. 수
저통에서부터 휴지걸이까지 죄다 박살난 것들뿐이었다. 영문을
몰라 주위를 두리번거리기만 하는 민우에게 윤서가 말을 건넸다.
건조하고 무심한 음성이었지만 민우의 심기를 다시 한 번 불편하
게 만들기에 손색이 없는 말들이었다.

"너희 교회가 만든 작품이다."

"뭐라고?"

"부정하지 마라. 세명교회가 이번 재개발 사업에 누구보다 앞
장서서 설레발 치고 다녔다는 사실을 알 만한 사람은 다 알고
있다."

"윤서야."

"말해."

"너무 한쪽으로만 몰아붙이지 마라. 나도 알아본 게 있다."

"뭘 알아봤는데?"

민우도 면식이 있는 순대국집 주인 여자 길례가 둘의 자리 위
에 막걸리 병을 내놓는다. 양푼 그릇에 막걸리를 한가득 담아 민
우에게 권하자 그는 섬뜩 놀라며 두 손을 가로저었다. 윤서는 그
런 민우의 본능에 가깝게 굳어 버린 몸사림을 보며 쓴웃음을 지
었다.

"봐라, 이게 지금 너의 현실이다."

"무슨 말이야?"

"네가 알아봤다는 그 정보란 것도 지금 네 녀석이 보이는 이 샌님 같은 행동만큼이나 순진하기 짝이 없는 거라고. 알아듣겠냐?"

"충분히 보상했다고 들었다. 시에서도 그랬고, 우리 세명교회 측에서도 분에 넘칠 정도로 성의를 다했다고 그랬어. 여기 시장촌에 남아 있었던 세입자들 중 대부분이 우리 교회 집사고 권사님들이야. 그분들은 이 문제를 가지고 교회 와서 반대 한마디 하지 않았어. 모두들 수긍하고 인정했어. 이게 다 지역을 발전시키는 일이고 그러면 교회에 많은 사람들이 모여들고 그럼으로 해서 결국 하나님 나라가 확장된다고 말이야."

민우는 거의 혼잣말을 지껄이고 있었다. 그렇게 자인하지 않을 수 없었다. 막걸리를 들이 삼키는 윤서의 모습을 보며, 결국 민우는 말끝을 흐리고 말았다. 하나님의 나라, 그 말을 내뱉는데 어째서 이토록 가슴이 먹먹하고 쓰리단 말인가. 민우는 뜻 모를 수치스러움이 밀려와 자신도 모르게 낯을 붉혔다.

윤서가 막걸리 한 통을 모두 비우자 길례가 순대국을 내어 놓았다. 그녀는 말이 없었다. 며칠을 감지 않아 기름진 머리, 오래된 앞치마, 엄지 부근이 터져 나간 고무장갑을 끼고 있는 그녀의 모습을 바라보고 있자니 민우는 더욱 할 말을 잃어버렸다.

결국 그렇게 도리 없는 침묵에 빠져 버린 민우의 허탄한 공백을 메운 건 윤서의 말들이었다. 독기와 분노, 쌓이고 쌓여 더 구겨 넣을 수 없는 오물통의 분출처럼 그렇게 그의 입에선 그 무언가가 쉼 없이 밀려 나왔다. 억제할 수 없는 울분이 쏟아져 나온 것이다.

"네 말대로 최소한의 사람 대접 받는 인간들은 보상이란 걸 받고 나왔을 거다. 울분을 씹고, 억울한 마음 달랠 길 없지만 그래도 교회가 하는 일이고 양심이란 걸 가진 인간들이 하는 일이라고 자위하며 나왔겠지. 하지만 말이다. 민우야, 지금 여기 남은 사람들은 정말로 갈 곳이 없다. 한 달에 스무 번도 넘게 구청에 찾아갔다. 구청장님 좀 만나게 해달라고. 최소한의 이주 보상비라도 달라고 애원했어. 권리금의 3분지 1만이라도 챙겨 준다면 짐 싸고 훌훌 털고 떠나 이쪽 방향으론 오줌도 싸지 않겠다고 장담한 사람들도 있었다. 하지만 말이야. 우린 그 잘난 구청장실 한 번 제대로 들어가 보지 못했고 대화 불가라고, 자기네들 소관이 아니란 말만 듣고 돌아왔다. 그렇게 돌아오면 언제나 가게 문 하나는 박살나고 입구엔 인분이 쏟아져 있고 밤마다 용역 깡패들이 돌아다니며 욕지거리를 내뱉고 지랄 발광을 떨어 댄다. 과연 이게 하나님 나라냐. 그런 게 하나님 나라라면 다 집어 치우라고 그래. 차라리 지옥이 이보단 낫겠다. 안 그러냐."

하지만 민우도 물러서지 않았다. 민우는 윤서의 지금과 같은 객관성을 결여한 감정 섞인 말들을 다분한 감정에 치우쳐 균형 감각을 상실한 설익은 지식인의 넋두리쯤으로 치부하고 싶었다. 그렇게 하지 않고선 이곳에서 쫓겨나다시피 빠져나온 어머니 한 집사의 선택이 너무나 수치스럽고 부끄럽게 느껴졌기 때문이다.

"그런다고 네 녀석이 여기 남아 있다고 해서 달라지는 게 뭐야?"

"……."

"이번만 해도 그렇다. 네가 그렇게 교회 앞에서 난동만 부리지 않았어도 너를 믿고 따라나선 다른 농성꾼들이 그렇게 당하진 않았을 거 아니냐? 그래도 한때 나와 함께 기도하고 예배했던 곳이다. 그곳을 악마의 교회라고 부른다는 것 또한 양심이 마비된 행동 아니냐?"

"그럴 수밖에 없었다."

"뭐라고?"

"난 이곳에 있을 수밖에 없어. 그리고 악마의 성전을 허물기 위해 외치고 소리 지르지 않으면 안 되었다."

"이유가 뭐야? 넌 여기에 보상 받을 것도…… 그 어떤 이유도 없잖아."

"봤기 때문이야."

"뭘?"

"난 봤어."

"무엇을 봤다는 거야?"

"재림 예수를."

윤서의 눈빛은 다시금 먼 곳을 향하고 있었다. 민우는 순간 주방에서 순대를 자르는 길례의 낯빛을 살폈다. 윤서가 한 말을 분명히 들었음에도 그녀는 별다른 반응이 없었다. 무표정을 천형의 업으로 삼은 것마냥 그녀는 묵묵히 한 평 남짓한 좁고 냄새나는 주방에 틀어박혀 음식 준비에만 열중하고 있었다. 윤서는 여전히 순대국에 수저도 넣지 않은 채 다시 막걸리를 한 모금 들이켠 다음 말을 이었다. 이번엔 민우를 정면에서 바라보면서 말했다. 더없이 진지하고 그래서 더욱 부담스러운 진정성이 넘쳐나는 얼굴이었다.

"민우야, 재림 예수가 이 땅에 나타났다."

"너…… 도대체 무슨 소리를 하는 거야?"

"나도 처음엔 내 눈을 의심했어. 과연 이런 일이 있을 수 있을까. 하지만 현실이었어. 안타깝게도 이게 현실이다."

재림 예수가 이런 식으로 나타날 리 없다고 민우는 소리라도 지르고 싶었지만 윤서의 진지함에 기가 눌려 아무 말도 하지 못했다. 지금 윤서는 종교의 상식에 호소하고 있는 것이 아니었다. 흔히 말하는 기독교의 도그마비판과 증명이 허용되지 않는 교리에 의하면 재림 예수의 출현은 세상의 종말, 그 완벽한 위엄과 개벽의 순간과 궤를 같이해야만 한다.

천상의 저 먼 곳에서 천군과 천사로 상징되는 거대한 영적 세력이 이 땅, 지상의 세계를 휘덮고 상상을 넘어선 엄청난 초월적 힘을 동반하며 모든 이들을 두려움과 극한의 경외심으로 몰아넣는 그러한 몰아의 지경에서 한 줄기 찬란한 빛으로 떠오르는 영원한 승리와 심판의 주가 바로 재림 예수를 대표하는 유일한 단 하나의 상*인 것이다. 그런데, 재림 예수가 이미 나타났다니. 순간 민우는 바로 어제 교회 홈페이지에서 발견했던 익명의 게시물을 떠올렸다. 그래서 그는 본능적으로 입을 열고 다음과 같이 묻지 않을 수 없었다.

"혹시 네가 벤 야살이란 닉네임으로 자유게시판에 글을 올린 거냐?"

하지만 그 질문에 윤서는 답하지 않았다. 어느새 그는 자신만의 황홀경에 빠져 있었다. 누구의 말도 쉽게 귀담아들을 수 없는 상태에 빠진 윤서의 표정과 말들은, 하지만 결코 미치광이의 넋두리쯤으로 폄하할 수 없는 논리적인 열정을 담보로 하고 있었다. 어느새 들통에 담긴 순대를 비닐로 덮은 주방 여자 길례도 그런 윤서와 민우의 대화를 지켜보며 소주잔을 비우기 시작했다. 윤서는 계속 말을 이었다.

"민우."

"……."

"난 오랫동안 참 예수를 찾아 떠돌아다녔다. 약한 자와 가난한 자, 병든 자의 고난과 함께하는 예수를 찾아 무던히도 돌아다녔어. 하지만 교회 어디서도, 봉사 단체 어디에서도 예수는 나타나지 않았어. 그렇게 시간이 지나면서 예수의 이미지는 점점 더 흐릿해져만 갔지. 그런데 바로 이곳에 나타난 거야. 절망과 분노, 탄식만이 가득한 인생 막장, 패배자들이 우글거리는 이곳에서 기어이 예수를 발견하고 만 거라고."

"그 예수가 어디 있어?"

"……."

"네가 만났다는 예수가 어디 있냐고?"

막다른 곳에 몰린 범죄자마냥 무언가에 쫓기듯 민우는 그렇게 자신도 모르게 윤서에게 예수의 행방을 채근하고 있었다. 윤서는 물기 어린 눈빛을 여과 없이 노출시킨 채 고개를 돌려 깨진 간판 유리 밖, 미래시장의 마지막 보루임을 상징하는 4층 건물 성문당을 가리켰다. 입구의 문도, 2층 상가의 유리문도 반 이상은 깨져 나간 흉측한 낙서와 비극을 닮은 폐허의 흔적으로 점철된 성문당

2층을 향해 손가락을 뻗은 것이다.

"민우, 너에겐 비극이겠지. 어째서 재림 예수가 네가 섬기던 그 거룩한 성전에 나타나지 않고 저딴 곳에 나타나 둥지를 틀었는지 믿고 싶지 않겠지. 하지만 이게 현실이다. 이 냉정한 진실은 변하지 않아. 예수는 나타났어. 이 땅에 기어이 나타나고 말았다고."

윤서는 자리에 일어선 민우의 팔목을 붙잡고 있었다. 그의 손은 조금씩, 하지만 분명하게 떨리고 있었다. 민우는 천장을 올려다봤다. 그을음으로 가득한 오래된 형광등 불빛이 깜빡거렸다. 민우는 더 이상 윤서와 말을 섞을 수 없었다. 이미 윤서는 자신만의 세계에 깊이 연루된 민우와는 다른 세계의 사람이 된 것이다. 같은 하늘 아래 한때나마 동일한 인물을 신앙의 대상으로 삼고 기도해 오던 두 사람의 세계가 이처럼 달라질 수 있다는 현실이 민우를 두렵게 했다. 그리고 조심스럽지만 거부하기 힘든 자문 하나가 그의 정신의 목울대를 억센 악력으로 치고 올라왔다.

'과연 지금 나는 이 광신에 사로잡힌 피폐한 영혼의 외침을 반박하고 능멸할 자격이 있을까.'

한참 동안 천장을 올려다보던 민우의 팔목으로부터 천천히 윤서의 손이 빠져나갔다. 민우는 별다른 말없이 그대로 순대국집의 여닫이문을 열었다. 매서운 찬바람이 더욱 혹독하게 그의 얼굴을 할퀴듯 몰아닥쳤다. 문은 열렸고 민우는 윤서에게 등을 돌리는 존재가 되고 말았다. 하지만 윤서는 포기하지 않았다. 여전히 막걸리로 쓰린 속을 달래며 상대가 듣건 말건 의미심장한 예언의 말을 한 터럭의 남김도 없이 쏟아내었다.

"계속해서 악마의 노예로 남기 싫다면 우리를 찾아와. 기다리겠어."

7

새벽 다섯 시. 역삼역 근처의 골프 연습장. 새벽 기도를 집전해
야 할 2만여 명 규모의 대형 교회 당회장 목사는 지금 이곳에서
홀로 골프 연습에 몰두하고 있다. 하지만 샷을 휘두르는 모습엔
최소한의 열정도, 진지함도 모조리 휘발된 상태다. 숙취로 찌든,
그래서 더없이 불쾌해 보이는 상기된 낯빛을 한 정인은 단지 술
을 깨기 위한 필사적인 몸짓을 거듭하고 있는 것이다. 장로회의
에서 임의로 스케줄을 잡아 놓은 당일 오전 8시에 진행될 예정인
국회 조찬기도회를 집전하기 위해.

정인 혼자 샷 연습을 하고 있는 텅 빈 연습장의 입구에 민우가
서 있었다. 그런 민우의 손엔 서류 봉투 하나가 쥐어져 있다. 조
찬기도회 설교 원고가 담겨 있는 봉투다. 민우는 묵묵히 정인의

골프 연습하는 모습을 지켜보았다. 비틀거리는 몸짓. 한두 번 무성의하게 샷을 휘두른 다음 생수를 마신 후 다시 내키는 대로 골프채를 휘두르는 동작이 지루하게 반복되었다. 굳이 설교 원고를 전달받기 위해 자신을 부른 게 아닐지도 모른다는 생각이 들자 민우는 순간 섬뜩한 기분이 들었다.

주위에는 아무도 없다. 수행 비서조차 어디에 있는지 모습을 보이지 않는다. 지나칠 만큼 밝은 투광등 조명에 비친 연습장 내부엔 놀랍게도 정인 외에 다른 사람의 흔적조차 보이지 않았다. '퍽' '퍽' 불규칙하게 울려 퍼지는 골프공의 충돌 소리가 민우의 신경을 더욱 예민하게 만들었다.

그렇게 민우를 약 한 시간 정도 벌을 세우듯 세운 채 무의미한 샷 연습을 반복하던 정인이 땀에 찌든 얼굴 그대로 민우를 향해 다가왔다. 2층 입구에 서 있던 민우에게 손짓을 해 휴게실로 들어올 것을 지시했다. 휴게실 역시 텅 빈 상태다. 자판기에서 이온 음료를 뽑은 정인은 민우를 여전히 세운 채로 자리에 앉으라는 말 한마디 없이 먼저 자리를 잡고 앉아 음료를 단숨에 들이켰다.

민우는 그제야 확신할 수 있었다. 정인이 이 새벽에 전화를 걸어 자신을 이곳까지 호출한 이유에 대해서. 순간 민우의 머릿속엔 어제의 장면들이 주마등처럼 스쳐 지나갔다. 경찰서. 부쩍 수척해진 윤서와의 5년 만의 재회. 그리고 서약서. '서약서'란 단어를 떠올릴 때, 단숨에 캔 한 통을 비운 정인이 캔을 휴지통에 내던지며 말문을 열었다. 벽걸이형 대형 TV에선 미국의 유명한 애널리스트가 나스닥 증시 결과를 분석하는 내용에 열을 올리는 장면이 방영되고 있었다.

"정민우."

"예."

전도사 호칭조차 생략한 정인은 더 이상 무례할 수 없는 오만한 인간의 전형을 아낌없이 드러냈다. 순간 민우는 당황했다. 한번도 자신에게 이런 식의 가혹한 대우와 험한 말을 사용한 이는 없었다. 군대에서도 듣지 못한 욕설과 인격적인 무시가 뒤를 이었다. 그럼에도 민우는 정인의 안하무인에 대처할 방법을 알지 못했다.

교회 안에서, 자신이 섬기는 담임 교역자가 상식 이하의 행동을 보일 때조차 민우는 별다르게 저항할 수단을 상실해 버린 것이다. 어쩌면 처음부터 그랬는지도 모른다. 교회에서의 상명하복은 신의 대리인을 정점으로, 굳어 버린 화석처럼 그 어떤 저항의 예봉도 꺾어 버리는 기이하고도 냉혹한 마력으로 존재했기 때문이다.

한참을 듣기조차 민망한 영어와 한글이 험악하게 뒤섞인 욕설을 쏟아낸 정인은 거친 숨을 몰아쉬며, 흥분을 가라앉힌 뒤 자신이 욕을 퍼부은 대상을 향해 경고의 말을 남겼다.

'면상을 향해 골프채가 날아들지 않을 걸 다행으로 여겨야 하는 건가.'

민우는 비굴함과 수치심에 고개를 숙인 채 정인의 경고를 고스란히 복종의 의사로 받아들여야만 했다.

"서약서도 받지 않고 그대로 풀어 주는 미숙한 일 따윈 다신 용서하지 않겠어, 알아들어?"

"어쩔 수 없었습니다."

"시건방진 새끼, 어쩔 수 없다는 게 말이 돼?"

"죄송합니다."

"착각하지 마. 네 녀석 따위가 내 동생과 약혼한 사이라고 깝죽대고 다닐 생각일랑 아예 하지 말란 말이야. 알아들어?"

자리에서 일어선 정인. 잠시 말을 멈추고 고개를 숙인 민우의 턱을 손으로 움켜쥐어 강제로 자신과 눈을 맞추게 했다. 민우는 정인의 무례함에 온몸이 떨리는 경련을 주체하지 못했다. 그러나 정인은 반대였다. 완고하고 빈틈없는 자신의 목표를 위해 무엇이든 집어삼킬 준비가 되어 있는 맹수의 눈빛 그대로였다. 그는 민우가 스스로 자신의 맹렬한 눈빛을 피하기를 기다렸다. 민우가 끝내 굴복하고서 자신과의 눈 맞춤을 포기한 이후에야 성취욕에 몸 달아 하는 특유의 비열한 미소를 머금은 채 말을 이었다.

"너도 날 비웃고 있겠지. 하지만 난 네 녀석 같은 범생이들이 알지 못하는 세상을 사는 방법을 알고 있어. 더 이상 날 우습게보지 마."

"그런 적 없습니다."

"혹시나 해서 하는 말이야. 혹시 내가 네 녀석 머리통을 잠시 빌리는 것을 빌미로 날 가지고 놀 생각이라면……."

턱을 쥔 손에 한 번 억센 악력을 가한 정인은 그대로 민우를 밀쳐 내며 자신의 우월한 위치를 다시금 확인시켜 주었다.

"그땐 너도 이 바닥에서 완전히 매장된다는 걸 잊은 건 아니겠지."

"……."

"알아들었으면 잘해. 난 결코 인색한 놈이 아니라는 것도 명심하고."

유치하면서도 지루한 협박과 회유의 반복이지만 민우는 언제나 자신에게 찾아오는 이런 식의 순간이 두려웠다. 처음 정인을 만났을 때부터 그랬다. 정인이 자신의 설교 원고를 대신 작성해 줄 것을 요구할 때에도 그랬다. 분명 이런 행태는 정도에서 어긋난 것이 틀림없음에도 아무런 반박도 하지 못하는 자신의 굳어 버린 입 또한 터무니없었다. 그렇지만 지금도 역시 처음 정인과의 두려운 알현 때와 어느 것 하나 다를 것 없는 굴욕을 감당하고 있다. 민우의 얼굴은 더욱 상기되어만 갔다.

한심스런 표정으로 민우를 지켜본 정인이 메모지에 간단한 연락처를 휘갈겨 쓴 다음 테이블 위에 올려놓았다. 그리곤 다음과 같은 말을 남기고 퇴장했다.

"네가 데리고 살 년 아니야. 알아서 잘 건사해. 그곳에 찾아가면 있을 거야."

이윽고 풀 죽은 민우의 어깨를 두어 번 다독여 주는 정인. 그 손길을 정글과도 같은 세상에서 살아남기 위해 악마가 되기로 자처한 사제의 위로로 받아들여야 하는 건가. 민우는 고개를 들어 어느새 탈의실로 들어간 정인이 남긴 공포의 흔적을 망연히 바라보았다. 그렇게 한동안 탈의실 문을 바라보다가 이내 고개를 돌려 테이블 위에 정인이 남겨 놓은 메모지를 확인한 민우. 잠시 짧은 한숨을 내쉬곤 메모지에 적힌 위치와 연락처를 휴대폰에 저장했다.

삼성동 클럽 마니체 02-2645-4323

8

현란한 사이키 조명과 귀청을 찢을 듯 덤벼드는 갱스터 랩, 만취해 흐느적거리는 청춘들이 무질서하게 모여든 곳. '마니체'란 곳, 혹은 클럽이란 곳을 처음 찾은 민우의 눈에 비친 그곳 풍경은 그러했다. 환락의 극한을 탐닉하는 그곳은 종교적 가르침 속에서 살아온 민우에겐 소돔이요 고모라일 수밖에 없었다. 코끝을 험상 궂게 자극하는 젊은 여자들의 향수 냄새, 그 냄새와 함께 뒤엉킨 진한 알코올의 기운. 시선 둘 곳을 찾기 어려워 당황하는 민우는 어둠의 동굴 속을 표류하듯 힘겹게 걸음을 옮기다가 자신에게 말을 걸어오는 웨이터에게 큰소리로 수희의 이름을 불렀다.

웨이터는 단지 이름만 듣고도 민우를 자연스럽게 2층으로 안내했다. 투명한 유리 계단을 밟고 올라가자 낮은 천장에 무질서하게 매달린 형형색색의 펜던트 전등이 인상적인 비교적 아늑한 2층 공간이 한눈에 들어왔다. 홀을 중심으로 격렬한 비트의 댄스 음악에 몸을 맡기는 광란의 분위기보다는 한층 차분해 보였지만, 한눈에 보기에도 세련된 퇴폐의 느낌이 무리지어 묻어 있는 곳. 원색의 테이블과 독특한 디자인의 의자가 드문드문 눈에 띄는 2층 한구석에 한 여자가 앉아 있었고, 웨이터는 별다른 말 없이 그 여자를 손으로 가리켰다. 금방이라도 1층으로 추락할 듯한 아슬아슬한 자세로 난간에 상체를 기대고 앉아 혼자서 조니 워커를 마시고 있는 그녀, 조수희는 민우로서도 몰라볼 정도로 달라져 있었다.

'지금 저곳에 앉아 술을 마시는 여자가 수희란 말인가. 한때 정갈한 검정색 투피스 차림으로 파이프 오르간 앞에 앉아 바흐의 칸타타를 연주하던 신학대학 음대생 출신인 수희의 모습이 맞단 말인가.'

어느 순간부터인가. 첫 단추가 잘못 끼워진 역사의 뒤틀림마냥 모든 것이 잘못되어 가고 있었다. 민우의 불길한 느낌은 틀림없이 그렇다고 소리치고 있으며, 그 느낌은 여지없이 불안을 잉태했다. 재앙의 타락과 환멸의 오물을 뒤집어쓴 소돔, 교회 안에서 아버지가, 그리고 지금은 그의 타락한 아들이 힘주어 부르짖는 정죄 받아 마땅한 저주받은 재앙의 한복판에 그의 딸, 그의 여동생이 존재하고 있다.

처음부터 수희의 방황이 이렇게 시작된 건 아니었다. 적어도 오빠 정인이 미국에서의 생활을 접고 귀국하기 전까지만 해도 그녀는 민우와 함께 종교 안에서의 친밀한 유대를 갈망하던 순결한 영혼이었다. 그러나 정인의 서슴지 않고 드러내는 악마의 기질, 교회의 순수 가치에 대한 조롱, 아버지의 신념이 아들에 대한 돌이킬 수 없는 뼈아픈 부정의 고리에 얽매여 산산이 박살나는 그 처참한 내면의 몰락을 지켜보는 동안 그녀 역시 지쳐 버리고 말았는지도 모른다.

하지만 민우는 여전히 납득하지 못했다. 굳이 이해하고 싶지 않았다. 이런 식의 방황은 철없는 어린아이들이나 하는 일이 아닌가. 이제 그녀는 성인이고 자신과 곧 결혼을 앞둔 사이다. 이래선 안 되지 않는가. 하지만 그런 그의 불만은 마주 보고 앉은 자신을 대하는 수희의 싸늘하고 냉랭한 시선 앞에서 참혹하게 짓뭉개지고 만다.

수희는 민우의 등장을 보고서도 놀라거나 당황하는 기색조차 보이지 않았다. 오히려 남은 술병을 단숨에 비우며 경멸 가득한 눈빛으로 민우를 노려보기만 했다. 끝내 시선을 피한 건 이번에도 민우였다. 수희의 맞은편 자리에 앉은 민우는 난간 아래 1층을 내려다보았다. 소수 회원제로 운영되는 고급 클럽답게 차림새부터 범상치 않은 부유함으로 치장한 젊은 남녀들이 서로 부둥켜 안으며 종말론적인 환락의 밤을 보낼 기세였다. 민우 역시 정인 의 이름을 말하지 않았으면 출입이 어려웠을 것이다. 타락의 땅 소돔조차도 이젠 가진 자들의 전유물, 그들만이 향유할 수 있는 계급화된 오락거리가 되어 버린 현실이었다.

수희의 침묵이 계속되자 댄스 타임을 끝낸 그녀의 친구들이 2 층으로 올라왔다. 교포로 보이는 남자 두 명에 여자 한 명이 수희 곁을 에워싸며, 테이블 위에 남아 있는 술병에 담긴 주액으로 갈 증을 채웠다. 그들은 민우의 차림새를 바라보며 야기죽거렸다. 클럽 이미지와는 전혀 어울릴 수 없는, 초라함의 구정물을 뒤집 어쓴 남루한 코르덴 양복 차림의 민우는 그들의 시선이 여간 불 편하지 않았다. 그렇게 한동안 이곳과는 어울리지 않는 민우의 차림새를 멋대로 폄하하던 그들은 수희의 귀에다 대고 한마디씩 남겼다. 하지만 수희는 여전히 아무런 반응도 보이지 않았다. 단 지 지금 자신을 찾아온 약혼자 민우만을 원망스럽게 노려볼 뿐이 었다.

친구들이 술병들을 하나씩 손에 들고 다시 1층으로 내려간 후, 때맞춰 굉음을 닮아 있던 갱스터 랩도 막을 내렸다. 이윽고 찾아 드는 음악 교체 타임. 클럽 내부는 급작스럽게 고요해졌다. 믿을

수 없을 정도의 고요다. 그때, 수희의 입에서 말이란 것이 흘러나
왔다. 의자 깊숙이 몸을 파묻고, 시선의 혼곤함으로 보아 일어서
서 걸을 수조차 없을 정도로 만취한 그녀였지만, 민우를 향한 원
망과 질타의 냉소는 섬뜩할 정도로 싱싱했다.

"여긴 왜 왔어?"

"돌아가자."

"아니, 이렇게 묻는 게 더 편하겠어. 그 인간이 가르쳐 주기 전
에는 왜 찾지 않았어?"

"교회 소문도 좋지 않아. 오빠도, 아버지도 많이 걱정하셔."

"웃기고 있네."

"수희야."

"날 걱정하는 게 아니라 교회 이미지에 먹칠하는 게 거슬려서
겠지. 아니야? 아니면 아니라고 말해 봐."

"······."

"정민우."

"······."

"이제 우린 끝났어. 아직도 모르겠어?"

"뭐가 끝났다는 거야."

"넌 억울할 수도 있을 거야. 하지만 안 돼. 이 상태로 계속 간다
는 건····· 그건 저주야."

수희는 더 이상 말을 잇지 못했다. 이미 그녀의 자리엔 조니 워커가 두 병째 바닥을 보이고 있었다. 혼자 자리를 지키고 앉아 두 병의 술을 남김없이 비운 그녀는 더 이상 말을 연결하지 못하고 두 손을 허우적거리다가 그만 테이블에 머리를 파묻고 말았다. 그 모습을 2층 계단에서 지켜보던 웨이터가 민첩하게 민우에게 다가왔다. 그리곤 건네주는 한 장의 쪽지, 이어지는 귀엣말.

"바로 건물 맞은편에 있습니다. 매번 그곳에서 주무시니까 모시고 가세요."

수희의 헝클어진 머리 옆으로 쓰러진 술병의 주액이 쓸쓸히 새어 나왔다.

웨이터가 가르쳐 준 곳으로 수희를 데리고 온 민우는 우선 그녀를 침대에 눕혔다. 지하에 위치한 클럽 마니체의 맞은편 건물은 호텔급으로 보이는 아담한 모텔이었다. 7층에 위치한 수희의 룸엔 오랫동안 그녀가 사용했던 흔적들이 눈에 띄었다. 악보 몇 장, 쓰다 만 메모지, 그녀의 것으로 보이는 옷가지, 화장품 등등. 하지만 그녀의 것들만이 룸을 차지한 건 아니었다. 남자의 속옷, 재떨이 위에 수북이 쌓인 담배꽁초, 휴지통 옆에 떨어져 있는 구겨진 티슈 몇 장과 목욕용 타월 옆에 놓인 면도기까지. 민우는 고개를 가로저으며 상심한 표정을 지었다. 그리곤 무방비 상태로 침대 위에 누운 수희를 내려다봤다.

진한 스모키 화장과 애써 붙인 마스카라가 그처럼 어색해 보일 수 없었다. 그녀는 어울리지 않는 가면을 쓴 무희로밖엔 보이지 않았다. 하지만 그건 민우의 편견일 뿐이다. 여전히 교회의 신성함을 믿고, 신의 살아 있음을 찬양하는 절대무오의 진리가 살아 숨 쉬는 도그마 dogma의 절대성을 신뢰하고자 발버둥치는 민우의 눈에서만 수희는 어울리지 않는 옷과 화장을 한 것으로 인식될 뿐이다.

코트를 벗기고 하이힐의 고리를 풀어 현관 입구에 내려놓은 민우는 메모지에 간단한 메모 몇 자를 남기고는 룸을 벗어나려 했다. 그렇게 밖으로 퇴장하기 위해 문고리를 잡은 순간 누군가의 익숙한 음성이 들려왔다. 민우는 소리가 난 곳으로 고개를 돌렸다. 수희의 목소리가 틀림없지만, 그녀는 몸을 돌려 벽 쪽으로 얼굴의 방향을 고정시킨 상태였다.

그녀가 하는 말은 취중의 넋두리도, 맹목적인 투정도 아니었다. 독백처럼 내뱉는 그녀의 말은 심지어 절절한 진실이 배어 있는 간청에 가까웠다. 그러나 민우에게 그녀의 말들은 여전히 자신을 억울한 피해자로 만드는 근거 없는 자기변명으로밖엔 다가오지 않았다. 그럼에도 그녀의 말은 외면할 수 없는 고통의 자극이 되어 민우의 시린 가슴속으로 매섭게 파고들었다.

"돌아가, 민우야."

"……."

"그리고 다신 오지 마."

"어째서 그래야 되지? 우린 곧 결혼할 사이야. 나한테 너무하다는 생각은 안 해봤어?"

"그래서 하는 말이야."

"뭐라고?"

"그곳을 떠나. 아니, 그곳을 버려."

"……."

"그곳은 너와 어울리지 않아. 어울리지 않게 되어 버렸어. 내가 해 줄 수 있는 말은 그뿐이야."

"너는 어울리고?"

"……."

"대답해. 넌 어울리느냐고."

"난…… 선택의 여지가 없잖아."

"……."

"……."

상처 입은 짐승마냥 수희가 한 차례 몸을 웅크렸다. 그러자 그녀의 상체를 감싸 안은 검은색 실크 블라우스가 잔잔한 파도가 일렁이듯 불빛에 반사되어 반짝거렸다. 그녀는 더 이상 말하지 않았다. 민우는 당장이라도 그녀를 잡아 일으켜 버럭 소리라도 지르고 싶었다. 나는 억울하다고 소리치고 싶었다. 변한 건 너희들이지 나는 아니라고 항변이라도 하고 싶었던 것이다. 하지만 민우는 그렇게 하지 못했다. 그는 가슴에 꽂힌 고통의 비수를 그대로 방치해 둔 채 밖으로 나와야만 했다. 흘러내리는 정신의 핏물 따윈 신경 쓸 여유조차 상실당한 채.

로비에 발을 내딛으며 민우는 헛헛한 기분을 쉽게 떨쳐 버리지 못했다. 때맞춰 휴대폰이 울리고 있었다. 액정 화면엔 너무나 익숙한 무례함으로 각인된 조정인의 번호가 제시되었다. 전화를 받지 않으면 안 된다. 하지만 민우는 받고 싶지 않았다. 적어도 이 순간만큼은 그와 말을 섞고 싶지 않은 것이 지금의 그가 선택할 수 있는 최선의 저항이었다.

이 지독한 무력감 앞에 민우는 아예 걸음을 멈춰 버렸다. 다시 엘리베이터를 타고 7층으로 올라갈 생각을 하지 않은 건 아니지만 망설여졌다. 다시 그곳에 돌아가고 싶지 않았다. 그 방에 다시 들어가면 수희가 다른 남자들과 거리낌 없이 몸을 섞는 악몽이 재생될 것만 같아 두려웠기 때문이다. 그렇다고 쉽게 그 장소를 벗어날 수도 없었다. 지금은 전화를 받지 않았지만, 집요한 성미를 가진 정인은 계속해서 추궁의 전화를 해올 것이고, 결국 어떤 식으로든 보고를 해야만 한다. 아무 성과 없이 돌아갈 순 없다는 남루한 책임감만을 끌어안은 채 민우는 로비를 배회했다.

새벽 한 시의 호텔 로비는 예상 외로 분주했다. 말쑥한 양복 차림의 남자와 2차를 나온 고급 콜걸들이 서로 다정하게 몸을 비벼대며 카운터로 향하는 광경이 군데군데 눈에 띄었다. 그들의 민망한 모습으로부터 몸을 피하기 위해 민우는 로비 한구석에 마련된 인터넷 이용실을 찾았다. 막상 자리에 앉았지만 무엇을 해야 할지 막막했다.

민우가 인터넷을 통해 확인할 수 있는 건 신학 논문을 검색하거나 이메일을 확인하고 교회 홈페이지에 들어가 설교 내용이나 동영상을 확인하는 게 전부였다. 지루해지고 무뎌질 만큼 무뎌진 자신의 영역이 지금만큼 따분하게 느껴진 적도 없었지만, 그는 자신도 모르게 교회 홈페이지에 접속하는 자신의 행동을 용납하고 있었다.

그와 함께 어느 순간부터 민우의 가슴이 다시금 두근거리기 시작했다. 교회 홈페이지 자유게시판을 클릭한 순간부터 시작된 현상이다. 며칠 전 벤 야살이란 닉네임으로 올린 기괴한 종교적 고백이 담긴 글 '이 땅에 나타난 재림 예수'란 제목과 동일한 제목을 가진 글이 새롭게 업데이트 되어 있었기 때문이다.

민우는 반사적으로 그 글의 등록 시간과 조회수를 살폈다. 바로 1시간 전에 등록된 글이었고, 평소에도 스팸성 게시물의 난립으로 교인들의 관심 밖이 되어 버린 자유게시판의 특성상 조회수는 0건이었다. 누구도 찾지 않고 관심 갖지 않는 글. 하지만 민우는 달랐다. 말과 눈빛, 수척해진 모습, 그 어떤 면에서도 이전의 모습을 찾아낼 수 없는 옛 친구 윤서를 발견한 뒤 다시 접하게 된 '재림 예수'란 단어는 또 다른 두려움과 긴장감으로 민우를 자극했다.

민우는 다소 떨리는 마음을 추스르며 마우스를 클릭했고, 그러자 기다렸다는 듯 새로운 게시물이 열렸다. 그 안엔 가독성을 현저히 격하시키는 작고 완고한 빽빽함으로 가득 메워진 장문의 글귀가 기록되어 있었다. 민우는 마치 주인 몰래 가게 물건을 훔치는 것 같은 흥분된 기분으로 글의 전문을 복사한 다음 운영자 권한으로 게시물을 삭제해 버렸다. 그리고는 복사한 글을 메모장에 붙여 넣은 다음 자신의 이메일에 저장시켰다.

그로써 이제 '이 땅에 나타난 재림 예수'의 두 번째 텍스트를 읽는 이는 민우만이 유일하게 된 셈이다. 민우는 다시 한 번 주위를 둘러본 다음 자신의 메일에 전송해 놓은 두 번째 텍스트를 살펴보기 시작했다. 첫 번째 텍스트보다 더 많은 분량이 눈에 들어왔으며, 여전히 거슬리는 종교적 수사의 난립이 신경 쓰였지만, 신과 인간의 대화를 연상케 하는 웅장한 구석도 엿보였으며, 동시에 여전히 납득하기 힘든 저자만의 사상적 비약으로 점철된 난독의 독특함이 글 전체를 지배하고 있었다.

하지만 민우는 포기하지 않고 처음부터 끝까지 비교적 차분히 읽어 내려갔다. 지독히도 자연스럽게 광기의 신념에 사로잡혀 재림 예수를 중얼거리던 윤서의 눈빛을 떠올리며.

9

벤 야살이 재림 예수를 만난 건 예루살렘 외곽, 이름 모를 제사
장의 집 앞 뜰에서였다. 로마 티투스의 살육과 광기의 도가니로
화해 버린 예루살렘은 이제 더 이상의 한시적인 평화의 유예도,
종교적 안식 따위는 기대할 수 없는 폭력의 용광로가 되어 버렸
다. 이러한 고통스러운 폭압의 폐허에 가장 큰 피해자는 도리 없
이 민중들이었다.

도주를 한 것인지, 살해당한 것인지 생사가 불분명한, 그래서
텅 비어 버린 제사장의 집 앞에 모여든 민중들은 별다른 저항이
나 거창한 민족 이념에 대한 횃불을 높이 들어 올린 것이 아니었
음에도 불구하고 상처 입은 신음만을 한 가득 끌어안고 모여들었
다. 하루아침에 부모를 잃은 어린아이의 서글픈 오열이 들려왔

고, 죽음을 목전에 둔 피투성이가 된 젊은 사내들의 신음소리도 끊이지 않았다. 회칠된 옹벽은 로마 군인의 양심을 잃어버린 칼부림에 의해 아이를 언 땅에 파묻어야 했던 어미의 울부짖음을 고스란히 감당해야 했으며, 우물은 메말라 버렸고, 거리 전체가 사지가 잘려 나간 썩은 시체의 부패한 악취로 가득했다.

성전은 서서히 하지만 분명하게 불타오르고 있었다. 몰락의 징후가 훈련받은 열심당원이던 벤 야살의 눈앞에 선명하고 끔찍한 재앙의 파발이 되어 치솟기 시작했다.

벤 야살 역시 갈 곳을 잃었다. 열심당원들의 투쟁은 산발적이었고, 무엇보다 엄청난 수효와 함께 상상을 초월하는 살상력을 보유한 무기로 중무장한 로마 군대의 조직력을 감당해 낼 자신이 없었다. 또한 그들의 이념은 곳곳에서 충돌되었다. 소수의 희생을 통해 대의를 이루고자 하는 명분론에서부터, 민중들을 먼저 생각해야 한다는 휴머니즘이 서로 조화를 이룰 수 없는 상극의 이견으로 대립되면서 무모한 소모와 갈등이 균열이란 끔찍한 결과를 잉태하고 말았다. 그들은 곳곳에서 테러를 자행했지만, 오히려 그와 같은 테러 행위가 로마의 화약고를 건드리는 꼴이 되었다. 그 가혹한 피의 보복이 훈련받은 정예 요원들인 열심당원들의 교묘히 은폐된 요새가 아닌 거리의 무고한 민중들에게 가해졌다. 그들의 머리는 금수나 다름없는 로마 군인들이 휘두

른 철퇴로 인해 피범벅이 되어 버렸으며, 피비린내가 좀처럼 사
라지지 않은 천형의 기운이 되어, 음험하게 도시 전체를 집어삼
켜 버렸다.

　사카리의 일원으로 활동하던 벤 야살은 어느 순간부터 무리들
의 대오에서 이탈되는 자신을 발견했다. 로마의 집단 살육과 광
기의 희생양들이 고스란히 죄 없는 민중의 몫으로 되돌아가는 비
극의 악순환을 목도한 벤 야살은 끝없이 무력해지는 가혹한 냉소
주의의 늪에 잠겨 버렸다. 전운과 핏빛으로 점철된 극한의 긴장
감이 감도는 상황에선 좀처럼 받아들여선 안 되는 낭만적 허무주
의였지만 벤 야살의 정신은 도무지 그 지독한 허무를 거부할 별
다른 명분을 찾지 못했다. 민족의 자부심, 그 정체성은 암흑의 심
해 속으로 곤두박질쳤으며, 그러한 알량한 민족의 이름으로 신의
정의와 자유, 메시아의 도래를 염원하던 맹렬하고 옹골찬 독립투
사들의 의지가 한순간에 짓뭉개지는 비극 앞에서 벤 야살은 자신
이 품에 끌어안은 단검의 정의, 대항 폭력의 명분조차 초라해지
는 것을 발견했다.

　무엇을 위한 투쟁이란 말인가. 거부할 수 없는 운명의 수레바
퀴처럼 바닥을 모르고 쏟아져 내리는 이 절망의 폭력 앞에 과연
신은 살아남을 수 있단 말인가. 이 피비린내를 신은 망각해 버리
고 있단 말인가. 아님, 혹 우리들의 신은 이 피에 내내 굶주린 무

법의 질서를 고스란히 끌어안은 야만의 본능으로 존재하고 있었단 말인가.

그러한 영혼의 절규, 그 밑바닥에서 소리치던 벤 야살에게 재림 예수가 나타났던 것이다. 한때 갈릴리 나사렛 변두리에서 놀라운 치유와 함께 물질의 기적을 일으키던 풍운의 사제 예수란 인물, 스스로 자신을 하나님의 아들, 신의 현현epiphany임을 자임하면서도 결국 그악스런 형벌의 극치인 십자가를 거부하지 못한 모순의 혁명가, 그 실패한 혁명가가 거룩한 영靈이 되어 다시금 우리네 인간의 심장 속에서 살아 숨쉬기 시작했다고 떠들어대는 소수의 기독교도들의 출현과 주장을 기억하던 벤 야살에게 그러나 전혀 예상하지 못한 시기에, 예상치 못한 장소에 출몰하고야 말았던 것이다. 벤 야살에게는 그러한 예수 존재의 출현이 굳이 재림의 범주에 한정될 수 없었다. 재림 예수의 이미지는 그리스도인들의 교리적 선언이었을 뿐이기에. 하지만 그럼에도 불구하고 중요한 건 그들 기독교도들의 종교, 그들의 전망과 아무런 연고도, 관련성도 없는 자신에게 그 혁명가의 고동치는 심장의 떨림이 전달되어 왔다는 사실이다. 무명의 제사장의 뜰에서 두 눈이 뽑혀 나가 얼굴 전체가 피투성이가 된 민초의 얼굴을 부둥켜안은 그 넝마의 사제에게서 벤 야살은 기적을 발견했고, 혁명가 예수의 이데아idea를 목도하고야 말았던 것이다. 기독교도이든 그렇지 않든 유대인이라면 한 번쯤 들어본 적이 있던 갈릴리 나사렛, 그 변방의 사제, 예수의 치유 소식을 전해 들은 벤 야살에게 나타난 그 무명의 넝마는 앞을 볼 수 없는 잔혹한 살육의 희생양들의 눈을 뜨게 해준 초현실적인 기적을 여과 없이 재연해 보인 것이다.

벤 야살은 그 순간을 잊을 수가 없었다. 넝마의 사제는 그것으로 자신의 치유 행위를 끝낸 것이 아니었다. 수많은 사람들의 신음과 고통에 만성으로 눈시울이 젖어 있던 넝마의 사제는 비록 드러내고 행하진 않았지만 명백한 치유의 손길을 제 힘으로 사지를 찢어내도 만족하지 못할 극한의 고통에 시달리는 백성들에게 베풀어 주었던 것이다.

벤 야살이 주목할 수밖에 없었던 건 그 이후 넝마의 사제가 보여 준 행동이었다. 그에 덧붙여 백성들의 반응도 벤 야살의 관심을 한눈에 잡아 묶기에 충분했다.

넝마의 사제는 자신의 정체에 대해 아무런 이야기도, 설명도 해주지 않았다. 그저 묵묵히 신음을 토해내며 고통에 몸을 떨던 민중들의 환부를 감싸 안고 두 눈을 지그시 감아 비정한 침묵만을 강요하는 하늘을 대신해 기도할 뿐이었다. 눈물과 전율의 광기, 그러한 고통의 사슬의 노예가 된 민중들 역시 재림 예수의 존재에 대해 별다른 반응을 보이지 않았다. 그저 몸의 고통에서 벗어난 현실에 대한 감사와 기쁨의 눈물만 침묵 가운데서 묵묵히 흘러내릴 뿐이었다. 아무도 그가 누구냐고 묻지 않았고, 넝마의 사제 역시 자신이 누구인지 굳이 밝히지 않았다. 혁명가 예수의 초창기 풍문은 그렇지 않았다. 수많은 사람들이 그의 제자 되기를 자처했으며, 실제로 적잖은 무리들이 자신들이 가지고 있던 가산과 모든 것을 버려두고 그를 따랐다고 했다. 그는 수많은 인파에 파묻혔으며, 그들의 옹호와 맹목에 가까운 추종을 받았으며, 예루살렘에 입성할 당시 많은 백성들이 종려나무 가지를 흔들며 그의 등장을 환영해 마지않았던 것이다.

벤 야살은 깊은 의문이 들었다. 그러면서도 그의 몸은 어느새 순순히 넝마의 사제 뒤를 따르고 있었다. 넝마의 사제를 재림 예수라고 부를 수 있을 만한 그 어떤 연관성도 부족했다. 그가 전해 들은 소수의 기독교도들에 의해 전해진 재림 예수의 상은 지구상에 존재하는 모든 인류의 의로운 심판과 그 흐름을 같이했다. 야훼 하나님의 강림은 처음 이 땅에 모습을 나타낸 예수의 초라함과는 결코 비교할 수 없을 것이다. 그 신의 현현은 위대한 이 땅의 항구적인 평화와 영원한 정의의 승리가 될 것이다. 찬란한 빛이 온 우주를 내리덮을 것이며, 그 빛 아래 모든 인간은 단 하나의 예외도 없이 유일신의 공의가 살아 숨 쉬는 백보좌 심판대^{성서}

요한의 묵시록 20장 7-15 기록 위에 올려 세워질 것이다. 그때 가증스러운 만행과 신을 섬기지 않은 모든 불신앙은 심판받을 것이다. 그것이 바로 벤 야살이, 또한 유대인들이 직·간접적으로 전해 들은 재림 예수의 유일한 이미지였던 것이다.

하지만 지금 이 재림 예수라고 부를 수밖에 없는, 벤 야살의 영혼의 귀와 눈을 사로잡는 넝마의 사제는 오히려 초림 예수의 모습보다도 더욱 초라했으며 동시에 지독히도 조용했다. 그럼에도 벤 야살은 도무지 그에게서 시선을 거둘 수가 없었다.

잿빛 벽을 부여잡고 자식을 잃은 슬픔에 통곡하다 그것마저도 지쳐 울음을 멈춰 버린 여인의 입술에 썩은 물, 핏빛과 악취로 가득한 물을 투명한 영원의 생수로 둔갑시켜 음미하게 하는 가혹하리만치 뚜렷한 물[物]의 기적을 행사하는 넝마의 사제가 보여준 초월적인 신성의 출현을 바로 지근거리에서 목격하고야 만 벤 야살은 도무지 그를 재림 예수, 메시아로 확신하지 않을 수 없었던 것이다. 아니, 어떤 이름으로 불리더라도 상관없으리라. 그 넝마의 사제가 기독교도들이 말하는 다시 나타난 예수가 되었건, 유대교인들이 목 놓아 부르짖던 메시아가 되었건, 바벨론 종교인들의 추잡할 만큼 다양한 혼재로 공존되는 신들의 궁극이 되었건 개의치 않았다.

벤 야살은 지독한 정신의 허무와 인간으로서의 삶을 꾸려갈 수

104

있는 최소한의 영역에서조차 박탈되어 버린 이 야만의 정글 속에서 구원해 줄 수 있는 존재의 출현을 외면할 수 있는 명분을 갖고 있지 못했다. 그것만이 중요한 것이다. 그 명분에 의해서 넝마의 사제는 재림 예수의 칭호를 얻기에 부족함이 없으리라. 벤 야살은 그렇게 확신해 마지않았다.

하지만 이 넝마의 사제, 재림 예수는 벤 야살에게 또 하나의 이해하기 힘든 장면을 연출해 보였다. 자신의 심복으로 보이는 열심당 일원들이 지도자의 암묵적 승인 아래 무자비하게 동족의 집을 약탈하던 로마의 군사를 급습해 그들의 팔과 다리를 잘라내는 승전보를 울리는 순간이었다. 사지를 잘린 로마 군사 한 명은 고통의 비명을 지르며 골목 어귀의 진흙탕을 버둥거리며 기어 다녔고, 목숨만 살려 놓은 걸 신에 대한 마지막 자비로 생각하라며 침을 곤두뱉고 떠나 버린 열심당원들의 테러 이후 벤 야살은 놀랍게도 그 사지가 잘려 나간 군인의 곁에 다가가는 재림 예수의 등장을 넋을 잃고 지켜보았다.

재림 예수는 망설이지 않았다. 방금 전까지만 해도 졸지에 남편을 잃은 유대 여인의 사타구니를 헤집던 짐승 같은 만행의 주범을 향해 몸을 웅크린 그가 하늘을 우러르며 기도하며, 로마 군인의 잘려 나간 두 팔과 다리를 다시금 접합시키는 경이로운 치유의 기적을 일으키고 말았던 것이다. 벤 야살은 순간 두 주먹을 움켜쥐었다. 그리고는 재림 예수에 의해 다시금 정상의 몸을 회복한 로마 군인의 뒤로 슬그머니 다가갔다. 분명한 진실이 존재했다. 놈의 본성은 결코 변하지 않은 것이다.

재림 예수의 무한한 자비로 인해 다시금 소생함을 입은, 고결한 생명의 기적을 입은 그 두 손으로 놈은 또다시 철퇴와 창을 집어 들고 만 것이다. 이 모습을 확인한 벤 야살은 최소한의 동정조차 허락하지 않고 그대로 신의 은총을 입은 로마 군인의 등 깊숙이 자신의 단검을 꽂아 넣었다. 그와 함께 벤 야살은 더 이상의 방관이나 관찰을 포기하고 직접 재림 예수를 상대하기로 결의했다.

로마 군인의 몸에서 흘러나온 검은 피가 자신의 옷을 더럽힌 사실조차 망각한 채 벤 야살은 그대로 슬그머니 폐허와 광기의 한복판으로 걸어 들어가는 재림 예수의 손을 붙잡았다. 그리고 그 넝마의 사제에게 자신이 갖고 있던 세상에 대한 의문과 이 가혹한 피의 악순환에 종지부의 낙인을 찍을 수 있는 길에 대해 묻고 또 묻기를 마다하지 않았다.

"당신이 재림 예수요? 민족을 배신하고도 로마의 개들로부터 환영받지 못하는 기독교도들이 그처럼 갈망해 마지않는 재림 예수가 맞느냐 그 말이오."

"난 단지 그의 아들일 뿐이오. 그것 외에 다른 의미는 중요치 않소."

"당신을 어떻게 부르든 상관없다는 말이오?"

"그렇소, 그건 단지 호칭의 문제일 뿐."

"기독교도들의 주장대로라면 십자가에 매달렸던 예수란 혁명가는 우리 유대교인들의 메시아라고 들었소. 그런데 그 메시아가 바로 당신이라면 어째서 이토록 무력한 모습으로 나타나고야 만 것이오."

"난 무력하지 않소."

"그렇지만 지금 이 땅을 보시오. 피와 굶주림, 번민과 고통만으로 들끓고 있소. 당신을 섬기기 위해 세워 놓은 인간의 피와 땀과 집념의 노력이 올려 세운 당신의 성전이 허물어지려고 하고 있단 말이오."

"난 저 성전에 머물러 있지 않소. 난 여기에 있었을 뿐이오. 이 땅 위에. 처음부터 그랬고 앞으로도 그럴 것이오."

"기독교도들처럼 당신도 당신의 몸 자체가 성전이라고 주장하는 거란 말이오? 그렇다면 당신은 어째서 그들의 마음속에 영의 희망으로 자리하지 않고 이렇듯 피와 살육의 거리를 외로이 방황하고 있는 거요?"

"그럴 수밖에 없었소."

"그럴 수밖에 없었다니? 이해가 되지 않소. 비록 소수이지만 당신을 메시아로 숭배하는 기독교도들이 집이나 회당에서 자기네들의 성전을 세우고 당신의 재림만을 학수고대하고 있다고 들었소. 그런데, 어째서 당신은 다시 나타났음에도 그들의 처소를 찾아가지 않고 이토록 소모적인 방황을 거듭하고 있단 말이오."

"난 그들에게 돌아갔었소. 십자가에 못 박힌 다음 다시 살아나 나의 제자들에게 예루살렘을 떠나지 말고 기다리라고 말했소. 그리고 불멸의 영의 호흡을 그들의 심장 속에 영원히 꺼지지 않는 불꽃으로 심어 주었소. 그 후 난 나타난 것이오. 난 그들에게 분명히 예언했었소. 너희들의 세대가 지나가기 전에 내가 다시 이 땅에 올 것이라고 말이오."

"그런데 왜 여기에 나와 있소? 당신을 추종하는 당신의 터전을 멀리하고 왜 이 거리로 나와 있느냔 말이오."

"그들은 날 알아보지 못했소. 내가 너희들이 기다리는 재림 예수라고 밝혔지만 그들은 날 인정하지 않았소. 그들의 하나같은 대답은 단호했지만 분명했소. 우리가 기다리는 재림 예수가 당신일 수 없다고 말했소. 그래서 난 이렇게 다시 거리로 나오게 된 것이오."

"당신이 행하는 이 놀라운 치병과 기적 행위를 보고서도 당신을 배척했단 말이오?"

"그들은 이제 이 정도의 기적에 만족할 수 있는 수준을 넘어서고 말았소. 그들의 눈과 마음엔 자신들이 경배하는 대상에 대한 기대와 열정만큼의 막강한 차원의 변화를 허락해 주는, 즉 그들의 열망을 이루어 줄 누군가의 모습을 기대했던 것이오."

"그들을 비난하지 마시오. 내가 보기에도 당신은 무력하고 모순된 일그러진 재림 예수의 상*으로 존재한다는 느낌이오. 당신의 기적이 놀라운 것임에는 의심의 여지가 없지만 방금 전 로마 군인의 잘려 나간 팔을 다시 붙여 놓은 당신의 행동은 도저히 이해할 수 없는 맹목적인 박애의 산물에 불과하오. 당신에게 자비를 헌사 받은 그 군인이 치료받은 신성한 기적의 손에 또다시 철퇴를 집어든 모습을 보지 못했단 말이오?"

"그러나 그 역시 인간일 뿐이오. 그들에게 철퇴를 집어 들게 한 건 악마의 구조일 뿐이란 말이오."

"그 악마의 구조 또한 누가 창조해 낸 것이오? 썩고 사악한 인간들의 머릿속에서 고안된 것 아니오. 그러므로 그러한 구조를 탓하기 전에 우선 우리 눈앞에 다가온 이 악의 고통을 물리치는 것이 최선이오. 그렇게 생각하지 않소?"

"악을 향한 또 다른 악의 보응은 결국 전체 악의 구조만 견고히 할 뿐이오. 그렇게 되면 어느 누구도 이 악의 고리에서 자유로울 수 없게 될 것이오."

"그렇다면 더더욱 당신이 이 땅에 다시 와서 해야 할 일이 명백해진 것 아니오. 그 악의 구조를 하나님의 이름, 영원한 신적 공의의 이름으로 심판해야 하지 않겠소? 저 로마의 개들을, 유대 종교 지도자들의 뻔뻔스러운 정치적 야합의 작태를 보시오. 저들이 권력의 이름, 야만의 이름, 음란한 우상의 이름으로 당신이 아버지라고 부르짖는 야훼 하나님의 이름을 모독하고 짓밟고 있소. 저 멸망의 가증한 것들을 당신의 제자들, 기독교도들이 목 놓아 부르짖는 백보좌 심판대 위에 세워 하나도 남김없이 쓸어 버려야 하는 것이 마땅하지 않겠소?"

"그렇소, 당신 말대로 나 역시 그 일을 행하기 위해 다시 온 것이오."

"그런데 어째서 그 일을 망설이고 있소? 지금이라도 행하시오. 만약 당신의 존재를 믿지 않은 죄를 나에게 묻는다면 나 역시 망설이지 않고 그 심판의 칼을 달게 받아들일 것이오. 그 심판의 끝이 지옥 불못이라 해도 받아들일 것이란 말이오. 그러니 제발 저 로마의 개들, 이 하늘을 뒤덮은 고통의 먹구름으로부터 우리를 해방시켜 주시오. 더는 견딜 수가 없소. 숨조차 쉴 수가 없단 말이오."

"그러나 나는 칼을 잃어버렸소."

"칼?"

"하나님의 의로운 심판의 칼을, 그 칼을 잃어버렸소."

"누가 그 칼을 가져갔단 말이오?"

"당신들이, 로마의 개들이, 나를 따르던 내 제자들이."

눈에 보이는 칼은 지금 재림 예수의 손에 쥐어져 있지 않았다. 그 칼은 지금 벤 야살의 손에 쥐어져 있었다. 그 순간 벤 야살은 더 이상 말을 잇지 않고 자신의 치유 행위를 묵묵히 수행하는 재림 예수를 말없이 내려다보았다. 그리고 생각했다. 자신의 가슴 속에 은폐되어 있는 이 칼을 어떻게 사용해야 할지에 대한 극도의 의문과 그에 상반되는 가혹한 열정을 동시에 끌어안게 된 것이다. 그로 인해 그의 심장이 다시금 고동치기 시작했다. 예루살렘 성전이 불태워지는, 단 한 줌의 종교의 희망, 민족의 실낱같은 회생의 가능성마저 난도질당해 버린 그 엄청난 비극의 현장에서.

10

다시 한 주가 지나고 돌아온 주일 오전 예배 시간. 윤서는 결코 정민우의 간곡한 요청에 부응하지 않았다. 그들은 저번 예배 시간 때 세명교회 주차장에서 외치던 구호와 함성의 열기를 넉넉히 넘어서는 한층 더 강화된 외침으로 '악마의 교회 물러가라'는 구호를 반복했다. 외부 소음이 침투될 수 있는 열린 부분이란 부분은 모두 막았어도 바로 앞 교회 주차장에서 벌어지는 그들의 외침을 예배당 안에 모인 삼천여 명의 신도들은 좋든 싫든 듣지 않을 수 없었다.

하지만 달라진 점이 있었으니 그건 바로 정인의 태도였다. 정인은 저번 주처럼 교회소식 시간에 강대상으로 나와 신도들에게 조감도를 보여 주며, 어느새 세명교회의 비전을 브리핑하는 주중

행사가 되어 버린 스케줄도 생략해 버렸다. 심지어 민우가 대필해 준 설교문의 절반도 채 낭독하지 않고 중도에 읽기를 마치며 얼버무리는 행동을 보였다. 그럼에도 신도들은 정인의 설교 속에 담겨 있는 메시지의 부실함을 문제 삼거나 하진 않았다. 어려운 신학 용어들이 적당히 섞여 있으며 누구나 쉽게 공감하면서도 결코 깊이 있는 성찰을 행할 수 있는 가능성의 문을 스스로 닫아 버린 인류 평화라는 추상적인 주제로 나열되는 설교엔 흥미나 막대한 공감을 이끌어 낼 수 없었다. 거기다 비판받을 수 있는 여지가 허용되지 않았기에 신도들은 설교의 끝자락에서 '아멘'으로 화답하는 것으로 개신교 예배의 정수라 할 수 있는 설교를 이른바 은혜의 차원으로 받아들였다.

열한 시 예배가 끝나고 당회장 사무실로 향하는 민우의 발걸음은 그 어느 때보다도 무거웠다. 서약서를 받지 못한 탓에 윤서와 한철연 식구들의 세명교회 앞에서의 집회를 방치하게 만든 책임 불이행에 따른 정인의 원색적인 문책도 두려웠고, 무엇보다 수희를 집으로 데리고 오는 데 철저히 실패한 무능함에 대한 질책도 부담스러웠다. 그렇지만 관례처럼 민우는 예배를 끝낸 조정인이 휴식을 취하고 있을 교회 1층에 마련된 당회장 사무실을 들러야 했다. 그곳에서 그들만의 주고받음이 거행되는 은밀한 교환식이

매주 반복되었기 때문이다.

　예배 시작 20분 전 민우는 당회장 사무실 책상 위에 설교 원고의 전문全文이 프린트되어 있는 서류 봉투를 올려놓는다. 그 봉투를 집어든 정인이 모여든 신도들 앞에서 자신이 즐겨 사용해 오던 영어를 적당히 섞어 가며 지적 허영과 신학적 깊이를 동시에 추구하는 작태로 20~30분 동안 설교 행위를 지속한다. 그렇게 설교를 마치면 설교문은 다시 서류 봉투 안으로 들어가고 민우는 그것을 되찾아 교회 홈페이지에 원고 전문과 동영상을 올려놓는 일을 반복해 왔던 것이다. 이번 주도 예외는 아니어서 민우는 도리 없이 정인이 자리하고 있을 당회장 사무실을 찾을 수밖에 없었다. 여전히 교회 밖에선 확성기를 향해 토해 내는 윤서의 거친 육성과 북소리가 음험하고도 명징하게 울려 퍼지는 중이었다.

　한 가지 이상한 점이 민우의 뇌리를 스치고 지나갔다. 지난 주 같은 경우 북소리, 구호 소리가 들리자마자 전도사들이 건물 밖으로 뛰어나갔고 윤 장로가 불같은 노기를 쏟아내며 서둘러 교회 예배를 방해하는 불법 집회의 진압을 요구했었는데, 이번 주는 달랐다. 벌써 2시간째 '악마의 교회'란 구호가 반복되고 있음에도, 집회 진압을 위해 경찰이 출동하지도 않았고, 윤 장로와 다른 전도사들 역시 별다른 조치를 취하지 않았다. 방송실에서 이 장면을 지켜보던 민우가 동료 전도사 재훈에게 나가 봐야 하는 거 아니냐고 물었을 때, 재훈은 다음과 같이 답하며 태연스럽게 자리를 지키고 앉아 아무런 조치도 취하지 않았다.

"윤 장로가 알아서 처리한대. 잘됐지. 괜히 밖에 나가서 볼썽사나운 장면 지켜보지 않아도 되고."

알아서 한다는 게 무슨 의미일까. 그 말의 의미를 되새기자 왠지 모를 불안감으로 인해 소름이 민우의 온몸을 뱀처럼 휘감았다. 그 끔찍한 소름은 당회장 사무실 문을 여는 순간 절정으로 치솟았다. 회전의자에 앉아 있는 정인과 접대용 소파에 앉아 있던 윤 장로가 나지막한 목소리로 몇 마디 주고받다가 민우의 노크 소리와 함께 작심이라도 한 듯 침묵해 버린 것이다.

민우는 둘의 표정을 세심히 살필 만큼 강심장이 못 되었다. 그저 고개를 반쯤 조아린 채 정인을 향해 어색한 목례를 하고 책상 위에 올려놓은 서류 봉투를 집어 들고 황급히 사무실 밖으로 나올 수밖에 없었다.

그렇게 민우가 사무실로 들어서고 나가는 동안 둘은 아무 말도 하지 않다가 문이 닫힌 후에야 다시금 윤 장로의 거친 입이 열리기 시작했다. 민우는 닫힌 문 앞에 우두커니 서서 둘의 대화가 어떤 종류의 것인지 파악하기 위해 애썼다. 흥분하기만 하면 빠르고 걸쭉한 경상도 사투리를 섞어 쓰는 윤 장로의 말을 제대로 알아듣긴 어려웠지만 둘의 대화가 먹잇감으로 삼고 있는 제물이 무엇인지 정도는 충분히 파악할 수 있었다. 지금 저 밖에서 여전한 기세로 '악마의 교회'와 '세입자 이주 보상비의 현실적 대책 마련'을 촉구하는 한철연과 미래시장 세입자들이 그들의 제물이었다.

11

오후 두 시. 대부분의 철거민들은 퇴장한 상태였지만 여전히 윤서와 몇 명은 남아서 북과 꽹과리를 두들기며 확성기를 통해 농성을 계속하고 있었다. 윤서가 가져온 것으로 보이는 봉고차의 운전석과 뒷좌석에서 한두 사람이 잠을 자고 있었고, 시위대의 가족으로 보이는 아이들이 신이 난 표정으로 지상 주차장의 이곳저곳을 뛰어다니며 장난을 치고 있었다.

민우는 교회 구내식당 입구에 서서 윤서의 모습을 난처하게 지켜보았다. 민우가 놀랐던 건 철거 농성원들 중 눈에 띄는 한 남자 때문이었다. 백발이 성성한 노구를 이끌고 머리에 붉은 띠를 맨 그는 바로 현민의 할아버지였다. 손주를 따라 교회 대예배에도 가끔씩 모습을 드러내던 그 역시 미래시장을 최후의 보루로 생각할 수밖에 없는 인생이었기에 윤서와 함께 주먹을 쥐고 미래시장 세입자들의 실질적인 보상을 요구하는 구호를 외치는 데 동참하지 않을 수 없었던 것이다.

민우는 구내식당으로 눈을 돌려 현민을 찾았다. 오후 한 시가 넘으면 주방에서 스스로 앞치마를 두르고 중년의 여성 집사들과 함께 설거지를 도우며 봉사하던 녀석이었다. 그런데 오늘은 어디에서도 현민의 얼굴은 보이지 않았다. 돌이켜 보니 녀석은 토요일 청년 예배에도 불참했다. 민우는 혹시나 하는 마음에 '한국철거민연합회'란 단체 이름이 새겨진 선팅 마크를 서툰 솜씨로 붙여 놓은 낡은 봉고차 내부를 들여다보았다. 그러자 곧 운전석 옆 조수석에 앉아 잠들어 있는 밤톨머리를 한 유독 어려 보이는 한 녀석, 현민이 목격되었다. 세명교회에서 그토록 떠나고 싶지 않아 저녁 늦게까지 남아 버티던 녀석이었다. 일찍이 집을 나가 버린 아내를 향한 원망이 분노의 폭음으로 이어져 자식과 부모마저도 저버리고 유명을 달리한 아비를 대신해 자신을 돌보는 할아버지와 단둘이 아슬아슬한 삶을 꾸려가던 현민이 어느 순간 한철연의 봉고차 안에 합류하고 있는 것이다.

민우는 여전히 확성기를 입에 대고 소리 지르는 윤서를 향해 온당한 분노가 치솟았다. 아무것도 모르는, 신에 대한 순수함을 잃지 않으려고 애쓰는 어린 영혼의 이마에 붉은 띠를 두르게 하고 차가운 길바닥으로 나앉도록 획책한 윤서의 오만한 신념이 그 순간만큼은 세명교회를 사유화시키는 데 혈안이 된 정인보다 더 악랄해 보였다.

그래서일까. 민우는 자신도 모르게 감정을 절제하지 못하고 철거민들을 향한 접근을 불허한 윤 장로의 불호령도 무시한 채, 주차장 앞 농성장을 향해 걸어갔다. 차도 너머로 바로 보이는 경찰 지구대 앞에는 백차 두 대가 주차되어 있었고, 지구대 입구에 경찰들이 서 있었지만, 저번 주와 같이 이 불법 집회에 대한 극렬 진압의지는 보이지 않았다.

윤서는 민우가 자신을 향해 다가오는 것을 보고 한 걸음 물러났다. 그와 함께 분위기가 돌변해 버렸다. 봉고차에 누워 잠시 휴식을 청하던 남자들이 자리에서 일어섰으며, 현민도 놀란 얼굴로 차 밖으로 나왔는데, 겁에 질린 표정이 역력했다. 현민의 할아버지 역시 마찬가지였다.

처음 민우는 이들이 자신의 등장으로 인해 그처럼 당황스러워 하는 것으로 착각했다. 하지만 그들이 목격한 건 민우의 등장뿐이 아니었다. 세명교회 주차장으로 난폭하게 달려들어 주차하는 한 대의 차량, 검은색 밴이 보였다. 그리고는 밴의 옆문이 열리자 손에 장갑을 끼고 복면을 얼굴에 눌러쓴 일군의 무리들이 들이닥친 것이다.

윤서에게 다가가 그만두라고 경고하려던 민우가 그들의 등장에 흠칫 놀라 한걸음 물러선 것이 마치 진압의 신호탄이 되어 버린 듯 사내들은 일제히 욕설을 퍼부으며 시위대원들을 향해 달려들었다. 그리곤 어김없이 각목과 쇠파이프를 손에 쥔 그들은 일사불란하게 일을 해치우기 시작했다. 그들에겐 주어진 업무, 한두 번 겪어 본 솜씨가 아닌 것 같은 익숙한 폭력의 동작들이 민우의 눈앞에 현란하게 펼쳐졌다.

단숨에 피켓을 빼앗아 박살내고 한철연 봉고차의 앞 유리를 쇠파이프로 산산조각 내더니 곧이어 윤서의 손에 쥔 확성기를 빼앗아 짓밟기 시작했다. 그러자 시위대원들도 저항을 시작했다. 하지만 작심하고 각목과 쇠파이프를 휘두르는 조폭을 연상케 하는 건장한 예닐곱 불청객들의 기습에 그들은 속수무책이었다. 현민도, 할아버지도 예외일 수 없었다. 할아버지를 향해 입에 담기 힘든 욕설을 내뱉은 한 녀석이 사정 봐주지 않고 노구의 어깨와 다리를 각목으로 내리쳤고, 그때 윤서가 녀석에게 달려들었다. 하지만 수척하면서도 유독 마른 체구의 윤서는 처음부터 전문 싸움꾼들에 가까운 그들의 적수가 될 수 없었다.

윤서의 저항이 본격화되자 아예 작심하고 덤벼든 복면의 불청

객들은 두세 명씩 떼를 지어 윤서의 머리채를 움켜쥐고 무자비하게 그의 몸을 난타하기 시작했다. 쇠파이프를 쥐고 있는 그들의 손목에서 푸른 정맥이 꿈틀거렸으며, 입을 악다물고 윤서의 온몸을 내리치는 그들의 얼굴에선 싱싱한 살의만이 가득했다. 적어도 민우의 눈에 비친 그들의 모습은 그랬다. 정말로 저들이 이대로 윤서의 숨통을 끊어 놓을지도 모르겠다는 현실적인 공포가 엄습하자 민우는 자신도 모르게 차도 앞으로 달려가 맞은편 경찰 지구대를 향해 고함을 질렀다.

무슨 말을 어떻게 했는지 알 수 없었다. 단지 그는 두 손을 허우적거리며, 이 백주대낮에 벌어지는 정체불명 집단의 무법 행위를 막아 달라는 간청을 할 수밖에 없었다. 그러나 무슨 일인지 경찰들은 이 살벌한 현장을 분명히 목격했음에도 불구하고 행동을 서둘지 않았다. 마치 한 차례의 폭풍이 지나갈 것을 예상이라도 한 듯 늑장을 부리며 주위를 두리번거리거나 지구대 안으로 들어가는 등 딴청을 피우는 것이었다.

민우는 몸이 덜덜 떨려 왔다. 벗어나기 위해 발버둥치는 윤서의 몸부림, 그런 윤서를 정말로 죽일 듯이 구타하는 복면 너머의 비정한 살의로 번들거리는 시커먼 눈동자들, 윤서의 이마가 피로 얼룩지기 시작한 후에야 마지못해 호루라기를 불며 횡단보도의 파란 불에 맞춰 차도를 건너오는 두어 명의 경찰, 바닥에 엎드린 할아버지, 할아버지를 붙잡고 울기 시작하는 현민, 봉고차의 유리가 깨지고 피켓과 현수막, 확성기가 박살난 초토화된 농성의 흔적.

경찰들이 다가오자 한두 명의 폭력배들이 남아 복면을 벗고 서성거렸고, 다른 이들 역시 결코 허둥대지 않으며 일상적인 동작으로 검은색 밴에 올라탔다. 곧이어 출발하는 검은색 밴. 하지만 경찰은 그렇게 퇴장하는 밴에 애써 관심을 두지 않고, 한순간에 아수라장이 된 농성 현장을 진압하기 위해 달려들었다. 고함을 질러대며, 마치 요식 행위처럼 폭력배를 향해 삿대질을 하거나 얻어맞아 몸을 가눌 수조차 없는 농성 참가자들을 향해 불법 집회에 관한 처벌 운운하며 그들을 위협했다.

그 순간 민우는 자신도 모르게 윤서를 일으켜 세웠다. 그리곤 호루라기를 불며 전원 그 자리에서 꼼짝하지 말라는 경찰의 경고성 일갈도 무시한 채 윤서를 부축해 세명교회 지하 주차장으로 끌고 내려갔다. 제대로 오랜 시간 공들여 건물 구조를 파악해 오지 못했다면 어디에 숨었는지 한눈에 알아보기 어려운 미로 같은 세명교회 지하 주차장. 민우는 그곳에서 오랜 시간 지내온 탓에 어느 장소에 숨어 있으면 발각되지 않을 수 있는지를 너무나 잘 알고 있었다. 우선 윤서를 구석에 있는 탕비실 용도로 마련된 장소로 데리고 들어갔다. 뒷머리를 쇠파이프로 가격당한 윤서는 제대로 몸을 가누지 못하고 버둥거렸다. 한 차례만 더 머리를 얻어 맞았다면 충격으로 인해 뇌진탕이나 다른 심각한 병명으로 죽었을지도 모른다는 섬뜩함이 밀려왔다. 민우는 호루라기를 불며 수색하는 경찰들에게 이대로 윤서를 넘겨선 안 된다는 심중을 굳히지 않을 수 없었다. 방금 전에 보인 그들의 방관자적 모습을 똑똑히 기억하는 민우의 본능은 피투성이가 된 윤서를 더욱 힘껏 부둥켜안으며 경찰들이 완전히 사라질 때만을 초조하게 기다렸다. 그렇게 세명교회의 주일은 지나가고 있었다.

12

한 차례 잔인한 폭풍우가 휩쓸고 지나간 뒤, 피투성이가 된 윤서를 민우가 데리고 간 곳은 도강동을 벗어난 서울 변두리에 위치한 종합병원 응급실이었다. 물론 도강동에도 응급치료실이 마련된 병원은 있었지만, 민우는 애써 윤서를 도강동에서 최대한 벗어난 곳으로 데리고 가야 했다. 혹시라도 그 근처에서 피투성이가 된 윤서를 찾아다니는 복면의 사내들이 있을까 싶었기 때문이다. 그만큼 민우에게 교회 앞 지상 주차장에서 벌어진 윤서와 시위대를 향한 무자비한 습격은 충격의 한 장면이 되어 마음속 깊이 자리 잡았다. 이마에서부터 흘러내려 얼굴 전체를 덮은 핏물을 닦아 내고 환부를 소독하는 간호사와 응급실 의사의 능숙한 손놀림을 지켜보면서 민우가 품은 생각과 나름의 결심은 그러므로 윤서를 설득하고자 하는 방향으로 굳어졌다.

'더 이상 윤서를 그곳에 철거연합회원들과 함께 놔두었다간 앞으로 어떤 일을 당하게 될지 모른다. 윤서는 사실 그곳과 아무런 연고도 없지 않은가. 물론 나의 이런 생각을 윤서는 이기적인 것으로 매도할지도 모른다.'

하지만 민우는 그 외에 별다른 방법이 떠오르지 않았다. 그저 두려울 뿐이었다. 결코 복면을 눌러쓴 백골단을 연상케 하는 이들의 백주대낮의 폭력만이 두려움의 전부가 아니었다. 그들을 먼발치도 아닌 바로 차도 하나를 사이에 두고 지켜보던 지구대 경찰들의 싸늘한 무반응이 민우의 심장을 더 떨리게 만들었다. 그들은 분명 이 무법의 야만을 두 눈 멀쩡히 뜨고 지켜보고 있었다. 시위자들의 면면도 알고 있을 것이다. 윤서를 제외하고는 젊은이라곤 눈을 씻고 봐도 찾아볼 수 없는 허약하다고 말할 수밖에 없는 이들의 초라하지만 절박한 모습을 말이다. 그들에게 가해진 무자비한 폭력을 시종 방관자의 자세로 지켜보던 경찰의 모습을 보며 민우는 어떻게든 윤서의 마음을 돌려세우고 싶었다. 그래서일까. 어느 때보다 조급해진 민우는 링거를 꽂고 안정을 취하는 윤서에게 그곳으로부터의 탈주를 더 이상 돌려 말하지 않고 직접적으로 제안했다.

"네가 어디서 무슨 일을 하며 지냈는지 묻지 않을게. 앞으로 어

떤 활동을 할 건지에 대해서도. 그렇지만 우선 그곳에서 나오는
게 좋겠다. 오늘과 같은 일이 다시 일어나지 않을 거라는 보장도
없고."

하지만 민우의 통사정에도 불구하고 윤서는 단호했다. 그의 잘
라 말하는 말투와 이내 굳게 다문 입술, 먼 곳을 응시하는 듯한
시선 속에 담겨 있는 자신만의 타협할 수 없는 세계를 향한 집념
이 민우의 의지를 단번에 깔아뭉갤 기세로 덮쳐들었다.

"그런 소리 하지 마라. 지난번 내가 한 이야기를 허투루 들은
거냐."

"무슨 소리? 그 예수 이야기를 말하는 거라면 다시 생각해 보
는 게 어떻겠냐. 물론 네 말대로 재림 예수로 상징되는 이가 이
땅의 가난한 자들과 억압받는 자들을 위해 나타날 수도 있어. 민
중 신학자들이 즐겨 말하는 전태일이 그랬고, 수많은 열사들이
그들만의 예수가 아니더냐. 하지만 미래시장엔 민중을 해방하고
자 하는 거창한 이념도 없을뿐더러 보아하니 최소한의 투쟁을 꾸
려 나갈 만한 조직도 변변치 않은 것 같던데 그런 곳에서 무슨 상
징화된 예수를 찾을 수 있다고 그러는 건지 모르겠다."

"내 말을 잘 이해하지 못한 모양인데."

"뭐?"

"내가 말한 예수는 결코 상징으로서의 예수가 아니야. 진짜 예

수라고."

"윤서야."

이번만큼은 민우도 양보하고 싶지 않았다. 둘은 한동안 서로를 삼킬 듯이 마주 보았다. 하지만 민우의 시선은 유약하기 이를 데 없는 종교의 아늑한 터전에서 보살핌 받아 오던 양의 눈빛이었다. 그러한 눈빛을 품은 존재가 지금 야생의 한가운데로 내동댕이쳐진 기분이었다. 악에 받친 윤서의 눈빛을 보면 그랬다. 그래서일까. 민우는 이번에도 먼저 그의 시선을 피하고 말았다. 윤서가 말을 이었다.

"난 오히려 널 이해할 수가 없다. 너도 예수를 추구하고 있었잖아. 예수를 만나기 위해 신학교도 다니고 교회에서 전도사 노릇도 하고 있는 거 아니냐. 그런데 어째서 이 명백한 진리의 도래를 외면하려 하는 거지? 넌 예수가 과연 어느 땅에, 어떤 모습으로 나타나길 기대했던 거냐? 천군 천사의 호위를 받으며 저 멀리 하늘 저편에서 구름을 타고 강림하는 신화 속의 모습이라도 기대했던 거냐?"

"하지만 적어도 이건 아니라는 생각이야. 어떻게 예수가 저런 곳에 나타날 수 있겠어? 안 그래?"

"날 설득할 생각일랑 아예 거두는 게 좋아. 네가 뭐라고 말하든 난 그곳으로 돌아간다. 그런 줄 알아."

그렇게 말한 윤서의 다음 행동이 심상찮게 민우의 심리를 더욱 불안하게 했다. '괜히 긁어 부스럼을 만든 걸까' 라는 식의 후회가 생길 정도로 윤서의 행동은 과격해졌다. 응급실 침대에서 자리를 일으킨 그는 단단히 작심이라도 한 듯 팔목에 꽂은 링거 바늘을 뽑아내고는 맨발인 상태로 움직이며 벗어 두었던 자신의 신발을 찾았다. 민우는 그런 그의 행동을 막아 보려 그의 어깨를 붙잡았지만 거칠게 뿌리쳤다. 입원 치료를 종용하는 간호사와 의사의 말도 더 이상 그의 귀에 들려올 리 만무했다. 민우는 호소하듯 윤서의 팔을 붙잡았다. 신발을 찾아 신은 윤서도 그제야 민우를 바라보았다.

"마지막으로 부탁이다. 나와 함께 가자. 교회에 나오라는 얘긴 하지 않을게."

"정민우."

"우리 어머니도 널 많이 보고 싶어 하셔. 넌 고등학교 때 추억을 벌써 잊은 거야?"

민우가 어머니 한양례 집사의 이야기를 꺼내자 순간 윤서의 낯빛에서 일말의 동요가 감지되었다. 하지만 인간적인 감정으로 자신의 도저(到底)한 신념의 성벽을 훼손할 수 없다는 거대한 결의에 정신의 모든 것을 내맡긴 윤서의 단호함은 결국 민우의 마지막 호소에도 찬물을 끼얹고 말았다. 그러한 결의가 담긴 윤서의 마지막 말은 유약함의 외피에 안주하고 있던 민우에게 무의식의 영역에서나 돌출될 수 있는 타당성을 상실한 도전 의식을 주입시켰다. 적어도 일반적인 성직자의 삶을 동경하던 민우에게 있어서만큼은 필경 납득되기 어려운 근거 없는 도전 의식이었다. 그건 아마도 윤서의 괴기스러울 정도로 강렬한 집념이 헤집어 낸 기운의 전염이었을 것이다.

"나도 마지막으로 부탁 하나만 하자."

"……."

"정민우, 네가 정말 참된 사제가 되기를 원한다면 예수의 재림한 모습을 보지 않으면 안 될 것이다. 우리가 있는 곳으로 찾아와. 한식구가 될 것을 기대하는 건 결코 아니다. 한 번쯤, 한 번 정도는 너도 예수의 실체를 봐야 할 것 아니냐. 너희들이 그토록 바라 마지않는 예수 말이다."

그 말을 남기곤 급히 응급실을 빠져나갔다. 그는 그렇게 자신의 신념이 살아 숨 쉬는 곳으로 다시 돌아가는 것이다. 민우에겐 가혹할 정도의 무거운 과제를 남긴 채.

13

하지만 그 후 며칠 동안 민우는 윤서가 남겨준 결코 쉽지 않은 과제를 해결하지 못한 채로 자신에게 주어진 궁극의 목표에 매진해야만 했다. 전도사 생활만 벌써 4년째다. 신학대학원 논문 코스까지 모두 수료한 상황에 이제 남은 건 목사 안수를 위한 심층면접과 안수식을 겸한 임직예배만을 남겨둔 상태다. 민우는 이 모든 과정에서 도움을 준 세명교회를 향한 정신적, 물질적 막대한 채무 의식을 내내 떨쳐 버릴 수 없었다. 대학원 등록금과 장학금 지원을 받은 것에서부터 이미 민우의 채무감은 절정에 이르고 있었다.

그런 면에서 정인은 확실히 비논리와 신비의 영역을 신앙의 이름으로 설교해야 하는 성직자라기보다는 눈에 보이는 거래 행위에 능숙한 사업가임이 틀림없었다. 대형 교회의 담임 목회자로서의 소양을 시험받게 되는 설교 원고를 대신 작성해 준 대가로 정인은 민우에게 최소한의 생계 유지도 어려운 월 70만 원 남짓조차 되지 않는 전도사 사례비 대신 가외로 어머니 한 집사를 통해 매달 40~50만 원 정도를 선교 헌금 명목으로 전달해 주었으며, 학기마다 넉넉히 5백만 원을 상회하는 대학원 등록금 역시 선교 헌금을 적당히 융통해 대신 지급해 주는 대가를 지불했던 것이다. 그러나 그러한 대가는 민우에게 고마움의 표현임과 동시에 커다란 부담감으로 다가왔고, 심지어 일종의 덫으로 자신의 정신을 옭아매고 있음을 자인하지 않을 수 없었다.

시간이 갈수록 정인의 부당한 요구와 그 불합리함으로부터 벗어나기 어려울 것이라는 부담과 함께 이제는 더 이상 뒤를 돌아보거나 한 발자국 물러날 수 있는 최소한의 생각의 여백마저 강탈당했다는 박탈감이 강하게 밀려왔다. 세명교회가 재단 이사의 후원 법인으로 자리하고 있는 신학대학에서 학부를 마치고 역시 동대학원에서 학위를 수여받았으며, 세명교회의 막대한 영향력이 행사되는 교단으로부터 전도사를 위임받았다. 이제 마지막으로 남은 목사 안수 역시 동 교단에서 받게 될 것이다. 이들이 옹립해 놓은 소위 보수주의적 전통과 그들 나름대로의 관습이 산출해 낸 도그마를 향한 절대 순종을 선언해야만 주어지는 목사의 자격. 민우는 오직 그 목표를 이루기 위해 지금까지 앞만 보고 달려온 것이지만 어느 순간부터인가 그 목표에 조심스럽지만 가혹한 균열이 발생하고 있음 또한 부정할 수 없었다. 자신이 걷고 있는 추호의 의심도 없는 사제의 길이 혹시라도 악마의 굴혈 속으로 곤두박질치는 최악의 선택일지도 모른다는 끔찍한 회의가 윤서를 만난 직후, 더한층 치열하게 타올랐지만 목사 안수 전에 시행되는 심층 면접을 치르는 등 바쁜 시간을 보낼 때는 그것을 잠시 망각할 수 있었다. 그러나 여지없이 그 필연의 망령은 민우의 눈앞에 여보란 듯 다시 재연되고 있었다.

몇 주가 지난 후 토요 고등부 예배를 인도하던 때였다. 그때 학생들의 관심사는 온통 민우의 목사 안수와 결혼이었다. 순수한 호기심에서 그들은 민우에게 목사 안수와 관계된 절차에 대해 이것저것 물었고, 젊은 여고생들은 결혼식 장소나 신혼여행 따위의 지엽적이지만 충분히 관심을 가질 만한 주제들을 놓고 민우에게 질문 세례를 퍼부었다. 하지만 그들의 질문에 답하는 내내 민우의 마음은 편치 못했다. 한 달 후의 목사 안수는 예정대로 진행될 것이 분명했으며, 그래야만 했으나 약혼녀이자 이제는 세명교회의 원로 목사가 된 설립 목회자인 조창석의 딸인 수희와의 결혼은 과연 성사될 수 있을 것인지 당사자인 그조차도 확신하기가 어려웠다. 정인과 그녀의 아버지 조창석의 결심은 확고했지만, 문제는 수희였다. 민우는 정인이 가르쳐 준 클럽을 찾아가 그녀와 만난 뒤로 단 한 번의 연락도 주고받지 않았다. 그녀는 교회에서도, 그 어느 곳에서도 모습을 나타내지 않고 있다. 민우의 전화조차 외면하는 게 당연한 일이 되어 버린 지금 과연 목사 안수 이후 수희와의 결혼이 가능할 수 있을지에 대한 질문이 민우의 가슴을 고통스럽게 쓸어내렸다. 그보다 더 중요한 문제가 있었다. '과연 나는 수희를 사랑하고 있는 건가?' 라는 질문에 대한 답을 확신 있게 자신의 마음속에 붙잡지 못하는 현실이 민우를 더욱 안타깝게 만들고 있었다.

그렇게 몇 분 동안 고등부 학생들과의 대화가 이뤄지던 찰나였다. 고등부 예배소 입구의 반쯤 열린 문 쪽으로 시선을 돌린 한 여학생이 현민의 이름을 부르는 것이 민우의 귀에 들려왔다. 언제나 하루에 한 번씩은 교회에 들러 혼자 기도를 하거나 기타를 치고, 교회 곳곳을 청소하거나 시키지도 않은 허드렛일을 도맡아 하던 현민의 실종에 가까운 부재가 지속된 지 2주일 만에 모습을 나타낸 녀석은 몰라보게 달라져 있었다. 그건 단지 수척해진 모습 때문만은 아니었다. 세명교회에서 바쁘게 움직이며 또래답지 않은 종교적 열정을 보여 줄 때와는 사뭇 달라진 눈빛이 민우가 잠시 잊고 있었던, 아니 애써 망각하려 했던 고통의 현실에 다시금 눈뜨게 만들었다.

현민이 고등부 친구들과 함께 어울려 자리에 앉자 이내 분위기는 서먹해지고 말았다. 친구들은 모두 현민이 1주일 전 주일 예배 때 미래시장 철거민들과 함께 모여 세명교회의 재건축 참여를 규탄하는 집회에 동참한 사실을 전해 들은 터라 그를 노골적으로 경계하는 모습을 보였다. 교회 안에서의 소문은 그 무성하면서도 다양한 정보의 난무에도 불구하고 한 가지 통일성을 갖고 번져 있었다. 바로 과거 교회에서 난동장로들과 정인의 표현에 의하면을 부린 악마의 배교자 김윤서가 세명교회의 하나님 나라 확장 사업에 노골적인 앙심을 품고 현민과 그의 할아버지, 그리고 미래시장에 남아 있는 세입자들을 회유해 교회를 쑥대밭으로 만들어 놓으려 한다는 것이 교회 신도들에게 억지로 주입된 소문의 공통분모였다.

그래서일까. 더 이상 이전처럼 현민을 대할 수 없음을 실감한 고등부 친구들은 민우에 대한 호기심 어린 질문조차 생략한 채 서둘러 하나둘씩 예배소를 떠나기 시작했다. 그렇게 채 1분도 되지 않아 썰물처럼 빠져나간 고등부 예배소엔 현민과 민우 둘만 남게 되었다.

확실히 무언가가 달라져 있었지만 민우는 그 변화의 본질이 무엇인지 정확히 파악할 수 없었다. 현민의 말투나 태도가 다소 암울해 보이긴 해도 이전과 크게 다르지 않았기 때문이다. 여전히 할아버지의 건강을 걱정하고 자신의 미래를 걱정하는 또래보다 조금 조숙한 고등학생의 모습 그대로였다. 민우는 그런 현민이 자신에게 무언가를 말하고 싶어 한다는 것을 감지하고서 먼저 그 마음의 문을 열어 주기로 마음먹었다. 그와 함께 내내 알고 싶었던 윤서의 근황도 함께 묻기로 했다.

"윤서는 잘 지내고 있냐?"

"예. 선생님은 잘 계세요."

그들 사이에서 윤서가 '선생님'으로 불린다는 게 이상한 일은 아니었지만 왠지 모르게 민우는 그 호칭이 거북하게 느껴졌다.

"며칠 동안은 집회를 하지 않던데, 어떻게 지냈어?"

"아직 장사하는 집들이 많아요. 밤낮 가리지 않고 용역 깡패들이 훼방 놓고 가지만 그래도 먹고는 살아야 하니까 가게 문을 닫을 순 없어서 열고 있어요."

"윤서 머리에 난 상처는 괜찮은지 모르겠다. 그때 제대로 된 치료를 받지 못하고 갔어."

"괜찮으세요. 다 나으셨어요."

"병원 치료를 계속 받은 거야? 그럴 짬이 없어 보이던데."

"전도사님."

"응?"

"사실은 그것 때문에 온 거예요."

"무슨 말이냐? 그것 때문에 온 거라니. 그렇잖아도 매일 교회에 나오던 네가 나오지 않아 궁금하던 참이었어."

"전도사님도 저와 할아버지가 선생님의 꼬임에 넘어가 그곳을 벗어나지 못하는 걸로 생각하시는 거예요?"

현민의 물음엔 분명 야속한 마음이 담겨 있었다. 그 야속함이 말뜻의 전부는 아니었지만 분명 그랬다. 민우는 그 문제에 대해 어떻게 답을 해야 할지 난감했다. 사실상 그에겐 모든 것이 조심스러울 시기였기 때문이다. 목사 안수라는 큰 산이 기다리고 있는 상황에서 행여 교회 운영위원들의 눈 밖에 나는 행동이나 발언을 해선 안 된다는 스스로 쌓아 놓은 검열의 중압감이 자신의 모든 행동과 말을 제 스스로 검열하게끔 작용했다. 그래서일까. 민우는 그 문제에 대해 명확한 결론을 내리지 않고 얼버무렸다. 그러자 이번엔 현민이 본격적으로 말문을 열었다. 민우를 찾아온 진짜 속내를 아낌없이 털어 내기 시작한 것이다.

"저희도 처음엔 단지 이주 보상금이나 받기 위해서 그곳 사람들과 함께 어울렸던 것뿐이었어요. 할아버지와 제가 딱히 갈 곳이 있는 것도 아니고 해서요."

"이해한다. 하지만 지난주의 집회 참석은 좀 심했다는 생각이

든다. 교회 사람들이 충분히 오해할 수 있는 행동이었어."

"그래서 저도 내내 마음이 좋지 않았어요. 선생님의 말에 공감
은 하면서도 그래도 제가 오랫동안 내 집처럼 드나들던 곳을 향
해 침을 뱉는다는 게 힘들었던 건 사실이에요."

"그럼 이제라도 그곳에서 나오는 건 어떻겠냐?"

"아니요, 그렇게 할 수가 없을 것 같아요."

"무슨 소리냐?"

"전 사실 선생님 심부름으로 왔어요. 선생님이 전도사님을 모
시고 오라고 하셨거든요."

"어디를?"

"잘 아실 거라고…… 성문당이요. 저녁마다 우린 그곳에 모여
요. 대책회의도 하고, 향후 계획도 의논하는 곳이에요. 선생님도
계시고…… 그리고……."

"……?"

"그분도 계세요."

"그분이 누구냐?"

"그분을 한 번 보셔야 할 것 같아서…… 저도 사실 처음엔 긴
가민가했어요. 그분을 두고 선생님이 하시는 말씀을 믿을 수가
없었죠. 그런데 이상해요. 정말 이해하기 힘든 일들이 일어나고
있어요."

"구체적으로 이야기해 봐라. 그 사람이 누구며, 이해하기 힘든 일이라는 게 어떤 건지 말이야."

"하지만 그게 말로는 설명이 충분하지가 않아요. 저도 처음엔 선생님을 통해 말로만 그분에 대해 전해 들었을 땐 이해할 수가 없었거든요. 물론 직접 보고서도 이해하기 어려웠죠. 무슨 마술을 보는 것 같기도 하고 그래서."

현민은 제대로 말을 잇지 못했다. 민우에게 자신이 직접 체험한 상황을 보다 더 조리 있게 설명해 주고 싶은 의욕은 가득해 보였지만 녀석이 말한 그대로 언어를 통한 묘사로는 그 체험의 기이함을 온전히 전달할 수 없을 것 같은 한계를 그대로 노출하는 기색이 역력했다. 대신 답답해하는 민우에게 현민은 다음과 같은 말을 거듭 반복할 뿐이었다.

"선생님이 전도사님을 한번 만나고 싶어 하세요. 저도 같은 생각이구요."

"그곳에서 말이냐?"

"예, 저는 알고 싶어요."

"뭘 말이냐?"

"그곳에서 일어난 일들에 대해서요. 제 두 눈으로 분명히 보긴 했지만 여전히 믿기지가 않아서요. 전도사님이 보시면 그래도 전도사님이시니까 저한테 어느 정도 설명해 주실 수 있을 것 같아

서요. 전 아직도 어느 쪽이 진실인지 판단이 서질 않아요. 선생님
도 그렇고, 그분에 대해서도 그렇고."

여전히 명확하게 설명되지 않은 석연찮음이 잔류했지만 현민
의 눈은 적어도 자신이 직접 겪은 상황에 대한 정확한 판단력을
민우에게 간청하고 있어 보였다. 그건 상대를 자신이 몸담게 된
세계로 끌어들이기 위한 맹목적인 설득과는 거리가 있었다. 그래
서일까. 민우는 망설이면서도 결국 현민의 뒤를 따르기로 결심할
수밖에 없었다. 윤서의 단호한 결의와 기존 질서의 난폭한 붕괴
를 감당하기 힘들어하는 혼란에 사로잡힌 현민의 눈빛이 민우의
결단을 촉구하고 만 것이다. 그렇게 민우는 토요일 저녁, 미래시
장촌 구역의 끝, 철거 예정 지역의 마지막 투쟁 보루인 성문당을
향해 어렵지만 분명한 한 걸음 한 걸음을 옮겼다. 벗어날 수 없는
자력磁力에 연루되듯 그렇게.

14

썩은 악취와 물비린내로 가득한 곳, 수시로 원인을 알 수 없는
단전과 단수가 발생되는 곳, 이제 미래시장촌은 아무리 좋게 봐
도 철거 아니면 별다른 회생 방안이 없어 보이는 종말의 보루, 혹
은 종말의 흔적만으로 존재함직한 장소가 되었다. 그 막다른 곳
에 성문당이 자리하고 있다. 적어도 그곳의 허름하고 도색 벗겨
진 외관의 느낌만큼은 분명 그랬던 것이다.

현민은 성문당 2층으로 민우를 데리고 들어갔다. 계단을 오르
는 내내 벽면을 가득 메운 붉은색의 스프레이 글귀들이 민우의
신경을 매섭게 자극했다. '3일 내로 꺼져라' '보상금이나 바라는
더러운 기생충들' '개 쓰레기 같은 패배자들, 아예 뒈져 버려라'
라는 식의 글귀 속엔 이곳에 남아 있는 이들을 제풀에 지쳐 몰아

내기 위한 철거 용역 깡패들의 집요한 추방의 의지가 새겨져 있었다. 민우는 생각했다. '과연 이런 곳에 계속 남아 있는 이들이 몇이나 될까. 또한 이곳에 이런 식으로 남아 버틴다 한들 무슨 소득이 있을까. 이 역시 오기에 근거한 억지스런 투쟁 정신, 아님 과대망상에 빠져 있는 소영웅주의자들의 놀이터는 아닐까' 하는 근거 없는 비난까지 치솟아 민우의 심기를 다시금 우울하게 만들었다. 코끝을 찌르는 출처를 알 수 없는 악취와 비린내, 을씨년스러운 뒷골목 분위기를 한 번이라도 제대로 접해 봤다면 누구라도 자신과 같은 생각을 갖지 않을 수 없을 거라고 그는 애써 자신의 현재 심리를 합리화했다.

그렇지만 2층 안으로 들어서자 사정은 민우가 생각했던 것과는 달랐다. 현민이 문을 열고 들어간 성문당 2층은 밖에서 보던 유리 간판에 선팅된 '제비울 추어탕'이란 간판이 여전히 유효함을 입증하기라도 하듯 50평 남짓한 공간에 제법 세련된 음식점 인테리어까지 갖춘 추어탕집 식당 풍경 그대로였다. 천장 형광등도 하나의 예외도 없이 켜져 있었고, 메뉴판, 테이블, 업소용 냉장고, 카운터 위에 올려놓은 카드매출기와 1회용 자동판매기까지. 비록 성업은 아니지만 영업 중인 식당의 전형적인 모습 그대로여서 민우는 다소 놀라지 않을 수 없었다.

하지만 내부의 모습에서 전해져 오는 영업 중인 식당의 모습

자체가 민우의 놀라움, 더 나아가 전도사 신분인 그에게 현민이 묻고자 했던 의문의 현상을 모두 해소해 주는 건 결코 아니었다. 민우의 눈에 드러나는 어쩌면 경이로울 수 있는 진풍경은 이제부터가 시작이었다.

그곳엔 미래시장에 모여 있는 철거민 식구들이 모두 모여 있는 상태로 보였다. 무엇보다 창가 자리에 윤서가 앉아 있었고, 그를 중심으로 지난번 교회 주차장 시위 때 보았던 사람들도 눈에 띄었다. 윤서는 현민의 뒤를 따라 조심스럽게 성문당에 모습을 드러낸 민우를 향해 눈인사를 하는 것으로 간략한 만남의 절차를 마무리 지었다. 자신이 있는 자리로 부르거나 하지 않았다. 단지 지금 이 순간 나타나는 이 특별한 공간에서의 그 역시 특별하달 수밖에 없는 신비를 직접 실감해 보라는 것이 윤서가 민우를 호출한 의지의 전부로 느껴졌다.

모인 사람들의 수효는 민우의 예상보다 훨씬 더 많았다. 그들을 상대로 장사를 하는 것으로 보이진 않는데, 어째서 사람들이 이렇게 많이 모일 수 있는지 짐작조차 못했다. 이들 중 미래시장의 소위 투쟁위원회에 소속되어 있는 사람들은 그리 많아 보이지 않았다. 그들 철거민들은 대부분 서 있었고, 테이블이나 임시로 마련된 의자, 그것도 모자라 그대로 바닥에 대충 신문지를 펴고 앉아 있는 이들의 대부분은 노약자, 병자들로 구성되어 있었다. 그들 중엔 다리를 절룩거리는 이도 있었고, 자신만이 느낄 수 있는 내밀한 고통이 체질이 되어 얼굴 전체를 덮어 버린 언뜻 보면 말기 암 환자를 떠올리게 하는 심약한 병증을 앓고 있는 사람들도 눈에 띄었다. 현민의 할아버지도 눈에 띄었다. 할아버지는 민우를 알아보자마자 그에게 다가오더니 두 손을 덥석 움켜쥐었다. 그리곤 말없이 고개를 숙인 채 잡은 두 손을 심하게 떨어댔다. 민우는 자신을 향해 다가올 때의 할아버지의 발걸음이 어딘가 모르게 부자연스럽다는 사실을 어렵지 않게 포착했다. 심하게 구부정한 허리를 하고서 걷는 그의 걸음걸이가 여간 불편해 보이지 않았던 것이다. 금방이라도 쓰러질 것 같은 상태였다. 두 손을 부여잡은 그 상태를 지속하는 것조차 힘들어 보였다. 민우는 그런 할아버지를 부축해 누군가가 양보한 의자에 앉히며 그에게 묻는 대신 현민을 바라보았다. 현민은 시선을 주방 쪽에 고정시킨 채로 민우에게 간단하게 답해 주었다. 할아버지의 현재 상태에 대해서.

"그때 용역 애들이 휘두른 쇠파이프에 무릎을 크게 다치셨어요."

"그럼 병원에 가서 치료를 받으셔야지. 이러고 있으면 어떻게 해."

"저기를 한번 보세요."

그렇게 현민은 할아버지의 증세에 대한 정확한 설명 대신 눈짓으로 제비울 추어탕집 주방을 가리켰다. 성인 남자의 허리 높이까지 올라오는 난간 너머로 녹슨 덕트와 몇 개의 업소용 가스레인지가 나란히 놓여 있고, 앵글로 만든 선반 위에 주방 도구들이 닥치는 대로 쌓여 있는 전형적인 주방 풍경이었는데, 음식을 만들고 있는 것 같진 않았지만, 누군가가 그 안에서 무언가를 꾸미고 있는 모습이 눈에 들어왔다. 궁금해진 민우는 먼저 현민의 표정부터 살폈다. 녀석은 어느새 넋을 잃고 주방 내부를 바라보고 있었다. 그러고 보니 식당 테이블 의자와 바닥에 앉아 있는 사람들의 관심사 또한 온통 주방 안에 집중되어 있음을 알 수 있었다.

한 가지 특이한 점은 2층 추어탕집 안에 형성된 놀라울 정도의 고요함이었다. 족히 오십여 명은 넘는 많은 사람들이 한 공간에 모여 장사진을 이루는 상태에서 이처럼 한마디 잡담조차 주고받지 않고 오직 자신들의 눈앞에서 전개되는 한 가지 장면에만 집중할 수 있는 경우가 과연 흔한 장면일 수 있겠는가. 들려오는 소리라곤 윤서와 함께하는 한철연 사람들이 들고 있는 서류 속 내용에 대해 의견을 주고받는 대화가 전부였다. 그것도 주방 안에서 벌어지는 현상에 대해 최대한 피해를 주지 않으려는 듯 귓속말에 가까운 나지막한 소리였다.

주방 안에는 모두 두 사람이 있는 것 같았는데, 얼마 지나지 않아 한 사람이 주방 밖으로 걸어 나왔다. 그는 얼굴 전체가 검버섯으로 덮여 있는 노인이었는데, 자신의 왼쪽 팔을 신기한 듯 만지막거리며 걸어 나오는 것이었다. 사람들의 시선이 온통 그에게 집중되는 상황에서 주방 안에 남아 있는 한 남자의 음성이 들려왔다.

"현민이 할아버지 들어오세요."

어디선가 듣던 목소리가 틀림없다. 민우는 그렇게 느꼈다. 그러자 그는 주방 안에 있는 남자의 정체를 확인하기 위해 좀 더 적극적이 되자고 마음먹었다. 할아버지를 호출하는 남자의 음성을 들은 현민과 민우는 이제는 아예 일어나기도 벅차 고통스러워하는 할아버지의 양 어깨를 붙들어 일으킨 다음 주방 안으로 그를 데리고 들어갔다. 한 평도 채 되지 않는 군데군데 깨진 타일이 그대로 방치된 채로 남아 있는 허름한 주방 구석에 한 남자가 웅크리고 앉아 있는 모습이 눈에 들어왔다. 현민은 할아버지를 그 남자의 맞은편 목욕용 의자에 앉혔는데, 그 뒤로 한 걸음 물러선 민우가 마침내 남자의 정체를 확인하고는 놀란 표정부터 지었다. 민우는 자신도 모르게 얼떨결에 그 남자에게 간단한 목례를 했고, 남자는 그를 올려다보며 반갑다는 듯 얼굴 전체에 미소를 머금었다.

"오랜만이구나, 민우야. 잘 지냈냐?"

한경태. 그의 이름 석 자를 제대로 기억하는 건 차라리 사치스
러운 기억력에 가깝다. 미래시장에서 그는 그저 한씨로 불려졌
다. 모두들 그를 한씨라고 부르는 것에 익숙했으며, 그 역시 자신
이 한씨로 모든 이들의 머릿속에 기억되는 것을 거부하지 않았
다. 미래시장 토박이라고도 할 수 있는 그는 부모, 가족, 아이들,
심지어 정확한 나이조차 베일에 가려진 인물이었지만 누구도 그
의 과거를 캐묻거나 궁금해 하지 않았다. 주로 그가 하는 일은 새
벽 도매시장에서 물건을 떼 온 시장 사람들의 운반 일을 도와주
거나 허드렛일을 돕고, 유난히 손재주가 좋아 시장촌 구역 전체
에 걸쳐 느슨하게 형성된 쪽방촌의 자질구레한 하수도 공사, 도
배, 깨진 타일 메우는 일이나 슬레이트 지붕 덮는 일 따위의 잡일
을 도맡아 하던 인물이었다. 미래시장에서 나고 자라나 그곳에서
중·고등학교 시절을 보낸 민우 역시 한씨를 모를 수가 없었다.
어머니 한 집사는 그런 한씨의 타고난 성품과 성실함을 항상 칭
찬했지만 단 한 가지 그가 교회, 특히 자신이 소속된 세명교회에
나오지 않는 것을 항상 안타깝게 생각해 왔었다.

천성이 반편은 아니었지만 한씨는 남들과 다르게 일감에 대해
별다른 욕심도 없었고, 일을 하고도 돈을 받지 않은 경우, 혹은
떼이는 경우에도 그다지 개의치 않는다는 식의 무심한 반응으로
일관했다. 특히 쪽방촌 사람들의 거주지에서 일어나는 자질구레

한 잡일에 대해선 보통 철물상에 의뢰하면 적잖이 10만 원은 챙겨야 하는 것이 상식이지만 그는 자신이 일한 대가를 챙기지 않았던 것으로 유명했다. 가난과 무지함, 삶에 대한 체념의 기운에 찌들어 버린 이들은 그런 그의 무심함을 역이용하는 경우가 대부분이었다. 일을 시키고도 돈을 주지 않았고, 어쩌다 준다 해도 돈이 아닌 쌀이나 김치 같은 먹을거리나 그것도 아니면 그다지 필요치 않은 물건들을 품삯 대신 지급하는 경우가 대부분이었다. 마음속으론 고마움을 느끼면서도 한씨라면 언제나 으레 그런 식으로 일을 처리해 왔으니까 괜찮을 거라는 근거 없는 막역함으로 그를 대해 왔던 것을 민우는 지금도 기억하고 있다.

민우가 고등학교를 졸업하고 신학대학교 기숙사에서 생활하면서부터, 그리고 한 집사가 미래시장촌 철거 사업으로 인해 주거지를 교회 근처 단독 사글세방으로 옮긴 후에는 한경태에 대한 근황을 들을 수 있는 길이 거의 없었다. 그렇게 몇 년이 지난 후 다시 만나게 된 한경태, 아니 한씨. 하지만 민우는 이 상황에서 안부를 주고받는 것 외에 그 이상의 의미가 담긴 말을 건네지 못했다. 자리에 무너지듯 주저앉은 할아버지의 신음이 작금의 상황이 직면한 현실의 심각성을 강하게 환기시켰기 때문이다.

도대체 한씨 앞에 왜 할아버지가 앉아 있는 걸까. 그리고 이곳에 모인 많은 사람들이 주방 안에 있는 한씨를 이토록 간절하게,

혹은 호기심 가득한 눈길로 살피는 이유는 무엇일까. 그런데 민우의 어쩌면 당연할 수 있는 의문들에 대한 답은 결코 선명함, 또는 합리적인 것으로 주어지지 않았다. 민우와 현민의 눈앞에 펼쳐지는 이해할 수 없는 하나의 현상은 그야말로 생짜를 들이밀듯 펼쳐졌던 것이다. 그것은 분명 기적에 가까운, 아님 그에 대해 적절히 설명할 수 있는 다른 용어가 떠올리지 않는 사건의 일방적인 도래였다.

살이 썩어 들어간다는 원색적인 표현이 적합할 정도로 작업복 바지를 걷어 올리자 피고름부터 쏟아내는 할아버지의 무릎이 참혹한 환부를 드러냈다. 바로 그때, 할아버지의 환부에 손을 갖다 대는 그 순간부터 한씨는 더 이상 민우가 알고 있던 잡일을 하던 일용직 노동자가 아니었다. 한씨가 한 손에는 환부에 손을 올리고 다른 한 손은 할아버지의 얼굴을 매만지는 그 순간 할아버지의 오른 무릎 전체를 지배하고 있던 환부의 피고름이 서서히 소멸되는 현상이 벌어진 것이다. 현민은 그때 자신도 모르게 민우의 손을 움켜쥐었고, 민우는 한씨와 그의 두 손이 보여 주는 움직임, 그리고 할아버지의 검붉은 환부에서 싱싱한 새 살이 돋아 오르는 기적의 한순간을 고스란히 목격할 수밖에 없었다. 그러한 기적 사건의 도래는 불과 1분도 안 되는 순간에 벌어졌다.

민우는 순간 성령의 은혜로 병을 고친다는 개신교에서 주로 활동하는 치병을 전문으로 행하는 부흥 집회의 한 장면을 떠올렸다. 하지만 그들, 소위 부흥사들이 벌이는 이벤트와 지금 한씨와 그 주위에서 벌어지고 있는 상황은 분명 차원이 달랐다. 귀를 먹먹하게 만드는 요란한 찬송가 소리, 땀으로 범벅이 되어 목청을 찢을 듯 토해내는 비명과 절규에 가까운 기도, 스스로를 몰아의 경지로 몰아내는 그들의 집회가 욕망하는 황홀경의 중심에서 촉발되는 기적엔 분명히 그들이 숭배하는 신의 이름이 극적인 열정으로 드높여지고 있었지만, 이곳은 달랐다. 한씨는 종교적 의식의 흔적이 느껴지는 그 어떤 행동도 취하지 않았다. 그의 동작은 일상의 동작 그대로였다. 도배를 할 때, 깨진 양변기 뚜껑을 교체할 때의 손동작 그대로였지만 분명한 건 지금 그러한 한씨의 투박한 손길에 자신의 무릎을 내어 맡긴 할아버지의 얼굴에서 육신의 고통이 사라지고 한순간 믿을 수 없을 만큼의 안정이 밀려들었다는 사실, 그보다 더 중요한 건 그의 무릎을 지배하고 있던 지독한 환부에서 새로운 생명을 상징하는 새살이 기적의 속도로 돋아 오른다는 사실이었다.

바로 옆에서 보고서도 믿을 수 없는 광경이 펼쳐진 것에 대해 민우는 할 말을 찾지 못했다. 한씨는 이마에 맺힌 땀을 닦아 내며 할아버지의 어깨를 가볍게 다독이며 그를 일으켜 세웠다. 방금 전까지만 해도 두 사람의 부축을 받아야 간신히 걸음을 옮길 수 있던 존재였다. 그런 그가 지금은 누구의 도움도 받지 않고 홀로 그 자리에서 몸을 일으키고 있는 것이다. 한씨는 여전히 놀란 표정을 거둘 수 없는 민우를 향해 다음과 같이 말한 다음 미리 준비된 것으로 보이는 다른 이의 이름을 불렀다.

"저녁 먹고 가라. 여기 사장님, 추어탕 맛있게 하는데 오늘은 추어탕은 어렵겠구나. 그래도 한술 뜨고 가."

현민이 힘주어 강조한 이 기적의 현장을 민우는 그 후로도 주의 깊게 관찰해야 했다. 신기한 일들은 계속되었다. 우울증을 앓고 있다는 남루한 차림의 여자의 얼굴에서 더없이 밝은 함박웃음이 터져 나오는 장면도 연출되었고, 허리가 아프다며 허리 전체에 파스를 붙인 채 다음 날 막일을 나가야 하는 근심에 인상을 구기던 40대 남자의 허리를 치유해 주는 장면도 눈에 띄었다. 그러면서도 여전한 건 이전과 하나 다를 바 없는 한씨의 태도였다. 한씨는 그렇게 자신에게 자질구레한 육신의 질병을 치유 받길 원하는 이들에게 별다른 대가를 요구하지 않았다. 또한 그들 역시 이상하리만치 한씨에게 최소한의 고맙다는 표현조차 하지 않았다. 마치 한씨가 이러한 초월적인 능력을 행사하는 것이 당연하다는 듯 주방에서 벌어지는 이 기적의 퍼포먼스에 커다란 감흥 없이 들고 나가는 모습이 민우의 생각을 더욱 복잡하게 만들었는지도 모른다.

한씨의 기적 행위는 그 후로도 한 시간가량 더 지속되었다. 그 사이 성문당 2층 식당을 채운 사람들의 면면도 급격히 변화하고 있었다. 도대체 어디서 소문을 듣고 왔는지 치료를 원하는 이들은 한씨로부터 자신들이 원하는 소기의 목적이 충족되고 나자 더이상 미련두지 않고 하나둘씩 성문당을 빠져나갔고, 미래시장촌의 불을 밝히던 남아 있던 몇몇 가게에 있던 한철연 사람들과 세입자들이 2층 식당 안으로 모여들었다. 밤이 깊어갈수록 이 을씨년스럽고 고독한 투쟁의 한복판에 선 이들이 본격적으로 성문당을 지키기 시작한 것이다.

한씨를 좀 더 지켜보던 민우는 갑자기 자신의 눈앞에 닥쳐든 현상의 혼란에 머리가 어지러워 잠시 밖에 나가 있어야 했다. 2층 가게를 빠져나와 복도 창문 앞에 등을 기대고 섰다. 창문은 이미 모두 깨어져 있는 통에 창틀만 아슬아슬하게 매달린 상태였다.

곧이어 윤서의 모습이 보였다. 더없이 진지한 대책회의를 계속한 탓인지 그의 모습은 평소보다도 더 지쳐 보였다. 하지만 자신을 향해 걸어오는 윤서의 얼굴을 민우는 주의 깊게 살피지 않을 수 없었다. 지난주까지만 해도 이마를 타고 흐르는 검붉은 핏물이 너무나 생생한 흔적으로 남아 있던 윤서였다. 하지만 지금 만난 윤서의 머리와 이마는 이전 모습과 다르지 않은 멀쩡한 모습이었다. 상처의 흔적조차 남아 있지 않은 것이다. '그것도 한씨의 기적이 일궈낸 작품인가'라는 종류의 질문은 이제 이곳에선 무용한 것이 되어 버린 지 오래다. 민우는 이미 충분히 한씨의 도저히 이해할 수 없는 치유 행위를 실감했기 때문이다.

이들이 모두 집단 최면에 빠진 상태가 아니라면 분명 한씨의 기적은 부정할 수 없는 현실의 사건이었다. 이러한 기적이 과연 가능할 수 있을까? 정말 눈속임이나 병자와 치유자간에 작당된 공모가 아니라면, 정말 그렇다면 현민의 물음에, 그리고 윤서의 담대하고도 황당한 재림 예수의 현현에 대한 확신에 대해 무슨 결론을 내려야 한단 말인가. 민우는 윤서를 바라보면서 내내 그러한 망설임을 떨쳐 버릴 수가 없었다.

하지만 민우의 예상과는 다르게 윤서의 표정은 썩 좋지 않았다. 민우가 예상했던 윤서의 자신감, '봤느냐. 이제 내가 말하던 재림 예수의 말이 정신병자의 허언이 아님을 너도 인정해야 하지 않느냐'는 식의 성취감을 떠올렸는데, 의외로 윤서는 담담했으며, 심지어는 심각해 보이기까지 했다. 그는 민우에게 재림 예수를 본 소감이 어땠느냐는 식의 질문조차 생략한 채 나란히 창가에 등을 기대고 서서 담배를 입에 물었다. 그와 함께 물론 피우지 않을 담배를 민우에게 직접 권해 보는 성의를 보여 주었다.

그렇게 윤서가 한 개비의 담배를 모두 피울 때까지 둘은 아무런 말도 주고받지 않았다. 그리고 윤서의 입에 물린 담배가 꽁초가 되어 바닥에 떨어질 때, 윤서가 짧지만 듣기에 따라선 상당한 비중을 가진 의미심장한 말을 들려주었다. 그건 혼란에 빠져 있는 민우에게 더한 혼란의 장을 열어 놓는 의미가 될 수도 있는 말들이었다.

"씁쓸하다."

"무슨 소리냐?"

"우리가 예수를 광대로 만들어 버린 것 같아서."

"김윤서."

"……."

"정말 너, 한씨 아저씨가 재림 예수라고 확신하는 거냐?"

"너는 어떻게 생각하는데?"

순간 민우는 숨이 막혀 오는 질식감을 느꼈다. 단순히 저건 사이비 유사 의료 행위에 불과하다고 말하기엔 방금 전 보았던 기적의 한 장면이 너무나 생생하게 민우의 의식을 사로잡았고, 그로 인해 무슨 말을 어떻게 해야 할지 막연하기만 했다. 그런 민우에게 윤서가 대신 답했다. 윤서에게서 의외의 답이 들려온 것이다.

"그가 재림 예수가 아니라는 모든 가능성을 두고 나 역시 내내 고민해 왔다. 하지만 결론은 마찬가지였어. 그는 재림 예수야."

"어떻게 그렇게 확신할 수 있지? 너도 알겠지만 내가 알고 있는 한씨 아저씨는 지극히 평범한 한 인간의 모습에 불과해."

"예수는 인간이야. 더는 비참해질 수 없는 바닥에 내던져진 비극의 주인공. 그게 바로 재림 예수의 모습이지."

"……."

"민우, 네가 알고 있는 예수의 상은 버려. 그건 사람들의 비겁한 이성과 욕망이 빚어낸 신화에 불과해."

"……."

"하지만 민우, 난 끝까지 한경태, 저 사람이 재림 예수가 아니길 간절히 기도했었다."

"그건 또 무슨 소리냐?"

"피를 토하고 머리를 짓부수면서까지 그가 재림 예수가 아니길 갈망했어. 하지만 부질없었다. 벗어날 수가 없어."

"이해할 수 없어. 네가 그토록 열망하던 재림 예수가 살아 있는 곳이라고 했잖아. 그래서 모든 위험을 무릅쓰고 남아 있는 것일 테고. 그런데 왜 그런 말을 하는 거지?"

"……."

"모두 동의할 순 없어. 오늘 하루에 본 장면만 놓고 섣부른 판단과 단정을 짓는 것 또한 어리석을지도 모르지. 하지만 나 역시 흔들리는 건 사실이다. 적어도 오늘 내가 본 한씨 아저씨는 십 수

년 동안 시장통 한구석에서 보아온 아저씨가 아니었어. 그 모습이 재림 예수인지 아닌지는 확신할 수 없지만 적어도 그가 기적을 일으켰다는 확신만큼은 지울 수가 없단 말이야. 그걸 나한테 설명해 줄 수 있겠어? 알다시피 내가 알고 있는 예수는 성서와 교회의 예수가 전부야. 적어도 이런 곳에서 예수가 나타난다는 발상은 사회운동가들이나 체제 전복의 상징적 구호라고만 생각해 왔었지. 하지만 이 기분은 뭐지? 무엇인가가 여전히 답답하고 해결되지 않은 찝찝함 그대로 남아 있는 이 느낌을 어떻게 규명하고 해소해야 될지 정말 모르겠어. 네 말대로 재림 예수가 나타났다면 그땐 세상의 종말과 영원한 평화, 그것도 아님 맹렬한 심판이 나타나야 하는 것으로 믿어 왔었어. 그런데 이건 좀 이상해. 재림 예수가 나타났는데도 아무도 그를 중요하게 생각하지 않는 것 같아. 기적은 놀라웠지만 사람들은 여전히 예전의 한씨 아저씨 그대로 그를 대하는 것만 같단 말이야. 적당히 어수룩한 시장의 손재주꾼, 아님 무허가 접골사 정도로 말이지."

내내 억눌러 왔던 의문과 불안의 응어리가 봇물 터지듯 민우의 입을 통해 방출되었다. 그는 그렇게 천성의 유약함과 대치되는 과격한 의문의 방죽이 터져 나오는 것을 스스로도 감당하기 어려워하며 말하는 내내 심하게 입술을 떨어야 했다.

윤서는 결코 민우의 모습을 계도와 훈계가 필요한 설득의 대상으로 보고 있지 않았다. 윤서를 바라보는 내내 민우는 그렇게 느꼈다. 민우를 바라보는 윤서의 시선엔 깨달음이 필요한 이 땅의 무지한 백성을 깔아뭉개듯 바라보는 우월감 대신 동일시의 간곡함이 강하게 스며들어 있었다. 민우의 말을 듣는 내내 윤서 역시 그와 같은 울분을 쏟아내고 있었던 것이다. 적어도 민우는 그렇게 느꼈다. 진지함으로 내내 떨리는 윤서의 눈빛 역시 민우의 항변과 유사한 의문과 회의를 동시에 품고 있는 것처럼 보였기 때문이다. 그래서일까. 오히려 민우는 더 한층 혼란스러워졌다. 윤서의 그러한 모습은 적어도 범인凡人이 결코 깨닫지 못하는 천상의 비밀을 체득한 존재가 보여 줄 수 있는 우월한 평안이나 안식과는 거리가 멀어 보였다. 신을 만난 자가 품을 수 있는 번민이란 건 대체 무엇인가. 신을 깨닫고, 그렇게 신을 확신한 존재가 숙명처럼 끌어안아야 하는 고뇌의 핵심을 민우는 알고 싶고 묻고 싶었다. 그가 진실로 예수의 이름을 가졌든 아님 또 다른 그 무엇이건 상관없이 말이다.

15

저녁 식사를 함께하는 시간은 이내 온전히 이들만의 분노와 억눌린 울분이 성토되는 자리로 변해 버렸다.

추어탕집이란 간판이 어울리지 않게 준비된 식단은 초라했지만 그런대로 먹을 만했다. 미래시장촌에서 순대국집을 운영하던 민우와도 안면이 있는 길례가 준비한 밥과 반찬이 급한 대로 시장에서 만들어 오긴 했지만 아이들과 노인들까지 합쳐 족히 사오십 명 가까이 되는 철거민 식구들의 한 끼 식사로는 부족함이 없었다.

지금 민우가 살펴본 남은 이들의 면면은 온전히 철거를 앞둔 미래시장의 막장을 지키고 있는 사람들인 것으로 판단되었다. 이곳저곳에서 사이비, 혹은 용한 접골사가 미래시장 쓰레기 골목에서―사람들은 대부분 이곳을 그렇게 불렀다― 판을 차렸다는 소문에 모여든 이들은 저녁 여덟 시가 지나자 모두 퇴장했고, 이후에 모인 이들은 이곳에 자리를 꾸미고 지키는 이들뿐이었다.

하지만 윤서가 재림 예수라고 단언하고 현민 역시 그를 예수로 인정하지 않을 수 없는 분위기로 몰아 간 베일에 싸인 인물 한씨는 시종 민우의 예상과는 전혀 다른 반응으로 일관했다. 식당 한 구석에 자리를 잡고 앉아 윤서가 배 사장님이라고 호칭하는 가족들의 식사를 챙겨 주며 함께 식사하는 모습은 순박하고 우직한, 전형적인 촌부의 모습에 가까웠다. 윤서가 단호하게 잘라 말하던 재림 예수다운 최소한의 신성의 흔적조차 남아 있지 않은 모습이 민우를 당혹스럽게 만들었던 것이다.

분위기에 휘말렸다고 봐야 하나. 아님 불과 한 시간 전에 한씨가 보여 준 기적이라는 말 외엔 다른 단어를 떠올릴 수 없는 행위에 대한 미련이 남아서일까. 민우는 윤서의 별다른 붙잡음이 없었음에도 불구하고 이곳에 남아 이들과 어울리며 함께 식사까지 하게 되었다. 아마도 그건 한씨가 과연 재림 예수인지, 아님 나름대로 영험한 신의 능력을 하사받은 거리의 예언자인지에 대한 막심한 비중을 차지한 마음속 호기심을 해소하기 위한 미련이었을지도 모른다. 하지만 식사 시간 내내 민우의 눈과 귀를 사로잡은 건 한씨가 아니었다. 저녁 아홉 시가 넘어서야 시작된 늦은 식사

의 주인공은 단연 윤서였으며, 그를 중심으로 둘러싼 젊은 세입
자들이었다.

  그들에게 식사 시간은 단지 끼니를 채우는 데 할애되는 시간만
이 아니었다. 이 시간은 세입자들이 한 곳에 모여 한치 앞을 내다
볼 수 없는 암울한 현실에 대한 생존의 탈출구를 모색하는 열띤
토론과 대책회의가 이뤄지는 데 집중되었다. 식사에 열중하는 건
배고픔에 지친 세입자 가족들, 아이들과 현민의 할아버지와 같은
노인들, 그리고 이들의 먹을거리를 챙겨 주는 한씨 정도가 고작
이었고 윤서와 함께 연대하는 철거민 세입자들은 자리 앞에 올려
놓은 밥그릇에 숟가락 갖다 대는 것도 잊은 채 앞으로의 대책 논
의에 분주했다.

  윤서의 말들은 타협의 여지없는 과격함으로 무장되었지만 논
리적으론 쉽게 빈틈을 찾아볼 수 없는 치열함이 압권이었다. 서
울시를 비롯해 수도권 곳곳에서 지난 10년간 발생된 철거민들과
구청, 건설 회사와 시행사, 그리고 철거 전문 용역 업체 간에 벌
어진 분쟁과 조정 사례를 조목조목 열거하며 여지없이 법과 원
칙, 최소한의 윤리적 인정과는 거리가 먼 불운한 결말로 매듭지
어진 사례들을 언급했다. 윤서의 말을 듣는 세입자들의 표정이
참혹하게 일그러지는 건 그러므로 어쩔 수 없이 막다른 곳에 모

인 사람들이 가질 수밖에 없는 고통의 도리 없는 분출이었다. 윤서는 도강동의 상황이 이전 사례들보다 훨씬 더 철거민 세입자들에게 불리하게 작용된다는 점을 가감 없이 털어놓았다.

도강동 지역은 최근 서울 시내 뉴타운 개발 붐의 핵심에 위치한 곳이며, 상대적으로 저평가되어 있고 낙후 지역이 많아 재개발, 재건축의 필연성이 가장 두드러진다는 점이 개발 호재로 작용해 시공, 시행사, 그리고 시, 구청 관계자들의 검은 커넥션이 극에 달했다는 사실을 강조했다. 그와 함께 도강동의 가장 큰 지주로 볼 수 있는 세명교회 선교법인과 교회 관계자들이 개인과 법인 명의를 총동원해 이미 오래전부터 미래시장 구역의 땅을 사들이기 시작해 잡다하게 분산된 타 지역 지주들 간의 지루한 보상금 협상과 같은 일 또한 적었다는 점이 도강동 재개발이 다른 지역보다 훨씬 더 가파른 속도로 진행되었다는 사실로 귀결되었고 그것이 윤서가 주장하는 매우 난감한 핵심 쟁점 중 하나였다. 그 모든 속도전의 소용돌이에서 소외되는 건 오직 재개발의 직격탄을 맞은 도강동 전체를 느슨하게 아우르는 미래시장촌 세입자들뿐이었다.

세입자들에게 진행된 2차, 3차에 걸친 재산 가치에 대한 감정평가 결과는 참혹할 지경이었다. 권리금 자체가 법적 항목에 포함되지 못한다는 이유로 보상 가치에서 제외되고 크고 작은 실내

인테리어 비용에 대한 정확한 가치 산술 또한 어렵다는 이유로 제외되었다. 특히 상가 세입자들이 받게 되는 보상 비용이라는 건 평균적으로 가게를 꾸려 가기 위해 투자한 금액의 5분지 1도 안 되는 비용이었다. 그 정도 액수론 서울의 다른 지역, 더 나아가 수도권 지역에서 발붙일 수 있다는 것은 엄두도 낼 수 없는 비용이었기에 이들은 분노할 수밖에 없었던 것이다.

거기에 더불어 매월 달방 형식으로 방세를 지불하던 이들의 거주권은 최소한의 보상 영역에서조차 제외되어 버렸다. 때문에 현민과 할아버지를 비롯해 미래시장촌 한구석에서 쪽방을 얻어 살던 이들은 대부분 이사 비용 정도만 지급받고 떠나가 버렸고 이제 남은 건 현민네 식구와 평생을 도강동에서 살아온 할아버지와 할머니들 몇 명이 전부였다.

이러한 기가 막힌 현실에 대한 윤서의 유일한 해결책은 투쟁을 통한 사회 이슈화였다. 그는 지금 이곳이 언론의 관심에서조차 멀어진 사실을 지적하며, 그 원인이 남아 있는 이들이 얼마 안 된다는 세력의 미미함을 꼽았다. 그러자 시장촌 한구석 성문당 3층에서 양말 공장을 운영하던 남현석이란 사람이 그 솔직한 불안의 속내를 윤서에게 토로했다.

"내가 듣기론 조만간 철거 업체 새끼들이 아예 이곳을 쓸어버리겠다는 소문이 있던데, 사실인가요?"

그 질문에 대한 윤서의 대답은 간결하고도 분명했다. 지나치게 선명할 정도로.

"사실 매일 매일 우리는 대비를 해야 합니다. 오늘이 될 수도 있고, 내일이 될 수도 있습니다."

그러자 배 사장이 윤서에게 말을 건넸다. 거대한 권력의 폭풍 속에서 나약해질 수밖에 없는 인간의 심장에서 나올 수밖에 없는 가장 솔직한 감정의 배설이었다.

"벌써 한 달째예요. 한 달 동안 벌써 여기 모인 사람들 중 절반이 포기하고 빠져나가 버렸어요. 솔직히 말해 나조차도 이 싸움을 계속할 수 있을지 의문이오. 계속 버틴다고 해서 뾰족한 수가 생기는 것도 아니고."

하지만 그들의 마땅한 흔들림에 대해서도 윤서는 강경했다. 그리고 강한 논리로 무장되어 있었다. 그 논리는 거창한 이념이나 사상의 무장이 아니었다. 그 어떤 고결한 정신보다도 더욱 절박하고 동시에 속물적이면서도 결코 외면할 수 없는 생존의 논리였다.

"여기서 물러난다 해서 우리의 삶이 과연 달라질 수 있다고 생각하세요? 한 달간 우리 곁을 떠나간 세입자들을 한번 보세요. 그들이 지금 모두 어디로 갔습니까? 다른 곳에서 창업할 엄두도 내지 못하고 장사를 포기한 사람들이 대부분이에요. 몇몇 분들이

월세가 저렴한 곳을 찾아 천안, 대전, 그보다 더 남쪽 지방으로 내려가기도 했죠. 그분들이 그곳에 고향이 있어서 내려간 건가요? 거의 반평생을 이곳에서 생활하던 사람들이었어요. 더 어디로 밀려나야 한단 말입니까? 여기서도 밀리면 과연 우리가 갈 수 있는 곳이 어딘지 한번 생각해 보세요. 그럼 방금 전과 같은 흔들리는 말씀 결코 나올 수 없을 겁니다."

윤서의 말에 자극을 받아서일까. 김밥 가게를 운영하는 김종진이란 사내가 일어서서 다음과 같이 분통을 터트렸다.

"씨발. 수원에서 한 번, 성남에서 한 번, 그렇게 똥개처럼 내쫓기면서 여기 도강동에 간신히 자리 잡았어. 그런데 이곳에서 또 쫓겨나면 정말 갈 데가 없단 말이야. 열심히 일하면 내 집도 마련하고 내 땅도 살 수 있으니까 게으름 피우지 말고 부지런히 노력하라고? 개새끼들. 이십 년 넘게 하루도 쉬지 않고 일했어. 단 하루도! 아버지 기일에도 가게 문 열고 장사했어. 그런데 남은 건 빚뿐이야. 여기도 이 가게 얻으려고 얻은 이자 빚 갚느라고 등골이 휠 지경인데 도대체 어쩌라는 거야. 난 못 나가. 그러니까 지금 나가고 싶은 사람들은 짐 싸서 나가라고. 말리지 않을 테니까."

고통스럽지만 냉엄한 현실을 외면하지 않고 정면으로 직시한 종진의 말은 그야말로 이들이 선택할 수 있는 최선의 정답이었다.

이 순간 민우는 두 사람의 눈빛과 그들의 낯빛에서 전달되는 긴장된 심리의 미묘한 변화를 감지하기 위해 모든 정신이 팔려 있었다. 식당의 중심 자리에 서서 두서없이 튀어나오는 이들의 의견을 취합하며 최선의 결론을 도출하기 위해 골몰하는 윤서와 어느새 주방으로 들어가 순대국집 여사장 길례와 함께 설거지를 돕는 한씨. 둘은 거의 동상이몽에 가까운 자신들의 행동에 열중되어 있음을 민우는 발견했다. 윤서의 얼굴엔 분명한 한 가지 메시지가 담겨 있었다. 그건 바로 한씨를 향한 명확한 모종의 결단을 촉구하는 안타까움과 초조함이었다.

물론 그건 민우만의 착각인지도 모른다. 하지만 윤서가 지금 있는 그대로의 현실을 토로하면서 제시하는 결론은 듣는 사람에 따라선 다른 해석의 여지가 있을 수 있겠으나 초월적인 힘의 개입을 요청하는 신을 향한 탄원으로 들리기까지 했다.

그 신은 과연 누구일까. 윤서에게 있어서 그 신은 필경 의심의 여지없이 자신이 재림 예수로 지목한 한씨였을 것이다. 하지만 윤서의 절규를 닮은 외침에 대한 한씨의 반응은 괴이할 정도로 냉담했다. 어쩌면 가장 적극적으로 철거민들의 선봉에 서 있어야 할 인물이 엄격한 거리를 지키고 있는 모습은 민우로서도 받아들이기 어려운 태도로 해석되었다.

그와 함께 민우는 어렴풋이나마 식사 전 윤서가 보여 주었던 재림 예수를 향한 이해하기 힘든 조바심의 표출을 이해할 수 있었다. 기적의 한복판에서 고통에 신음하던 사람들을 치료할 때 보여 주던 한씨의 위대한 능력은 그야말로 전능에 가까웠다. 그 정도 힘이라면 분명 이들 철거민들의 켜켜이 쌓인 고통과 울분도 말끔히 해소해 줄 수 있지 않겠느냐는 항변이 윤서의 말 속엔 분명한 외침으로 농축되어 있음을 민우는 외면하지 못했다. 하지만 그 들끓는 항변의 의지는 윤서의 낯빛에만 머무르고 있었다. 다른 세입자들의 표정이나 모습에선 한씨를 향한 관심이나 기대는 아예 찾아보기 힘들 정도였다. 그들은 아마도 한씨를 특별한 치료법을 익힌 야매 치료사 정도로 간주하는 경향이 강해 보였다. 윤서와 같이 그를 재림 예수로 생각하는 이는 아무도 없는 것 같아 보였다. 어째서일까. 민우의 의문은 깊어져 갔다.

그런데, 그때 2층 추어탕집의 유리창이 박살나는 소리가 들려왔다. 병 하나가 유리를 깨고 2층 내부로 들어온 것이다. 곧이어 아이들의 비명소리가 들렸고, 유리창을 뚫고 들어온 병에서 '퍽' 하는 소리와 함께 불길이 테이블 위로 옮겨 붙었다.

순식간에 벌어진 일에 민우는 정신을 차릴 수 없었다. 하지만 윤서와 다른 이들은 이 상황을 썩 익숙한 것으로 받아들이는 듯 능숙하게 반응했다. 사람들은 일제히 몸을 숙여 엎드렸으며, 곧이어 2층 창문을 부수고 들어오는 불꽃을 품은 화염병에서 번져 오르는 불길을 담요나 옷가지로 덮어 소화시켰다.

영문을 모른 채 바닥에 엎드린 민우 곁으로 현민이 다가왔다. 그런데, 현민이 민우의 옆에 밀착되는 순간, 식당 전등이 하나도 남김없이 소등되어 버렸다. 입구에 부착된 녹색 비상구 불빛만이 희미하게 2층 전체를 비출 뿐이었다. 민우는 자신의 옆에서 윤곽만으로 존재하는 현민에게 다급한 목소리로 물었다.

"무슨 일이야?"

"1층에서 깡패들이 분전반 차단기를 내려 버렸어요."

어둠 속에서 길례가 아이들을 주방으로 데리고 들어가는 다급한 장면이 눈에 들어왔다. 답답해진 민우는 이 상황을 모면하기 위해 자신이 생각할 수 있는 최선의 방법을 현민에게 따지듯 내뱉었다. 하지만 돌아오는 현민의 반응은 지독히도 냉소적이었다.

"뭐하는 거야? 빨리 경찰에 신고해야지."

"신고해 보세요."

"뭐라고?"

"한번 신고해 보시라구요."

그 말을 끝으로 현민은 몸을 숙인 채 재빠르게 다른 자리로 이동했다. 자리를 이동한 녀석은 2층 현관 쪽으로 걸어갔다. 종진과 현석, 다른 건장한 체구의 남자와 윤서도 재빨리 움직여 업소용 냉동고를 힘을 모아 이동시켜 입구 문을 가로막았다. 곧이어 건물 밖에서 거친 욕설이 들려왔으며, 동시에 2층 입구를 부수듯 두드리는 소리가 들려왔다. 계속해서 이어지는 끔찍한 굉음들. 계단의 석재 바닥이나 시멘트 벽면을 쇠파이프로 긁어대는 소리, 가게 철문을 두드리는 소리가 연거푸 쏟아지면서 성문당 건물은 완벽한 무법천지로 돌변해 버렸다.

민우는 이 어처구니없는 테러를 신고하지 않는 다른 철거민들의 행동을 이해할 수 없어 하며 112에 신고 전화를 걸었다. 전화는 곧 도강동 경찰 지구대로 연결되었고, 민우는 다급한 목소리로 성문당의 위치와 현재 이곳에서 벌어지는 황망한 일들을 두서없이 들려주었다. 하지만 전화 속 상대의 반응은 더없이 냉담하고 어처구니없었다.

"그곳에 아직도 사람이 있어요? 그럴 리가 없을 텐데요."

"무슨 말씀이세요. 여기 철거민들이 모여 있어요. 사십 명이 더 넘는다고요. 그런데 지금 용역 깡패들이 함부로 건물 전기를 내리고 2층 창문으로 화염병을 던지고 있어요. 빨리 와주세요. 어서요."

화염병 소화로 인해 발생된 검은 연기가 치솟자 민우는 밀려나오는 기침을 가까스로 참으며 힘겹게 말을 이었다. 하지만 수신자인 지구대 경찰은 계속해서 신고 접수를 미루는 식의 어수룩한 반응으로 일관했다.

그 순간 민우의 눈앞에선 다시금 이해할 수 없는 사태가 도래했다. 2층 추어탕집 입구를 막아둔 냉동고를 난폭하게 밀어젖힌 예닐곱 사내들이 그 어떤 명분이나 이유도 없이 손에 쥔 각목과 쇠파이프로 집기를 부수고 모인 사람들을 향한 구타를 시작한 것이다. 그들은 이전 교회 주차장에서 감행하던 불시의 습격 때처럼 얼굴에 복면을 쓰거나 손수건으로 얼굴을 가리지도 않았다. 어둠이 형성된 탓도 있겠지만 그들은 여기선 아예 자신들의 얼굴이 노출되어도 상관없다는 식으로 모인 세입자들을 향해 무차별 폭력을 행사했다.

　하지만 윤서는 그대로 당하지 않았다. 이미 이들의 위협과 폭력에 익숙해져 있는 듯 어둠 속에서도 분명하게 형체를 드러낸 윤서의 손엔 그의 키만 한 쇠파이프가 쥐어져 있었다. 윤서가 어둠 속에서 그것을 사정없이 휘두르는 모습이 세입자들의 눈에도 드러나자 종진을 비롯해 다른 이들도 자리에서 일어나 그들의 예고 없는 폭력에 대항하기 시작했다. 그러자 어둠 속에서 용역 깡패들을 인솔하고 들어온 리더 격으로 보이는 이의 고성이 또렷이 들려왔다.

　"이 개새끼들이 아예 미쳤구나. 한번 제대로 빵 신세 져봐야 정신을 차리겠어?"

　역시 어둠 속에서 윤서가 악에 받친 듯 소리쳤다.

"한 새끼라도 제대로 걸려 봐. 이대로 영원히 빵에서 썩는 한이 있더라도 아예 요절을 내 버릴 거니까."

윤서의 핏발 선 악다구니가 여간해선 물러서지 않을 기세로 저항하자 리더로 보이는 한 녀석이 가래침을 뱉으며 먼저 2층 밖으로 퇴장했고 다른 이들도 화풀이 삼아 창문 유리와 테이블, 다른 집기들을 한두 개씩 박살내면서 쇠파이프를 바닥에 내동댕이치며 물러나기 시작했다. 그와 함께 2층 전체로 강한 악취가 풍겨 나왔다. 용역 깡패 중 한 녀석이 작심하고 인분 덩어리를 2층 내부에다가 마구잡이로 살포해 버린 것이다.

민우는 순간 어둠 속에서 그 한 명의 모습을 비교적 선명히 눈앞에 담아낼 수 있었다. 처음엔 알아보지 못했지만, 인분을 실내 곳곳에 뿌리다가 아예 담은 비닐을 바닥에 내동댕이치는 순간, 1층으로 뛰어 내려간 세입자 한 명이 분전반 차단기를 올려 불이 켜졌고 서둘러 세입자들을 향해 등을 돌릴 때, 민우는 그를 더욱 확실히 알아볼 수 있었다.

강맹호. 강 집사로 알려진 인물. 지난주 주일 예배 때, 한철연이란 집단을 빨갱이로 몰아붙이는 간증을 3천여 세명교인들 앞에서 선포하던 그 얼굴을 민우는 분명히 기억할 수 있었다. 간증대로라면 지금 그는 한때 자신의 동료들을 향해 인분을 뿌리고 쇠파이프를 휘두른 것이다. 그리고는 아무 일 없다는 듯 일요일에 다시 교회에 나와 찬송가를 부르고 두 손 모아 기도하며 자신의 죄를 회개하겠지. 분노라기보단 자학에 가까운 황망함이 민우의 머리를 한순간 먹먹하게 만들었다.

다시 불이 켜지고 용역 깡패들이 점차 뒤로 물러나는 상황이었다. 하지만 윤서는 필사적으로 달려들어 도주하려는 깡패들 중 한 명의 목덜미를 붙잡고는 놔주지 않았다. 유난히 어려 보이는 녀석이 욕설을 퍼부으며 윤서의 손아귀로부터 빠져나가려 하자 서둘러 종진과 배 사장까지 가세해 녀석의 양팔과 다리를 붙잡는 데 성공했다. 그들에 의해 결박된 녀석은 거의 울 것 같은 얼굴이 되었고, 그때 밖에서 차량의 시동 소리가 들려왔다. 용역들이 타고 온 차가 이미 출발해 버린 것이다. 녀석을 혼자 남겨두고. 종진이 걱정스런 표정으로 윤서를 바라보며 물었다.

"어떡하지? 아무리 봐도 미끼가 틀림없는데."

"눈에는 눈, 이에는 이에요. 만약 고소가 들어와도 우린 상관없어요. 파이프 주세요."

"뭐하려고?"

잠시 행동을 망설이던 배 사장이 머뭇거리는 동안 독기가 오를 대로 오른 윤서는 배 사장의 행동의 유예를 견디지 못하고 용역 깡패들이 내버리고 간 파이프 하나를 잡아 손에 쥐었다. 그리고

는 한시의 틈도 주지 않고 그대로 붙잡힌 녀석의 팔목을 쇠파이
프로 내리치기 시작했다. 녀석의 입에서 고통스런 비명이 터져
나왔지만 그 비명소리를 압도한 건 녀석을 내리치는 윤서의 절규
였다.

"똑같이 갚아 주겠어! 이 악마들. 너희들도 똑같은 공범자들이
야. 이 개새끼들아!"

반미치광이가 되어 쌓아 두었던 분노를 일거에 쏟아내는 윤서
를 향해 순간 누군가 거칠게 달려들었다. 강하게 어깨를 밀쳐내
자 쇠파이프를 휘두르던 윤서가 바닥으로 쓰러졌다. 그러자 모두
들 할 말을 잃고 갑자기 달려든 그를 바라보기만 했다. 한씨였다.

"그만둬!"

단호한 어조로 한마디 내지른 한씨를 윤서는 억울하다는 얼굴
로 올려다보았다. 한씨의 고성과 함께 2층은 삽시간에 침묵 상태
로 돌입되었다. 팔목이 아예 부러져 나간 녀석이 아픔을 견디지
못하고 흐느끼는 소리만이 안쓰럽게 울려 퍼질 뿐이었다. 한씨는
그렇게 바닥에 엎드려 제 팔을 붙잡고 울음을 터트리는 유난히
어려 보이는 녀석을 향해 몸을 숙이고 손을 내밀었다. 그리곤 녀
석의 부러져 버린 팔목 위에 손을 얹었다.

그 순간 윤서가 침묵의 정적을 깨고 소리쳤다. 울분에 찬 탄성
을 닮아 버린 본능의 밑바닥에서 튀어나온 외침이었다.

"하지 말아요! 하지 마!"

윤서는 고개를 거칠게 휘저으며 괴로워했다. 하지만 윤서의 절규에도 불구하고 녀석의 입에선 어느새 고통의 흐느낌이 사라졌으며, 한씨를 가볍게 밀쳐내며 자리에서 일어나기까지 했다. 녀석은 방금 전까지 고통으로 인해 걸을 수조차 없었던 팔을 조심스럽게 한두 번 움직여 보았다. 멀쩡했다. 어리둥절해진 녀석이 머쓱한 표정으로 주위 사람들의 눈치를 살피다 그대로 2층 밖으로 뛰어나갔다. 녀석의 계단 밟는 소리가 섬뜩한 메아리가 되어 성문당 전체에 울려 퍼졌다.

자리에서 일어선 윤서가 한씨를 향해 독기 어린 안광을 내뿜으며 소리를 질렀다. 배신감에 치를 떠는 자가 내뱉을 수 있는 극한의 항변이었다.

"방금 전 상황을 보고도 이럴 수 있는 거예요? 저 새끼들은 정말로 우릴 죽이려 했어요. 경찰도 오지 않고 아무도 관심 갖지 않아요. 유리창은 모두 깨졌고 불도 꺼져 버려 완벽한 암흑뿐이었어요. 이 더러운 악취를 한번 맡아 봐요. 이런 곳에서 오늘 밤을 지새워야 한다구요. 이게 현실이에요. 그런데 도대체 왜 이러는 거예요. 저 개만도 못한 인간들에게 어째서 자비를 낭비하느냔 말이냐고요!"

하지만 윤서의 절규는 결코 독백의 영역에서 자유롭지 못했다.

윤서의 말에 반응을 보이지 않는 한씨는 몸을 돌려 묵묵히 부서진 집기들을 주워 담기 시작했다. 그러자 순대국집 길례도 주방에서 빨아 온 대걸레로 인분이 뿌려진 바닥을 닦아냈다. 모인 사람들은 그렇게 다시금 자신들의 최후의 장소를 지키기 위해 움직이기 시작했다. 오직 한 사람, 윤서만을 제외하곤. 윤서는 부동의 자세로 자리에 서서 목장갑을 끼고 깨진 유리 파편을 주워 담는 한씨를 원망스럽게 노려보기만 했다. 그것이 지금 재림 예수를 바라보는 한 인간의 눈빛이다. 이 땅 가장 비참한 곳에서 질척거리는. 민우의 마음 한구석이 더욱 서늘해져만 갔다.

16

미래시장촌, 성문당에서 겪은 악몽과도 같은 한때에서 채 벗어나기도 전 또 다른 곳에서 민우의 불편한 심기를 벼랑 끝으로 내모는 사건이 발생했다.

다시 한 주일이 지난 월요일, 여느 때였으면 주일 교회 행사를 정리하고 1박 2일 코스로 골프 여행을 떠났을 정인이 당회장 사무실에 자리를 잡고 앉아 민우를 호출했다. 정인의 호출을 받고 당회장 사무실로 들어서기 전 민우는 지레 그의 호출 이유를 가늠해 보며 불안에 잠겼다. 혹시 자신이 현민의 뒤를 따라 성문당에서의 잊지 못할 충격의 시간을 함께 보낸 사실을 사전에 보고받고 추궁이라도 하려는 건가. 민우는 과연 어떤 현실이 자신을 짓누르고 있을지 그 실체를 명확히 알고 싶었다. 자신이 가장 두려워하는, 그 두려움의 실체가 이제 보름 앞으로 다가온 목사 안수에 암초가 될 만한 사건들에 연루되는 것인가. 아님 이 상태로 이곳 세명교회에서 목사 안수를 받아 신의 사제가 되어 누군가는 어쩔 수 없이 반복하게 될 정인의 뒤를 계승하는 것이 몸서리쳐지는 것인가.

적어도 윤서를 만나기 전, 그리고 이미 철거된 줄로만 알았던 성문당에 모여 있는 철거민 세입자들을 만나기 전, 그리고 우직한 일꾼으로만 알았던 한씨 아저씨를 재림 예수라고 부르짖던 윤서의 절규에 가까운 외침을 전해 듣기 전까지만 해도 민우가 품은 두려움의 무게중심은 단연 전자였다. 하지만 지금은 다르다. 그의 의식은 돌이킬 수 없는 강을 건너기 직전 망설임의 회오리에 휘말린 상태처럼 혼란스러웠다. 그 해명할 길 묘연한 혼돈을 마음 한 가득 끌어안고서 월요일 이른 아침에 정인을 찾았을 때, 민우는 또 다른 무거운 짐이 자신의 정신을 억세게 짓누르는 상황의 개안開眼을 끝내 외면하지 못했다.

이번에도 정인은 교회라는 단체에서 지켜져야 할 최소한의 예의마저 보잘것없는 것으로 깔아뭉개며 민우를 강하게 추궁했다. 추궁의 이유는 자못 심각했다. 정인은 책상의 중심에 옅은 푸른 빛을 머금은 메모지 한 장을 민우가 잘 볼 수 있도록 들이밀었다. 그리곤 더 이상 말을 섞는 것조차 성가시다는 말투로 말을 이었다.

"도대체 어떻게 된 게 제대로 하는 일이 하나도 없어."

민우는 별다른 질문 없이 책상 위에 놓인 메모지를 집었다. 메모지엔 수희의 글씨체가 분명한 만년필로 눌러 쓴 단문의 메모가 적혀 있었다. 단 한 줄의 메모. 그 남은 여백을 바라보고 있자니 민우의 머릿속은 다시금 아득해져 왔다.

[더 이상 절 찾지 마세요.]

"전화도 끊고 호텔에서도 나왔어. 연락 닿을 만한 데는 죄다 들쑤셔 봤는데도 캄캄 무소식이야. 나올 때 카드까지 죄다 빼놓고 나갔어."

"언제 그런 겁니까?"

"한심한 새끼, 자기 여자가 언제 사라졌는지도 모르고."

"면목 없습니다."

"짐작 가는 데 없어? 내가 모르는 친구라든가 너희 둘이 자주 가던 그런 곳 말이야."

"거의 없습니다. 수희와 만난 건 교회에서가 거의 대부분이었습니다. 오래전부터 그랬어요."

"도대체 뭐가 불만이야. 복에 겨워서."

인상을 구긴 정인이 민우에게 손짓으로 문을 잠그라는 지시를 하자 민우가 서둘러 문고리를 잠갔다. 여닫이 창문을 활짝 젖힌 정인은 밀려오는 스트레스를 참지 못하고 책상 서랍에 숨겨 두었던 담배를 피워 물었다. 환풍기의 팬 버튼을 누른 정인은 지금과 같은 상황이 답답해서 견딜 수 없다는 듯 투덜거렸다.

"정말 답답하고 지루한 곳이야. 어떤 것도 제대로 맘 놓고 즐길 수가 없어."

"……."

"넌 이런 생활이 재미있냐?"

갑작스러우면서도 민우를 당혹케 만드는 질문이었다. 이런 생활이라면 어떤 생활을 말하는 건가. 마음 놓고 담배조차 피우기 힘든 사생활이 보장되는 않는 상황에 투덜거리면서 신도들의 헌신의 대가 위에 자신의 욕망의 성을 쌓아 올리는 그러한 생활? 정인은 마치 자신이 맞지 않은 옷을 입은 순교자인 것처럼 불만 가득한 얼굴을 한 채 경멸스럽게 민우를 훑어 내렸다. 그러곤 어떤 말을 해야 될지 몰라 당혹스러워하는 민우의 망설임을 한껏 조롱했다. 상대를 짓뭉개는 위악으로 가득한 냉소를 흘리며 깊은 한숨을 내쉬는 정인의 표정을 민우는 결코 머릿속에서 지워 내기가 어려웠다. 그건 단순히 상대를 향한 미움 혹은 원망의 감정과는 다른 성질의 것이다. 부정하면 부정할수록 더욱 선명해지는 언제나 부동일 것만 같던 자신이 걸어 나갈 진로에 대한 지독한 회의가 민우의 입을 얼어붙게 만들었고, 그 대단했던 의지를 형편없는 것으로 전락시켰다. 정인은 그러한 민우의 내면에서 발생된 막심한 신념의 파괴 따윈 애초부터 염두에 두지 않은 채 담배를 입에 물고 만년필을 집어 들어 메모지에 뭔가를 적어 넣었다.

"가져가."

"……?"

"윤강석 안수 집사 연락처야. 자네도 들은 적 있겠지. 이 친구가 서울시경 정보과에 있어."

"이분을 찾아가란 말입니까?"

"내가 직접 나설 순 없잖아. 이 친구가 웬만한 심부름센터보다는 훨씬 믿을 만할 거야. 정확도도 높고. 그러니 찾아 가서 수희가 어디 있는지 행방 좀 찾아봐 달라고 해."

"자신 스스로 이곳이 싫다고 해서 나간 겁니다. 수희가 어린 아이도 아니구요."

"이 개새끼가 어디서 말대꾸야."

"목사님."

"그래서 이대로 방치해 두자는 거야? 어떻게든 데려와야 될 것 아냐. 머리카락을 자르든 두들겨 패든 무슨 수를 쓰든 끌고 와 교회 피아노 의자에 갖다 앉혀. 더 이상 구설수에 오르면 내 입장은 물론이고 자네 꼴도 우스워져. 설마 그걸 잊은 건 아니겠지?"

"그래도 이건 아닌 것 같습니다. 안수 집사님께 부탁드릴 만한 사안도 아닌 것 같군요."

"이 새끼가 그래도……."

"……."

"너 목사 안수받기 싫어? 계속 이대로 목사들 뒷수발이나 들어주는 전도사로 평생 썩을 거야? 홀어머니 생각도 해야 될 것 아냐. 매일 새벽마다 나와서 아들 목사 되게 해달라고 징징거리고 있어. 그런 어머니 가슴에 대못이라도 박을 거냐고. 해볼 수 있으면 어디 한번 해봐. 어느 정도 강심장인지 궁금하던 참인데."

"……."

"그럴 자신 없음 당장 튀어 나가 어떻게 해서든 수희 데리고 와. 안 그러면 정말 재미없어. 내 말 허투루 듣지 말라고. 알아듣겠어?"

"알겠습니다."

"알아들었으면 꺼져. 꼴도 보기 싫으니까."

"……."

"한심하고 나약한 새끼들."

자신에게서 등을 돌린 민우의 굽은 어깨를 향해 내뱉은 정인의 독설이었다. 그 말 그대로 뒷덜미에 묶어 둔 채로 민우는 당회장 사무실을 빠져나왔다.

복귀할 곳을 잃어버린 패잔병의 얼굴을 한 그의 손엔 두 장의 메모지가 쥐어져 있었다. 한 장은 수희의 메모였으며, 다른 한 장은 정인이 적어 준 윤강석 안수 집사의 정보과 사무실 연락처였다. 복도 벽에 기대 서서 한참을 망설이던 민우는 결국 휴대폰을 꺼내 번호를 누르기 시작했다. 메모에 적힌 윤 안수 집사의 연락처를 더없이 더디고 무거운 손놀림으로.

17

이번 달에만 벌써 두 번째 경찰서 방문이다. 왠지 모를 어색함에 평생 행정에 관계된 일로도 출입을 꺼리던 곳이었는데, 최근 열흘 간격으로 두 번이나 제복 차림의 경찰들이 수시로 들락거리는 장소를 찾게 된 것이다. 모두 타의에 의한 이끌림이었어도 결국 이곳을 찾게 된 건 정인이 아니라 민우의 몫이 되었다.

종로구에 위치한 서울시경의 전체적인 분위기는 지구대나 일반 파출소에서 느껴지는 아담함과는 격이 달랐다. 하지만 그 격의 다름이 불행히도 긍정적 영향력의 상승을 뜻하는 건 아니었다. 건물을 대하는 이로 하여금 더욱 가혹한 공권력의 위압감만 강요하는 형국이랄까. 민우가 느끼기엔 분명 그랬다. 물론 그건 다분히 민우의 잔뜩 위축된 근자의 심리 때문인지도 모른다. 즉,

무엇보다 법질서 확립과 엄정한 집행의 선봉에 선 집단의 핵심 기관에 범법 행위나 다름없는 부적합한 일을 의뢰하기 위해 찾아온 마음속 혐의 때문이다. 이렇듯 민우는 시경 건물로 들어오는 내내 고질적인 유약함에서 비롯된 찜찜함을 떨쳐 버릴 수 없었다.

오히려 그러한 찜찜함을 다소나마 상쇄할 수 있었던 건 정인이 소개한 윤강석이 보여 준 능청스러움의 도움이 컸다. 한 분야에서 더 이상 발전도, 변화도 없어 보이는 닳고 닳은 환멸의 의지만으로 존재하는 윤강석이 민우에게 보여 준 가장 인상적인 대목은 자신에게는 어떤 부탁을 해도 모두 들어줄 용의가 있다는 식의 관대함, 또는 태평스러움이었다.

민우가 입을 열기조차 어려워하며 조심스럽게 조정인 목사의 소개를 받아 찾아왔다고 말하자 강석은 민우의 말이 끝나기가 무섭게 즉시 노트북을 펼쳐 수희에 대한 최근 행적이나 신상에 필요한 부분들을 묻기 시작했다. 그런 그의 질문들에는 상대의 범죄 행위를 고의적으로 까발리려는 취조의 의도는 좀처럼 찾기 어려웠다. 단지 자신이 출석하는 교회 담임목사의 부탁을 충실히 이행하려는 사무적인 거리감에만 충실했다. 그러므로 이 순간 민우는 수희의 약혼자 신분이 아닌 정인의 대리인 정도로 그 위치가 격하될 수밖에 없었다.

조서를 꾸미듯 수희의 신상 명세에 대한 대략의 정보를 입력한 강석이 그제야 맞은편 자리에 앉은 민우와 눈을 마주치며 대화를 조기에 매듭지으려 했다. 예의상 지어 보이는 어색한 미소를 잊지 않으며.

　　"이 정도면 충분할 것 같습니다. 늦어도 삼일 내로 조수희 자매의 행방을 알아내 전해 드리도록 하겠습니다. 걱정 말고 기다리세요."

　　"죄송합니다. 다른 업무도 바쁘실 텐데."

　　"무슨 말씀을요. 담임목사님 부탁이신데."

　　노트북을 덮은 강석은 그렇게 말하며 자리에서 일어섰다. 그런 그가 여전히 자리를 지키고 있는 민우를 내려다보며 여전히 공손한 말투로 말을 이었다.

　　"그럼 제가 좀 바빠서요. 돌아가 계시면 바로 연락드리겠습니다."

　　그런데, 강석은 민우에게서 망설이는 듯한 분명한 기색을 감지할 수 있었다. 다르게 말해 자신에게 아직도 용건이 남았다는 뜻으로의 해석이 가능한 것이다. 강석은 자신과 눈이 마주치자 시선을 피하면서도 뭔가 할 말이 있다는 듯 난처한 표정으로 주위를 두리번거리는 민우에게 다음과 같이 물었다.

　　"더 필요하신 거라도 있습니까?"

　　"사실은 한 가지 더 부탁드릴 것이 있어서요."

"진작 말씀하시죠. 수희 자매님에 대한 일인가요?"

그렇게 물은 강석이 다시 자리에 앉았다. 강석이 자리에 앉자 민우는 기다렸다는 듯 소지한 서류 가방에서 출력된 A4 용지 한 장을 꺼내 보여 주었다. 출력된 내용을 들여다본 강석이 서류와 민우를 번갈아 살피며 재차 물었다.

"사람 이름과 생년월일을 적으셨네요. 그리고 또 한 가지, 이게 뭐죠?"

"아이피 주소와 닉네임입니다. 저희 교회 홈페이지 자유게시판에 링크했었던 아이피 주소와 동일한 닉네임을 사용하는 자료가 될 만한 것을 기록해 놓았어요."

"이걸 가지고 어떤 부탁을 하고 싶으신 겁니까?"

"송구스런 부탁인 줄 알지만 기왕 부탁드리는 김에 말씀드리겠습니다. 그 종이에 적어 놓은 인물의 최근 행적을 좀 알 수 있을까 해서요."

"그럼 이 아이피 주소는 그 주소를 사용한 사람을 알아내기 위함이겠군요."

"가능할까요? 제가 지금까지 예상하고 있는 바로는 거기 적힌 사람이 그 아이피 주소를 이용해 자유게시판에 게시물을 등록한 것으로 알고 있지만 보다 더 확실하게 알기 위해 부탁드리는 겁니다."

"이거⋯⋯."

잠시 뜸을 들이는 강석. 망설이는 모습이 여차하면 정인에게 전화를 걸어 민우의 의뢰가 사전에 전달된 사항인지를 확인하고 싶어 하는 기색으로 내비쳤다.

초조한 순간이 잠시 지속되었지만 더 이상 구차한 변명을 늘어놓지 않고 침묵으로 일관한 민우의 대범함이 주효했던 걸까. 다소 난처한 표정을 짓던 강석이 이내 민우의 제안을 받아들이겠다는 심중의 결심을 드러내듯 고개를 끄덕거리며 자리에서 일어났다. 민우가 건넨 용지를 덮어 놓은 노트북 사이에 끼워 넣으며.

"알겠습니다. 알아봐 드리죠."

"난처하게 해드려 죄송합니다."

"참, 전도사님도. 죄송할 일도 많습니다. 정보과에 있으면 별별 청탁이 다 들어옵니다. 계장 마누라 불륜 증거 잡으려고 모텔 방 도청하는 일까지도 하니까 이깟 일로 너무 신경 쓰지 마세요."

특유의 융통성 있는 기질을 발휘하는 강석. 가볍게 민우의 어깨를 토닥이며 그를 아예 문 밖으로 이끌었다. 민우는 어색한 웃음을 지으며, 강석의 뒤를 따라 정보과 사무실을 빠져나왔다.

강석과 헤어지고 난 뒤 민우는 홀로 경찰청 건물 밖을 거닐었다. 평일 늦은 오후의 종로는 업무 시간임에도 불구하고 많은 사람들로 붐비고 있었다. 하지만 민우의 눈에 비치는 그들, 그녀들의 모습은 희미한 윤곽, 혹은 부유하는 물체 정도로만 인식되었다.

지하철 역사를 향해 걷는 내내 민우는 주위를 둘러볼 겨를도 없이 최근 자신이 보여 주고 있는 이해하기 힘든 돌출 행동에 대해 후회도, 그에 반하는 충족감도 아닌 모호한 기분에 시달리고 있었다. 세명교회를 저버리고 나온 윤서의 지난 행적, 그가 꾸려온 삶의 험악한 궤적을 어째서 알고 싶은 걸까. 또한 벤 야살이란 닉네임을 사용한 등록자를 굳이 알아내어 무엇을 어떻게 하겠다는 것인가. 하지만 지금의 민우에겐 그러한 자문들에 대한 답이 결코 명쾌할 수 없는 태생적 한계를 안고 있었다. 충분히 설명될 수 없는 당위성이 민우로 하여금 수희를 찾는 것과 동일한 의지로 작용했다. 그러한 의문들을 파헤쳐 내고 싶어 한다는 사실만이 현재 그에게 주어진 답, 혹은 변명의 전부였다.

18

이른 새벽. 민우는 황막한 어둠, 그 한구석에 웅크리고 앉아 기도에 열중하고 있는 한 여인의 뒷모습을 바라보고 있다.

새벽 4시 20분. 전도사의 소임 중 하나인 새벽 예배 인도를 위해 예배당 문을 가장 먼저 열고 들어온 세명교인이자 민우의 하나뿐인 혈육인 한양례 집사. 30여 년을 한결같은 마음으로 한 교회에 머물러 무수한 신앙의 땀을 흘렸음에도, 채 십 년도 되지 않은 동료 집사들이 권사 취임을 할 때조차 명단에 이름을 올리지 못한 인간적인 야속함마저 가슴에 묻어둔 채, 오직 아들의 목사 안수만을 위해 자신의 몸뚱이라도 신의 제물로 바칠 기세로 기도에 몰입하는 그녀의 열정. 서서히 민우는 어머니의 열정이 두려워지고 있었다.

윤서의 등장과 성문당 2층에서 만난 한씨의 소위 말하는 기적을 자신이 품게 된 두려움의 원인으로 돌리는 건 비겁한 변명이라고 민우는 단정 내렸다. 그 두려움은 이미 오래전부터 자신의 무의식 깊은 곳에 침잠되어 있던 응어리에 가까웠다. 단지 그것이 노골적으로 정신의 수면 위를 넘실거린다는 사실이 불안할 따름이다. 무엇보다 시기가 문제다. 이제 정말 보름도 채 남지 않았다. 이렇게 몇 번만 더 새벽을 깨우고 예배를 인도하면 그는 국내 최대 교단, 국내에서 열 손가락 안에 꼽히는 대형 교회의 부교역자 자리가 보장된 목사의 자리에 오르게 된다. 성직의 위엄과 존경을 한 몸에 받으면서도 경제적 불안과는 거리가 먼 안정된 지위를 보장받게 되는 더할 수 없이 아늑한 자리. 그 자리를 쟁취하기 위해 어머니의 순수한 신앙이 가혹하게 소비되고 있다. 장의자에 앉는 것조차 불경스럽다며 강단 십자가의 바로 앞 바닥에 무릎을 꿇고 앉아 기도하는 그 집념이 민우를 더욱 괴롭게 만들었다.

　　간단한 성서 묵상을 끝내면 방송실에서 송출되어 나오는 은은한 찬송가 소리와 함께 다시 예배당 안은 희미한 불빛에만 의존하는 어둠의 공간으로 회귀된다. 얼마 되지 않는 이들의 우레와 같은 방언 소리를 뒤로 한 채 민우는 슬그머니 2층 본당을 빠져

나와 고등부 사무실로 자리를 옮겼다. 그리곤 무엇엔가 홀린 듯 컴퓨터 전원을 켜고 인터넷을 접속해 세명교회 홈페이지에 접속했다. 교인들에게조차 외면당하는 구색 맞추기에 불과한 홈페이지에 집착하는 이유는 자명했다. 자유게시판을 클릭해 검색하는 그의 얼굴에선 더할 수 없는 복잡한 심경이 노출되었다. 바로 눈앞에 자력과도 같은 이끌림의 결과물에 가까운 '벤 야살'의 새로운 글이 어김없이 등록되어 있었기 때문이다. 2층 본당에서 들려오는 아우성과 통곡에 가까운 기도 소리가 파도의 출렁임처럼 불규칙하게 증폭되어 민우의 신경을 더욱 예민하게 자극했다.

민우는 그렇게 '이 땅에 나타난 재림 예수' 세 번째 텍스트의 문을 열었다.

예루살렘이 불타고 있다. 신의 지독한 가호도, 한 줌의 자비도 없었다. 유대인들의 심장과 머리를 동시에 움켜쥐었던 그들만의 희망의 성채가 그토록 허망하게 야만의 제국이 휘두르는 훼방질로 인해 형편없는 잿더미로 무너져 내린 것이다.

벤 야살이 길을 나선 것은 참을 수 없는 공분의 결과물이 아니었다. 벤 야살의 엑서더스_exodus_는 결코 선택이나 의지의 차원에서 이해될 수 있는 문제가 아니었다. 그것은 필연이었다. 그의 두 눈에 애통을 넘어선 전율의 실체로 각인된 예루살렘 성의 불타오름과 그 정상에 꽂힌 로마의 깃발, 탐욕스런 우상 숭배자들의 오만한 함성 소리가 벤 야살의 두 발을, 그의 심장을 요동치게 만들었다. 그는 움직였다. 그만이 행동한 것이 아니었다. 적잖은 열심당원들, 분노를 견디지 못한 유대 민족의 민초들이 그를 따랐다. 하지만 그들은 벤 야살을 따르는 것이 아니었다. 벤 야살이 단지 앞장섰을 뿐, 그들 중 누구도 이 엑서더스의 장엄을 선택이라고 말하지 않았다. 그것은 필연이었다. 이 필연은 그들의 유일한 정체성이라 말할 수 있는, 거룩함을 강탈당한 민족의 내면을 지배한 집단 무의식의 폭발이었으며, 그 폭발의 중심에 단지 벤 야살의 영혼의 방향이 예루살렘을 외면하고 다른 곳을 향한 것뿐이다.

벤 야살은 그렇게 오직 가슴에 품은 사카리^{단검}에만 의존하여 그들만의 성지를 찾아 나섰다. 그러나 그의 방황은 결코 오래 지속되지 않았다. 불타는 예루살렘 성을 돌아서자 그들만의 또 다른 성지가 그 역시 절대의 필연으로 그들 눈앞에 장엄한 위용을 드러냈다. 벤 야살과 무리들은 그렇게 마사다 요새를 향해 고개를 든 것이다.

마사다 수비대로 이름 지어진 그들의 모습은 민족의 무력한 균열과 고통스러운 굴종의 함락을 결코 당연한 것으로 받아들이지 않았다. 악

190

마의 화신 티투스^{유대인 반란 진압을 주도한 로마의 총사령관}가 이끄는 로마 제10군단은 이런 그들의 도발을 결코 용납하지 않으려 했다.

로마의 심장을 움직일 수 있는 단 하나의 자비는 무조건적인 복종과 함께 스스로 짐승이 되는 길을 택하는 것뿐이다. 유대인들은 그러한 굴욕을 용납할 수 없었다. 그러나 비극은 언제나 그 결코 용납할 수 없음의 절대로부터 시작된다. 모든 유대인들이 로마의 칼 앞에 저항한 것이 아니었다. 오히려 다수의 유대인들은 예루살렘 성의 함락과 동시에 자신들의 영혼을 지배하던 야훼 하나님의 최후를 적어도 현상적으로는 인정해야만 했다. 지도자들 역시 자신의 초라한 목숨 하나 부지하기 위해 로마를 향해 게걸스럽게 무릎을 꿇었다. 그것은 로마를 향한 무릎 꿇음이 아니었다. 로마는 단지 명칭에 불과할 뿐이다. 그것은 바벨론일 수도, 저 먼 옛날 바로의 왕국일 수도 있다. 로마의 이름, 대다수 유대인들의 무릎을 꿇게 만든 로마의 이름은 제국이었고, 욕망이었다. 끝 모르는 탐심의 입을 벌린 욕망의 늪, 결국 그 늪 속에서 야훼 하나님, 그 신성의 집결체인 성전은 붕괴되고 말았다. 신의 거룩함이 어느새 욕망의 하수에 휩쓸려 허망하게 떠내려가고 있었다. 수많은 민중의 민족 독립을 향한 열망도, 민족의 토대를 성립한 신에 대한 믿음도 허망한 모래성처럼 허물어지는 가혹한 화염의 악마, 그 불길에 휩싸인 채로.

하지만 그 불길에 비록 육신을 내던져도 결코 무릎은 꿇지 않을 정

신이 있었으니 그것이 바로 벤 야살의 정신이었다. 벤 야살은 자신의
존재의 모든 기반을 송두리째 불태우고 있는 숙명이라는 이름의 가면
을 쓴 욕망, 그 사악의 불꽃을 온몸에 기름처럼 끌어안았음에도 결코
욕망으로의 굴종을 용납하지 않으려 했다. 그것이 벤 야살의 정체성
이었고 그의 전부였다. 그 저항이 벤 야살의 가슴속에 품은 단 하나의
칼, 사카리였다.

'이 땅을 지배하는 수성默性의 근원 속에 끓어오르는 욕망의 용광로
를 뒤덮을 때까지는 내 한 몸 불태워 소멸된다 하더라도 내 정신의 두
손만큼은 이 의분의 칼을 놓지 않을 것이다.'

벤 야살은 이를 갈며 고통과 분노의 비명을 지르며 달려 나갔다. 로
마의 칼과 그들의 잔혹한 함성을 뒤로 한 채 벤 야살은 불타 없어지는
예루살렘 성의 반대편, 마사다 산지를 바라보았던 것이다.

'저곳으로의 올라섬은 필연이며, 본능이다. 이것만이 내 자신을 납
득시킬 수 있는 유일한 숙명인 것이다.'

벤 야살은 이 필연을 거부하지 않았다. 그리고 이 막대한 필연의 도
래에 눈을 뜬 최후의 저항 세력들이 그를 뒤따랐다. 로마의 개가 되고
비굴한 타협의 노예가 된 유대 지도자들의 가증스런 위선의 사슬에
결박되느니 이 절대의 필연을 향해 자신의 전 존재를 투신하려는 필
사즉생必死卽生의 각오로 이들은 벤 야살의 두 발이 옮겨가는 마사다 산

지를 함께 따라 오르기 시작했다.

그들의 필연의 궁극에 자리 잡은 그곳은 그들만의 성지였고, 벤 야
살이 발견하고자 하는 유대의 마지막 희망이었다. 그곳에 벤 야살이,
천여 명 남짓한 그의 추종자들로 구성된 마사다 수비대가 오른 것은
결코 거창한 민족의 독립을 선포하기 위함이 아니었다. 그들에겐 거
역할 수 없는 야훼의, 유대 민족의 주홍글씨가 낙인처럼 아로새겨져
있기 때문이다. 그 거역할 수 없는 힘을 애써 짓누르고 로마라는 이름
의 욕망에 무릎을 꿇는 행동을 결코 하지 않겠다는 벤 야살의 신념이
그가 쥔 칼을 더욱 섬뜩한 심판의 의지로 타오르게 만들었다.

로마의 개들, 유대 타협주의자들은 예루살렘 성전, 그토록 힘주어
주장하던 민족의 횃불, 인류의 유일한 희망을 보증하는 신이 좌정한
처소가 불태워 없어졌음에도 어떤 이들은 야만의 함성으로, 또 어떤
이들은 치욕을 감춘 무릎 꿇음으로 구차스럽게 한 목숨 연명하려 하
고 있다. 그 땅은 더 이상 신의 정의가 살아 있는 곳이 아니다. 신의
정의는 이제 마사다에 있다. 아니다. 이곳에 만일 신의 정의가 없다
하더라도, 신의 정의 따윈 이미 로마가 사육하는 맹수들의 입 속에 주
저 없이 밀려 들어갔다 하더라도 상관없다. 우리는 이곳에 남을 것이
다. 남아서 싸울 것이다. 이것이 정의다. 이것이 정의를 담보로 한 최
후의 항전이며, 투쟁의 이유다. 보장되지 않은 거룩함을 향한 유일한
투쟁이다. 아이들과 여자, 노인들까지 그 천여 명은 모두 전사가 되고

말았다. 그리고 벤 야살은 이들이 올라선 곳, 한순간 만오천 명을 육박하는 로마군의 포위로 인해 고립무원의 유배지가 되어 버린 마사다 요새의 한복판에 서서 그를 바라보았다. 그리고 그에게 자신의 심장에 쥐어진 칼을 보여 주었다. 벤 야살은 외쳤다. 나사렛 풍운아, 해방의 혁명가, 신의 마지막 보루, 재림 예수에게 외친 것이다.

"보시오, 재림 예수여. 당신의 잃어버린 칼이 여기에 있나이다. 내가, 그리고 이들이 이곳에 오른 것은 민족의 독립도, 신의 성배를 잃어버린 슬픔과 분노에 따른 선택도 아니오. 우리는 저 로마라는 야만의 입을 피해 도피한 것뿐이오.

이 도피는 인간의 존엄을 찾아 떠난 마지막 여정이었소. 이제 더 이상 물러날 곳이 없소. 우리는 싸워야만 할 것이오. 저들의 공성퇴를, 날아드는 불화살에 맞서 싸우지 않으면 안 되는 것이오. 우리는 더 이상 지상으로 내려갈 수도 없을 것이오. 이러한 선택을 어리석었다고 탓하지 마시오. 그들이 말하는 자비를 받아들이는 것은 땅의 욕망, 짐승의 본능과 하나가 되라는 의미에 다름 아니었소. 하지만 우리는 인간이오. 인간이란 말이오. 인간이기에 여기에 올라온 것뿐이오. 그러니 당신이 정말로 재림 예수라면, 인류를 구원하는 메시아라면 이 부조리의 첨단에서 당신의 정의를, 심판의 불 칼을 사용하시오. 그렇다면 나는, 그리고 여기에 모인 무리들은 당신을 진심으로 경외할 것이오. 오직 당신에게만 무릎을 꿇을 것이오. 당신에게만 두 손을 높이 들고 내 존재의 모든 것을 투신할 것이오."

그러나 재림 예수는 더 이상 벤 야살과 말을 섞지 않았다. 대화는 단절되었고, 고립된 마사다 요새 위에서의 시간은 고통과 긴장의 진창 속으로 빠져들었다. 벤 야살과 수비대는 줄기차게 계속되는 지상을 차지한 로마 군대의 간교하고도 집요한 공격을 전력을 다해 막아냈다. 마사다 산지는 천혜의 방어지였다. 그곳에 오른 이들이 고립을 포기하지 않는 이상 좀처럼 함락시키기 어려운 자연조건이 조성된 곳이었다.

그러나 언제까지나 요새에서만 삶을 지속할 수는 없는 일이었다. 시간은 계속해서 모래알처럼 전능자의 손가락 틈으로 빠져나갔지만 지상의 욕망은 좀처럼 그 기세를 꺾지 않았고, 예루살렘 성전의 회복은 시간이 갈수록 요원해져만 갔다. 로마의 군대는 밤낮 가리지 않고 마사다를 위협했고 때론 회유했다. 모든 것을 포기하고 지상으로 내려온다면 목숨만은 살려 주겠다는 간교한 뱀의 허를 끊임없이 놀려댔다. 식량은 갈수록 줄어들었고, 마실 물조차 구하기 어려운 실정에 이르렀다.

하지만 악과 독에 받친 수비대는 이러한 극한의 상황에서도 어느 한 명 지상의 야만으로 복귀를 갈구하는 의지를 보이지 않았다. 그들은 필연의 노예들이 되었다. 그들은 자발적인 선택의 노예들이었다. 그들을 사로잡은 절대의 필연은 이제 그들의 생존 욕구를 초월하기 시작했다. 수비대 남자들은 자신들은 아무것도 먹지 않으며 가족들, 아이와 여자, 노인들을 챙기며 끝까지 이 기약 없는 투쟁을 계속하기 위해 필사적으로 몸부림쳤다.

재림 예수는 이들과 함께 있었다. 그는 매일 매일 눈물을 흘리며 하늘을 우러르며 간절히 기도했다. 그러면서 그는 기적을 베풀었다. 마사다 산지, 그 지천에 놓인 돌을 손에 집어 떡으로 변화시키는 놀라운 物의 변화를 일으켰다. 그것을 손에 집은 재림 예수는 고통과 긴장, 굶주림에 서서히 내부가 썩어 들어가는 수비대의 입에 넣어 주었다. 하지만 돌을 집어 떡을 만들고, 그것을 굶주림에 신음하는 수비대, 혹은 아이들에게 건네주는 모습을 보며, 벤 야살은 참을 수 없는 분통을 터뜨렸다. 견디다 못한 그는 재림 예수의 멱살을 잡고 다음과 같이 소리쳤다.

"돌들을 떡덩이로 만든다 해서 달라지는 건 아무것도 없소. 저 지상의 야만이 무너지지 않는 이상 우린 언제까지나 이곳에 머무를 수밖에 없는 것이오. 이 상황에서 사람이 과연 떡으로만 살 수 있다고 생각하시오? 이 알량한 생명의 연장이 우리의 절대를 향한 신념의 추구에 일말의 도움이 될 수 있을 거라고 생각하는 거요?"

"밤마다 울부짖는 그 나약한 기도가 무슨 소용이 있단 말이오. 그 기
도를 당신이 말하는 자칭 하늘의 아버지가 들으셨소? 과연 들으시기나
한 건지 의심스럽소. 아무리 눈물 흘리고 가슴을 쥐어짜는 통곡의 밤을
보내도 아무런 변화도 일어나지 않는 저들의 오만한 철옹성은 시간이
갈수록 더욱 강해지고만 있소. 과연 희망은 있는 것이오? 몸의 부활을
일으키고 하늘로 승천하고 이 땅에 다시 신비의 영으로 임재했다는 전
능자의 상속인이 이 무슨 심약한 몰골이란 말이오. 제발 눈물을 거두시
오. 그리고 제발 나의 가슴을 사로잡고 있는 이 칼을 받으시오. 심판의
칼을 받아 저 제국의 개들, 나약한 타협주의자들의 오만한 심장에 찔러
넣으란 말이오!"

글의 후반으로 갈수록 기록자의 주관적인 정서가 두서없이 개
입되는 모습이 두드려져 독서가 다소 불편했지만, 점점 민우는
이 텍스트가 가져오는 파문의 정서를 뿌리치기가 어려웠다.

글은 벤 야살의 존재를 빌린 기록자 자신의 독설로 점철된 재
림 예수를 향한 독백으로 마무리되었다. 서둘러 끝을 맺거나 중
간에서 임의로 잘라내어 부분만 붙여넣기 한 흔적이 역력했다.
한 가지 특이한 점은 더 이상 재림 예수의 존재는 벤 야살과의 대
화 상대로도 등장하지 않는다는 사실이었다. 이 글만 읽고 있자

면 정말 재림 예수가 마사다로 알려진 유대 자치 집단 저항군의 최후 항전지에 함께 동참했는지를 의심하게 만드는 추상적인 존재로 부각되는 느낌이 강했다. 그에 반해 더욱 강렬해지는 것은 벤 야살이란 인물의 절규와 비탄이었다.

이 글의 기록자는 과연 벤 야살을 통해 무엇을 말하고자 했던 것일까?

그러한 질문들이 마음속에서부터 치솟을 무렵 민우의 휴대폰 진동음이 들려왔다. 새벽 5시에 걸려오는 전화. 발신자 번호를 확인하자 생소한 번호가 제시되었다. 한참을 망설였지만 결국 민우는 휴대폰 폴더를 열고 말았다. 그러자 곧 허물없는 상대를 대하는 듯한 사무적인 막역함으로 무장한 통화 속 상대의 목소리가 들렸고, 민우는 이내 그 상대가 어제 만났던 서울시경 정보과 윤강석 안수 집사임을 알았다.

19

"생각보다 빨리 알아내셨네요."

"밥 먹고 하는 일이 사람 뒷정보 캐내는 일인데요, 뭐."

윤강석은 오랜 시간 피로에 젖은 듯한 얼굴을 하고서 답했다. 퉁명스럽진 않지만 상대에 대한 최소한의 예의만은 지키려 하는 사무적인 표정이었다.

이른 아침, 오전 9시를 마저 채우지 못한 시각. 하지만 정보과 사무실은 이미 고요한 분주함으로 가득 메워져 있었다. 저마다 파티션 속에 숨어 스스로를 다그치듯 컴퓨터 정보 조회 작업에 몰두하는 모습은 전형적인 아날로그를 상징하는 일반의 경찰 지구대의 분위기와는 전혀 다른 풍경으로 다가왔다.

냉소적이고 심드렁한 태도와는 별개로 강석이 알아낸 정보의 폭은 제법 상당했다. 또한 그는 자신이 조사한 결과에 나름의 흥미를 품고 있는 듯한 기색도 엿보였다. 안경을 쓰고 프린트한 자료를 직접 살펴보면서 말문을 열었는데, 각자 자신들의 업무에 정신이 팔려 있었지만 옆 동료들에게 혹시라도 정보 누출의 혐의가 발각될 것을 경계하는 듯 목소리의 톤이 평소와는 다르게 낮아졌다. 때문에 민우 역시 더욱 신경을 곤두세워 그의 말을 청취해야 했다.

"우선 조수희 씨가 현재 머무는 곳 주소입니다. 통화 내역을 역추적하니까 의외로 쉽게 나타나더군요."

말을 끝냄과 동시에 책상 위에 수희가 있는 곳의 주소와 연락처를 적어 놓은 메모지를 올려놓는 강석. 하지만 민우도, 강석 자신도 수희의 행방은 이미 관심의 일차적 목표가 아니었다. 강석은 메모지 위에 손가락을 올려놓은 채 민우와 시선을 마주치지 않은 상태로 말을 이었다. 제법 흥미로운 먹잇감을 발견한 것 같은 눈빛이 민우로 하여금 강석의 본업을 제대로 실감하게 해 주었다. 비록 현장을 뛰어다니며 범인 검거에 나서는 강력계 형사까진 아니어도 그 역시 개별 인간들의 행적에 관심을 기울이며 그들의 삶에 패인 범법, 혹은 불온의 흔적을 캐내기 위한 본능에 헌신된 형사의 신분이었던 것이다.

"김윤서란 친구 말입니다."

"말씀해 주세요."

"제법 화려해요."

"어떤 의미에서죠?"

"저는 보통 신학생하면 얌전하고 조용한 샌님 같은 이미지를 떠올렸는데, 이 친구는 정반대예요. 완전히 활동가죠. 활동가는 활동가인데…… 참, 이 사람과는 어떤 관계시죠?"

특별한 애착을 갖고 있지는 않나 하는 마음에 묻는 강석의 질문에서 이미 민우는 김윤서에 대한 그의 결론이 부정적일 수 있음을 감지하곤 거리감을 설정하는 답을 주었다.

"신학교 동기이긴 하지만 별다른 관계는 아닙니다."

"그렇군요. 이 작자, 한마디로 말해 시한폭탄이에요."

"……."

"요청하신 대로 5년간 행적을 되는 대로 조사했어요. 그런데, 이 사람 과거에 우리 교회 청년부에서 활동했더라고요."

"그렇습니다."

"그때까지, 그러니깐 5년 전까지는 괜찮았어요. 상식 수준이었죠. 그런데 우리 교회를 나간 후부터는 활동 반경이 아주 다채로워요. 경북 영천에 위치한 종말론을 주장하는 말세재림선교회란 곳에서 별다른 직함 없는 교역자로 등록되어 약 2년간 지냈는데, 그곳 교주가 구속되면서부터 선교회 자체가 해체되었나 봐요."

"잠깐만요. 김윤서가 그곳에 있었다구요?"

"그곳이 어떤 곳인지 알고 계십니까?"

민우는 전혀 예상하지 못했던 그의 행적에 놀라움을 억제하지 못했다. 신학을 공부하고 교계 동향에 조금이라도 관심을 갖는 이라면 그곳, 말세재림선교회란 단체의 이름 한 번쯤은 들어보지 않을 수 없는 부정적인 추문들로 유명한 곳이었다. 1999년 유행하던 다미선교회와 교리, 추구 방향, 교주의 특성 어느 것 하나 차별화되지 않은 종말론을 추구하는 기독교 단체로 알려진 말세재림선교회는, 하지만 21세기에 들어서고 다미선교회의 해프닝으로 인해 차갑게 식어진 종말론 열기로 인해 급격히 교세가 쇠퇴되어 경북 어딘가에서 가까스로 명맥만 이어 나간다는 말을 얼핏 들었던 기억이 있는데, 윤서가 그런 곳에 있었다니.

민우는 쉽게 이해하기 어려웠다. 그곳의 교주가 구속된 이유마저도 선교회에서 함께 종교 활동을 하던 열성 추종 신도의 어린 딸을 성추행했다는 혐의였을 정도로 교주의 기행은 윤서가 추구하는 재림 예수와는 전혀 거리가 먼 추잡함 일색일 터인데, 어찌하여 그런 곳에 있었단 말인가. 이러한 민우의 심중 의문에도 불구하고 강석의 보고는 계속해서 이어졌다.

"교주가 구속된 후로도 그곳을 지킨다며, 할 수 있는 일들을 죄다 시도했던 모양이에요. 무늬뿐인 가건물인 선교회 건물을 사회복지센터로 만들어 보겠다고 했지만 구청 허가를 받지 못해 무허가로 운영하다가 그마저도 와해되었고, 직접 영천 일대 공장에서 2교대 공원으로 근무하면서 선교회 운영 비용을 충당하고 그랬나 보더라구요. 대기업에 하청을 받아 운영되는 방직 공장이었는데, 이 친구가 그곳에서 일하면서 노조 활동을 시작했어요. 뭐, 알아보니 산별 노조나 조합에 정식으로 등록된 노조원 활동은 아니고, 용역 업체의 처우 개선이나 그런 문제들을 알린다며, 시청이나 노동조합 같은 곳을 찾아다니며 유인물 배포하는 일을 주로 벌이곤 했던 모양이에요. 아마 그때부터 빈민 구제니 소위 사회 활동 같은 거, 그런 것을 시작한 것 같고 말이죠."

"그럼 혹시 한철연이란 단체도 윤서가 조직한 겁니까?"

"그렇죠. 2년 전쯤인가 무슨 이유에선지는 모르겠지만 선교회 운영을 그곳에 남은 다른 사람에게 넘겨주고는 그 후 1년간의 행적은 알려진 바가 없어요. 어디에 소속된 것도 없었고, 블로그나 메일 따위의 흔적도 전혀 없었어요. 그러다가 성남이나 서울 도봉구 같은 곳에서 재개발 지역의 세입자 문제에 개입하는 한국철거민연합이란 단체를 조직한 것으로 나와 있는데, 사실 이게 조직이라고 말하기도 좀 뭣한 단체예요."

"규모를 말씀하시는 건가요?"

"그렇죠. 제가 알기론 철거민연합단체가 수도권에 서너 개 정도 있는 걸로 알고 있는데, 그런 단체들과 비교해 봐도 성격도 그렇고 연대한 흔적도 없고 규모라고 말하기도 민망할 정도예요. 김윤서 이 사람이 편의상 연합회 의장으로 되어 있고, 그 밑으로 한두 사람 정도가 이 인간을 따라다녔던 것으로 알고 있어요. 그렇지만 활동 내용을 살펴보면 다른 유사 철거민 단체하고도 또 달라요."

"어떤 면이 달랐습니까?"

"언론에서 크게 조명하지 않아서 그 내용이 자세히 나타나진 않았어요. 규모가 워낙 미미하고 어떤 대가도, 최소한의 운영 비용도 받지 않고 활동했으니깐 조직으로 보지 않았던 영향도 있었고요. 그렇지만 이 친구가 들쑤시고 다닌 재개발 분쟁 지역을 살펴보면 한마디로 뭐라고 말해야 되나. 완전히 끝장을 보자는 식으로 덤벼들었던 모양이에요."

"과격했나요?"

"과격이라…… 뭐 그렇게 말할 수도 있겠죠. 그렇지만 이 친구 접근 방법은 시작부터가 유별났어요. 버티기라고 해야 되나. 웬만한 단체들은 어느 정도 시 관계자와 시행사 쪽에 자신들의 입장을 보여 주는 시위 몇 번 하고 상대 쪽에서 적당한 타협안을 제시하면 그때부터 협상을 조율하는 패턴으로 진행되었는데, 이 작자가 이끄는 한철연은 달랐어요. 아예 대화 자체를 거부하는 입장이 강했죠. 계속 끊임없이 산발적인 집회, 시위를 거듭하고 재개발 상가에서 숙식을 해결하며 원론적인 요구를 계속했죠. 용역 애들 설레발이 대단했을 텐데도 거의 끝까지 버티는 모양새로 일관했어요. 대단하죠."

"대화 자체를 거부한 이유는 뭐였을까요?"

"일전에 도봉구 쪽 분쟁 지역에서 시행사가 마련한 공청회에 이 사람이 한 발언이 녹취된 게 있는데, 지나치게 과격한 면이 있었지만, 사실 따지고 보면 일리가 있는 요구였다는 평가가 관계자들 대부분의 생각이었나 봐요. 시행사란 곳이 어떤 곳입니까? 그쪽이 뭐 봉사 단체는 아니잖아요? 타협이란 것도 보상금 몇 푼 더 얹어 주겠다는 조건으로 당근 몇 개 들이미는 요식 행위에 불과했는데, 윤서란 작자는 그런 눈 가리고 아웅 하는 식을 더 이상 못 봐주겠다는 원칙을 내세우곤 마냥 버틴 거죠."

"효과는 어땠나요? 윤서의 투쟁 방법이 어느 정도의 결실은 있었나요?"

"이걸 안타깝다고 해야 되는 건지는 잘 모르겠지만 제삼자 입장에서 보면 답답할 수 있는 결과가 반복되었어요. 김윤서가 이끄는 한철연이란 단체가 독하게 밀어붙인다는 소문을 듣고 처음엔 재개발 세입자들이 쌍수를 들며 환영했는데, 생각했던 것보다 너무 완강했고 시행사니 철거 용역 업체들은 그럴수록 더 노골적으로 불도저 갖다 대고 쓸어버리려고 하니 쌓이는 불안감을 견디지 못하고 중도에 짐을 꾸리는 사람들이 많았어요. 뭐랄까. 김윤서의 집념을 그대로 수용하고 따라주기엔 현실적으로 어려웠던 문제가 하나둘이 아니었던 거죠. 김윤서는 보통 사람이 이해하긴 어렵지만 어떤 분명한 신념이 있었던 것 같아요. 하지만 세입자의 문제는 또 그게 아니죠. 개발업자들도 마찬가지겠지만 세입자들 역시 하루하루가 생계의 시간들이잖아요. 그러니 지칠 수밖에 없는 거였죠. 결국 한철연이란 단체는 큰 효과를 발휘하지 못했고, 의장인 김윤서가 워낙 과격하다는 소문이 돌아 유사 단체에서도 연대를 꺼리는 눈치였죠. 이 작자 자체도 연대할 생각이 전혀 없었다고 봐야 되고요. 그러다가 결국 이곳 도강동 미래시장 구역까지 오게 된 거예요."

이쯤해서 강석은 윤서에 대해 알아낸 정보를 일단락 지으려는 눈치를 보였다. 민우는 왠지 모를 안타까움과 아쉬움을 느껴야 했다.

하지만 강석의 탐욕에 가까운 호기심의 발설은 여기서 마무리된 것이 아니었다. 안경을 곧추 세운 강석이 서류 한 장을 민우에게 넘겨주면서 진짜 본론은 이제부터라는 식으로 말을 이었다. 방금 전보다 목소리의 톤이 한층 격양되어 있었다. 사무실 내 동료 직원들은 이제 그의 관심사 밖의 존재로 밀려난 듯 보였다.

프린트된 서류 한 장, A4 용지엔 구두점이 곳곳에 산발적으로 찍혀 있는 숫자들과 영문 기호들이 대여섯 줄에 걸쳐 짤막하게 기록되어 있었는데, 마지막에 민우에 눈에 띈 건 컴퓨터 씨피유 일련번호로 보이는 숫자와 장소의 이름이었다.

'세호대학병원 중환자 병동 1층.'

서류를 내려다보며 민우가 먼저 강석에게 물었다.

"이게…… 부탁드렸던 아이피 주소 추적 결과인가요?"

"그렇습니다."

"병원 중환자 병동의 컴퓨터를 사용했단 말인가요?"

"정확히 말하면 중환자실 병동 건물 1층에 위치한 인터넷 플라자라는 검색 피씨입니다. 전도사님이 요청하신 게시물을 등록한 인물이 사용한 장소가 모두 그곳 피씨였어요."

"그럼 게시물을 올린 사람이 김윤서가 아닌가요?"

그 질문에 대한 답은 민우가 이미 알고 있었다. 세호대학병원은 도강동과는 거리상 대중교통을 이용해도 1시간은 족히 소요되는 경기도 인근 지역의 종합병원이다. 하지만 윤서는 최근 한 달간 성문당 투쟁 현장의 자리를 비운 적이 없다고 알려져 있다. 민우가 목격한 윤서의 근황만 봐도 짐작할 수 있을 정도였다. 화자의 입장을 그대로 반영해 주는 벤 야살이란 인물이 김윤서가 아니라면 또 누구란 말인가. 혼란스러움이 가중되려는 찰나 강석

의 설명이 이어졌다. 불온하리만치 또렷한 명백함이 노출되는 의
문에 대한 해명이었다.

"김윤서는 아니지만 그와 아예 무관하다고 말할 수도 없습니다."

"그게 무슨 말씀이신지……?"

"기억하십니까? 몇 주 전에 우리 교회에서 간증이랍시고 나와
서 빨갱이 운운하던 사람."

"강맹호…… 집사를 말씀하시는 겁니까?"

"그래요, 강맹호."

"그런데요?"

"그 사람이 올렸습니다."

"이 게시물들을요?"

"그렇습니다, 확실해요."

병원 인터넷 정보실에서 아이피 주소가 추적되었는데, 그 게
시물 등록자를 강맹호로 확신하는 이유는 뭘까. 궁금해 하는 민
우는 하지만 침묵했다. 곧 강석의 친절한 설명이 뒤따랐기 때문
이다.

"김윤서의 행적을 조사하다 보니 자연스럽게 강맹호란 인물도
함께 딸려 나오더라구요."

"……?"

"강맹호는 한마디로 김윤서의 수족이라 말할 정도로 둘 사이는

208

가까웠습니다. 5년 전으로 거슬러 올라가 둘은 예수재림선교회
라는 단체에서 처음 만났는데, 교주가 구속된 후로도 거의 함께
있었던 것으로 보입니다. 김윤서가 정신적인 지주였고, 강맹호는
그를 맹목적으로 추종하는 관계로 보였어요."

"그렇게 확신하시는 이유는 뭐죠?"

"편견을 가지는 건 아니지만 김윤서는 나름대로 신학대학 물도
먹고 자기 사상이랄까, 세계관이 투철한 것 같아요. 그렇지만 강
맹호는 알아본 바에 의하면 공업고등학교를 졸업하고 공장이나
공사판 같은 곳을 전전하던 인물이었어요. 그런 그가 예수재림선
교회에 오기 전 몸담았던 곳이 다미선교회란 단체였고요. 계속
그런 종말론 단체만 쫓아다녔다는 얘긴데, 윤서를 만나 뭔가 신
념의 변화를 경험했던 것 같아요. 윤서가 선교회를 나와 한철연
이란 단체를 조직할 때까지도 끝까지 그 옆에 남아 있던 사람이
강맹호였으니까요. 강맹호는 한철연의 몇 안 되는 활동 대원 중
한 사람이자 핵심 멤버였어요. 그러다가 최근 한철연이 도강동에
들어온 후 얼마 안 되어 그곳을 탈퇴했죠. 그런데 말입니다. 이
친구, 그곳을 탈퇴한 다음에 어디로 들어간 줄 아세요?"

순간, 민우는 일전 용역 업체 직원들의 험악한 난동의 순간을
떠올렸다. 암전 상태에서 다시 불이 켜지는 찰나의 순간 본의 아
니게 자신의 정체를 드러낸, 강맹호의 암울한 불안의 정서에 짓

눌려 있는 얼굴을 지금 이 순간 떠올리지 않을 수 없었다. 그런 민우의 불길한 짐작은 여지없이 적중했다.

"세명용역이라고. 철거 용역 전문 업체예요. 주로 하는 일이 재개발 철거 일을 담당하고 있죠."

"……."

"세명용역은 우리 교회 윤양태 장로님이 운영하는 세명개발이란 시행사의 산하 업체예요. 거창하게 말하면 계열사 정도? 그곳으로 들어간 거죠. 한철연, 그리고 김윤서의 입장에서 볼 때, 이건 완벽한 배신이라고 볼 수 있죠. 한때 함께 투쟁했던 사람들이 이제는 서로 적이 되어 만나게 된 거니깐."

"그런데요."

"말씀하세요."

"그 강맹호란 사람이 게시물을 올렸다는 걸 어떻게 확신하시는 거죠?"

"추론인데, 거의 정확할 거예요."

"……?"

"독신인 김윤서와는 다르게 강맹호는 딸린 식구가 있어요. 아내와 다섯 살 난 아들이 있죠. 종말론 단체, 아님 공장 같은 곳에서 만난 것 같아요. 혼인신고 없이 그냥 아이 낳고 사는 동거인이라고 볼 수 있죠. 그런데 그 다섯 살짜리 아들이 좀 아파요."

"아프다구요?"

"백혈병이에요."

"……."

"그 아들 녀석이 세호대학병원 중환자실에 있어요."

　그 후 계속되는 강석의 부연 설명을 굳이 듣지 않아도 민우는 게시물의 등록자가 강맹호임을 확신할 수 있었다. 그는 두 장의 서류를 번갈아 살펴보았다. 두 장의 A4 용지, 한 장엔 강맹호의 다섯 살 난 아들이 입원한 병동 호수가, 다른 한 장엔 약혼녀 수희가 머물고 있다는 곳의 주소와 전화번호가 적혀 있었다.

20

민우는 얼굴을 붉히지 않았다. 당황해 하지도 않았다. 오히려
의외라는 반응을 심중에 내비친 건 수희였다.

한남대교 근처의 고층 오피스텔. 창문 밖으로 내려다보이는 도
강동의 외경이 그대로 노출된 그곳을 찾아가 민우가 벨을 눌렀을
때, 문을 열어 준 건 그녀가 아니었다. 그녀는 외경을 가장 잘 볼
수 있는 거실 소파에 란제리 차림으로 엎드려 있었다. 그런 그녀
의 모습을 민우는 자신을 가로막고 선 큰 키의 남자, 그 윤곽을
넘어서야 볼 수 있었다. 엎드린 수희가 고개를 돌려 현관 앞에 선
민우의 존재를 확인했다.

하지만 그녀는 별다른 놀라움을 표현하지 않았다. 마치 자신을
찾아올 것을 예상한 듯 체념의 기운이 가득했다. 동시에 드러내

는 그녀의 무심한 포즈와 표정은 약혼자 민우를 향한 절정의 시위였다. 민우 앞을 가로막고 선 남자의 존재, 그의 벗어젖힌 상반신, 트렁크 팬츠 차림의 민망함이 이 쓸쓸한 시위를 절정으로 끌어 올리는 부정할 수 없는 증거였다.

그러나 이런 종류의 상황과 마주하게 된 민우는 의외로 담담했다. 어쩌면 그는 이런 장면의 출몰을 오래전부터 예감해 왔는지도 모른다.

민우의 이런 담담한 태도에 의외라는 반응을 보인 건 오히려 수희였다. 수희는 보여 주고 싶었던 것이다. 자신의 현재, 비극으로 귀결될 수밖에 없는 자신과 민우, 둘 관계의 현주소를 똑똑히 직시하라는 항변을 하고 싶었던 건지도 모른다. 하지만 그녀를 바라보는 민우의 눈빛엔 분노와 배신감이 자리 잡을 곳이 없었다. 수희는 민우로부터 상실감을 기대했던 것이 아니었지만 민우의 현재 감정은 상실감 그 이상도 이하도 아니었다.

'그렇다면 나는 지금 무슨 감정을 가져야 하는 걸까.'

민우 스스로도 확답을 주지 못하는 지루한 유예의 순간만이 그의 현재 심리를 온통 지배하는 단 하나의 정서였다.

그 어색한 모호함을 견디지 못한 건 오히려 수희였다. 구두를 벗고 오피스텔 안으로 걸어 들어온 민우가 소파에 엎드려 있는 자신을 내려다보자 오히려 분노와 배신감의 정서에 휩싸인 건 그가 아닌 그녀였다. 그녀는 자리에서 일어서며, 흘러내린 란제리의 레이스 끈을 어깨 위에 걸쳐 올렸다. 블라인드를 내리지 않은 거실 글라스 너머로 늦은 오후의 놀빛이 그녀의 상반신을 비추었다. 퇴폐의 기운에 잠겨 버린 수희. 하지만 그녀는 지금 절박하게 소리치려 하고 있다.

"그 눈빛은 도대체 뭐야?"

"……."

"너…… 도대체 무슨 생각을 하고 있는 거야?"

"……."

"날 데려가든, 아님 날 때리든, 그렇지 않음 당신의 그 잘난 주인에게 연락이라도 해. 그게 가장 너다운 행동 아니야?"

"여길 떠나."

"뭐라고?"

"여긴 안전하지 않아."

그렇게 말한 민우. 오피스텔 주위를 둘러본 후, 남자를 바라봤다. 눈이 마주치는 걸 부담스럽게 느낀 탓인지 남자는 민우의 시선을 피한 후, 서둘러 드레스 룸으로 들어가 옷을 챙겨 입었다. 그의 실루엣이 화장실의 불투명 유리를 통해 적실하게 드러났다.

수희는 민우의 다음 말을 기다렸다. 그가 내뱉은 말의 의미가 부정확하게 인지되었기 때문이다. 떠나라면 어디로 떠나란 말인

214

가. 그제야 민우가 화장대 의자를 끌고 와 수희를 마주 보고 앉았
다. 끝없는 연민으로 출렁이는 눈빛이었는데, 수희는 그 눈빛의
표적이 자신이 아님을 실감했다. 연민으로 가득한 민우의 눈빛
속에 담겨 있는 대상은 수희가 아닌 오히려 그 자신이었다.

"번호도 바꾸고, 웬만하면 친구들과도 연락하지 마. 네가 정말
로 잠적하길 원하고 아버지와 오빠로부터 자유롭기를 원한다면
그렇게 해야만 돼. 당분간이라도."

"무슨 뜻이야?"

"말 그대로야."

"날 포기한다는 뜻이야?"

"널 포기하는 게 아니야. 네가 날 포기해 달라는 거겠지. 그게
더 정확한 표현일 거야."

민우는 이제 수희와의 약혼을 더 이상 지속할 수 없는 자신을 발
견했다. 그렇지만 목사 안수 때까지 수희는 잠적 중에 있는 존재
여야만 한다. 여전한 비겁함과 함께 자신의 행동을 타당하다고 주
장할 수 있는 최소한의 논리마저 박탈당한 씁쓸함을 가슴에 끌어
안은 채 민우는 그렇게 힘겹게 한마디, 한마디 이어 나갔다. 오래
된 몽당연필을 억세게 부여잡고 일기장 위에 눌러쓰듯 그렇게.

수희는 한동안 민우의 얼굴을 바라보았다. 침묵 속에서도 둘은
많은 의미가 담긴 무언의 이야기를 주고받았다. 수희는 민우의

확고한 의지를 읽을 수 있었다. 동시에 자신이 지금까지 그에게 보여 준 위악이 후회스럽기까지 했다. 그녀가 그 후회를 떨리는 말 속에 밀어 넣었다.

"널 힘들게 만들고 싶진 않았어."

"네 잘못이 아니야."

"너…… 후회하니?"

"뭘?"

"지금까지 네가 걸어온 길."

"모르겠어."

"……."

"지금은 모르겠다는 말밖에 못하겠어. 후회라는 말은 차라리 사치야. 여기까지 와서, 무언가를 돌이킨다는 생각도 호사인 게 분명해서…… 그래서 모르겠다고 말하는 거야."

"넌 잘못한 게 아니야."

"……."

"목사 안수. 미리 축하해."

"……."

"피아노를 쳐 주진 못할 거야. 축가를 부르지도 못할 거구. 그래도 축하해. 그건 네 목표였으니까."

"그래, 목표였지. 나와 어머니의 목표."

"자책하지 마."

"그래, 고마워."

"잘 지내."

"너도."

그 말을 끝으로 민우는 자리에서 일어났다. 그녀는 이로써 정략으로 얽혀진 결혼, 종교의 가면을 쓴 순수라는 이름의 위선으로부터 벗어날 최소한의 길을 확보한 셈이라고 자위했다. 민우는 재고의 여지도 허락지 않고 그녀를 놓아 주리라고 결심한 자신의 의지에 지금도 동요하고 있다. 자리에서 일어섰지만, 그리고 곧 돌아서서 나갈 테지만, 이 문 밖을 나선 뒤 닥쳐오게 되는 현실의 마성魔性, 그 막대한 불안의 시간을 어떻게 견뎌내야 할지 막막했다. 그러나 분명한 건 그 막막한 불안의 파도 위에서조차 민우의 투명한 정신은 역류하고 있다는 사실, 그 하나뿐이었다. 그 모진 사실의 끈을 붙잡은 민우는 더 이상 망설이지 않고 오피스텔을 빠져나왔다. 이로써 민우는 세명교회라는 거대한 새장 속에 갇힌 수희에게 새장의 문을 열어 주는 작은 도발을 성취시켰다. 복도 밖으로 나온 민우는 더 이상 망설이지 않고 이곳의 주소가 적혀 있는 메모지를 찢어 바닥에 내버렸다.

21

세호종합병원 9층 중환자 병동. 다양한 연령대의 백혈병 환자들이 모여든 이곳 3호실에서 작은 소동이 벌어졌다. 하지만 그건 단지 민우와 같은 오랜만에 찾은 방문객들의 눈에만 소동으로 비쳐질는지 모른다. 그곳에 오래된 벽장처럼 머물고 있는 환자들과 보호자, 그리고 이들을 대하는 관계자들, 간호사와 의사의 얼굴엔 그 동작의 민첩함과는 별개로 심지어 사무적인 권태감마저 가득해 보였다.

그 부조화의 극치를 이루는 광경과 대면한 민우는 당황스러운 내색조차 제대로 하지 못하고 3호실 병실 입구에 멈춰 서 있었다. 3인실 병실 입구 바로 앞을 가로막고 서서 더 앞으로 나아가지도, 밖으로 나가지도 못한 채 한 아이의 구토와 신음, 비명소리를 두 눈과 귀에 고스란히 담아내야만 했다. 민우는 아이가 아닌 30대로 보이는 두 명의 백혈병 환자의 모습을 설핏 살폈다. 온몸에서 가시처럼 돋아 오르는 고통에 어찌할 줄 몰라 비명을 지르며 링거를 뽑아내고 들고 온 약까지 내동댕이치며 구토를 계속하는 아이의 모습이 자신들도 동일하게 겪게 될 고통의 수준이라고 생각했는지 시종 진지하면서도 짜증스러워 하는 표정이 역력했다. 아예 그 모습을 지켜보지 않으려고 끝내 민우의 어깨를 밀치고 병실 밖으로 나간 다른 한 명의 환자 역시 마찬가지였다.

아이의 두 손을 붙잡은 간호사 두 명, 그렇게 아이를 진압하듯 붙든 후 젊은 남자 의사가 직접 아이의 뒷목덜미에 일반의 것보다 두 배는 더 커 보이는 진통제 주사를 투여했다. 피스톤 바늘이 자신의 몸속을 뚫고 들어오는 순간 아이의 핏발선 눈은 결코 쉽게 잊을 수 없는 충격의 파편으로 덤벼들었다. 예고 없이 깨져 버린 유리 조각들을 보는 듯한 살벌함이 민우의 가슴을 서늘함으로 쓸어내렸다. 하지만 그의 심장을 뛰게 만드는 건 비단 아이의 비명소리만이 아니었다. 아이의 고통을 내내 지켜보던 어미가 민우의 존재를 발견하자마자 대뜸 절규에 가까운 악다구니를 부리기 시작한 것이다. 덕분에 병실은 아이의 비명과 여자의 절규로 점철된 통곡의 성역이 되어 버렸다.

여자는 비교적 젊어 보였지만, 최소한의 여성스러움도 포기한 차림새로 민우를 향해 그야말로 죽을 듯이 달려들었다. 민우는 고스란히 그 여자의 절규를 주체할 수 없이 떨리는 마음속에 담아 두어야만 했다. 그녀의 말들이, 자신과는 무관하지만 예리하게 잠재되어 있던 방관의 무력함에 대한 오래된 죄의식을 속속들이 들춰 냈기 때문이다.

여자는 민우를 노려보며 대뜸 소리부터 질러 댔지만 시선 처리의 모호함이 갈수록 더욱 깊어져 갔다.

'애초부터 상대가 누구든 염두에 두지 않은 눈빛이다.'

민우는 그렇게 확신했다. 무의식을 닮은, 내내 쌓여 있던 불안에 억눌린 심리가 최소한의 여과 장치 없이 무책임하게 파열되어 버린 상태였다. 민우의 눈에 비친 여자, 백혈병이란 지독한 병마에 시달리는 아이의 엄마는 그렇게 무너져 내렸다.

"왜 다시 찾아왔어요. 그만 오라고 했잖아요."

하지만 그 순간 민우는 자신은 이곳에 처음 찾아온 사람이라는 해명을 하지 못했다. 상대의 말을 들을 만큼, 그 정체를 파악할 만큼 여자는 여유롭지 못했다. 그녀는 단지 전력을 다해 자신과 아들을 향해 엄습해 오는 억압의 그림자를 밀어내기 위한 필사의 각오만을 일방적으로 쏟아 부었다.

"당할 만큼 당하고 따를 만큼 따랐어요. 그만큼 우릴 괴롭혔으면 됐지, 이제 와서 뭘 더 어쩌란 말이에요?"

"……."

"우리 상현이, 이제 겨우 치료 시작했어요. 치료비도 없어서 병원에서 쫓겨난 것만 벌써 2년째라고요! 치료가 늦어 어떤 항암 치료도 쉽게 듣지 않아요. 이 고통을 누가 주었나요? 당신이, 당신들이 섬기는 그 알량한 신이 안겨다 줬잖아요. 그럼 이제 놓아줄 때도 된 거잖아요. 그런데 왜 다시 찾아온 거예요? 왜 또다시 나타나 우릴 괴롭히느냔 말이에요!"

"……."

"나하고 그이, 이제 당신들이 믿는 신에게 저주받아도 상관없어요. 지옥으로 떨어져도 어쩔 수 없어요. 여기가 바로 지옥이니까요. 두 눈 달려 있다면 똑바로 봐요. 이보다 더 고통스러운 곳이 어디 있어요? 그런 곳이 만약 있다면 날 그곳으로 보내 줘요. 기꺼이 따라가겠어요. 따라가겠단 말이에요!"

여자는 비명을 질렀다. 민우는 그녀의 절규 앞에서 할 말을 잃었다. 그런 그녀를 향해 누군가 황급히 달려들었다. 진통제 약물을 모두 받아들인 아이는 이제 그 고통이 비명이 아닌 신음의 수준으로 잦아들었고 간호사들도 버둥거리던 아이의 두 팔을 놔 주었다.

여자를 붙잡아 억지로 자리에 앉힌 남자는 바로 강맹호였다. 그의 완력에 상체가 붙잡힌 그녀는 부자연스러움 대신 격렬하게 몸을 떨고 있었다. 채 분노가 가라앉지 않은 표정엔 오랜 시간 곪아 있던 상처를 어쩌지 못하고 간직한 공포의 감각만이 가득했다. 민우는 순간 참담하면서도 대상을 알 수 없는 외부의 적들로부터 오랜 시간 무방비로 공격당한 거리의 짐승을 떠올렸다. 그 짐승이 품은 만성이 된 공포의 눈빛이 마찬가지로 강맹호에게서도 발견되었다. 여자의 실성에 가까운 악다구니를 억지로 짓뭉개려고 애쓰는 그 모습에서, 덜덜 떨리는 아내의 아래턱을 붙잡고 정신 차리라고 고압적인 음성을 거푸 쏟아내는 입술조차도 지금의 상황이 가져온 불안과 고통 어느 것 하나 해소하지 못하고 그대로 끌어안은 기색으로 가득했다. 강맹호는 그러한 내면의 불안과 배신에 대한 죄의식의 정서를 애써 무시한 채 민우를 노려보며 물었다.

"여긴 어떻게 알았습니까?"

그제야 내내 입을 다물고 있던 민우도 한마디 했다.

"아이 때문에 그런 겁니까?"

"……."

"성문당에도 아이들이 있어요."

그러자 여자의 떨리는 입에서 괴악스런 비명을 닮은 독설이 튀어나왔다.

"우린 당신들만 믿고 따라다녔어. 평생을 바쳤잖아! 전부를 바쳤다고! 그런데 지금 와서 무슨 할 말이 남았다고 여기 와서 행패야! 당신들이 그걸 말할 자격이나 있어!"

"조용히 해."

"돈 한푼 주지 않고 변변한 잠자리 하나 없이 일 시키고 부려먹었으면, 그만큼 했으면 된 거 아냐! 당신들 신은 미쳤어. 미치광이라고! 당신이나 돌아가! 이제 이 사람 그만 괴롭히란 말이야."

"조용히 하란 말이야! 이 쌍년아!"

참다 못한 강맹호가 여자의 뺨을 있는 힘껏 후려쳤다. 억지나 강하게 후려쳤는지 뺨을 얻어맞은 여자가 그 순간 의자에서 미끄러져 병실 바닥에 머리를 박고 쓰러질 정도였다. 아이는 그런 어미의 모습을 보면서도 워낙 강한 약 기운에 감염된 탓인지 별다른 반응을 보이지 못했다. 그저 두 눈만 게슴츠레하게 뜨며 이 상황을 절망적으로 지켜볼 뿐이었다.

일순간 병동은 고요해졌다. 여자는 머리를 바닥에 갖다 댄 채 그대로 두 어깨만 조심스럽게 들썩거리며 오열했다. 나지막하게 들려오는 여자의 흐느낌. 깊은 한숨을 내쉰 강맹호가 그대로 자리에 일어나 민우의 어깨를 밀치고 병실 밖으로 걸어 나가며 그에게 한마디 건넸다.

"나오세요. 여긴 있을 곳이 못 됩니다."

민우는 병실을 나오기 전 아이의 얼굴을 다시 한 번 살폈다. 아이 역시 맥이 풀린 눈빛으로 민우를 쳐다보았다. 퀭한 눈에 몸 전체가 심하게 말라 있었다. 그런 녀석의 그늘진 표정엔 그만큼 강렬한 죽음의 유혹이 끓어오르고 있었다. 어느새 몸을 일으킨 여자가 아이의 유난히 마른 손을 부여잡았다.

22

"김윤서와는 어떤 사이입니까?"

강맹호가 1층 로비 밖으로 나와 민우에게 건넨 첫말이다. 그는
자신이 결코 크리스천이 될 수 없음을 시위라도 하듯 로비 밖으
로 나오자마자 담배부터 꺼내 입에 물었다. 민우는 그런 맹호의
손이 주의 깊게 보지 않으면 짐작하기 힘들지만 분명한 떨림을
일으키고 있음을 감지했다. 그는 태연한 척하며 이 상황을 맞이
하려 했지만 결코 그럴 수 없는 자신의 내면과 충돌되고 있다는
느낌이 민우를 강하게 압박했다. 그는 어느 정도의 시간이 흐른
뒤에야 맹호의 질문에 답할 수 있었다.

"신학대학 동기입니다."

"그도 신학물을 먹긴 먹었군요. 자신은 극구 부인했지만."

"왜 부인한 겁니까?"

"위선이죠. 세상의 밑바닥에서 재림 예수를 찾겠다는 의지를 그렇게 세상 공부의 헛됨을 통해 펼쳐 보이고 싶었던 모양입니다. 하지만 별수 없었어요. 결정적인 순간에 가선 진짜 삶을 외면했으니까요."

뭔가를 작심한 듯 맹호는 담배 연기를 한 번 길게 내쉬며 민우를 바라보았다. 민우의 질문을 기다리는 것 같았다.

"어떤 삶 말입니까?"

"그는 우리의 소망을 짓밟았어요. 그것도 무참하게."

민우는 그 대목에서 이해하기 힘든 늪 속으로 걸어 들어가는 느낌이었다. 맹호는 분명 그 말을 꺼냄과 동시에 거역하기 힘든 배신감에 치를 떠는 낯빛을 자신도 모르게 연출해 보이고 말았기 때문이다. 정황상으로 보면 지금 한철연을 배신하고 그것도 모자라 그곳 식구들을 해산시키기 위한 용역 깡패들의 하수인 노릇을 하기로 한 건 윤서가 아닌 맹호 그 자신이다. 그런데 배신이라니.

하지만 맹호는 민우의 의문과 항변의 의지가 담긴 눈빛을 챙길 만큼 여유롭지 않았다. 그는 지금 마치 누가 되었든 결국 누군가 자신을 찾아올 것을 예지한 불우한 예언자마냥 결국 자신이 세명교회 홈페이지에 '이 땅에 나타난 재림 예수'의 글을 올린 내막까지 남김없이 게워 내려는 작심으로 말을 이어 나갔다. 배신감,

그리고 그 저변을 잠식한 질식할 것 같은 죄책과 공포감으로. 그 건 틀림없는 종교적 공포였다.

민우는 맹호의 표정을 간혹, 혹은 만성이 된 하나의 정형화된 데스마스크의 변형으로 기억하고 있다. 죄와 회개를 촉구하는 성 직자의 기도와 설교에 압도되어 일순간 자신이 품어온 일체의 행 위에 대한 죄책의 봇물이 터져 나오는 걸 견디지 못하고 신의 심 판에 대한 두려움과 그에 반하는 일말의 자비에 대한 기대가 뒤 엉킨 얼굴들. 그 얼굴들은 곧 민우의 어머니, 한 집사의 얼굴이었 고 민우 그 자신의 얼굴이기도 했다. 그러므로 어떤 면에서 민우 는 지금 맹호를 통해 자신의 모습을 발견하는 것 같은 동질감을 실감해야만 했다. 끔찍한 발견이 아닐 수 없다.

"우리는 단 하루도 예수의 재림을 열망하지 않은 적이 없었어 요. 단 하루도 말이죠. 그게 우리 삶의 전부였어요. 하늘로부터 찬란한 구름을 타고 내려오셔서 이 땅의 위선과 불의, 사탄이 펼 쳐 놓은 온갖 부조리의 고통을 과감히 심판하시고 그분을 믿고 따르는 자들을 자신의 천상계로 끌어올려 천년 동안 왕 노릇하게 해 주신다고 약속하신 그분을 기다리고 또 기다렸단 말이에요."

"그런데, 윤서는 내게 재림 예수가 이 땅에 나타났다고 했습니 다. 당신이 올린 글에도 재림 예수가 나타났다고 했잖아요."

"그건 재림 예수가 아니에요!"

그 순간 단호한 음성으로 잘라 말한 맹호의 표정에선 섬뜩한 광기가 일렁였다. 상상하기 힘든 배신감이 일궈 낸 극단의 감정이 오로지 본능에 의해 배설되는 순간이었다.

"그 인간은 윤서가 만들어 낸 쓰레기, 허약한 모세의 눗뱀에 불과해요."

"어째서 그렇게 생각하죠? 당신은 그래도 얼마 전까지 한철연에서 활동하며 윤서의 수족 노릇을 감당했어요. 그건 당신도 재림 예수를 발견했다는 확신이 있었기 때문 아닌가요?"

"저 아이를 보셨죠."

"……?"

"난 저 아이에게 가해진 가혹한 형벌이 내 자신의 믿음에 대한 부족함이라고 생각하며 참았어요. 종말을 기다리는 자가 무슨 결혼을 하고 아이를 낳느냐며 내 자신에 대한 질책도 수없이 반복했고요. 그런데 그때 윤서가 말했어요. 재림 예수가 나타났다고. 그분이 기어이 우리의 핍박과 설움, 고통으로 얼룩져 버린 세상을 바로잡아 주실 분이라고 말했어요. 난 망설이지 않고 김윤서가 발견했다는 그 재림 예수를 만나기 위해 따라나섰죠. 하지만 그가 나에게 보여 준 재림 예수란 존재…… 그 인물은 내게, 아니 오직 종말만을 기다리며 예수의 강림만을 처절하게 갈망하던

228

이들에겐 재앙일 수밖에 없었어요. 그가 만약 윤서의 말대로 정말 재림 예수가 맞다면 말이에요."

"재앙이라고요?"

"신이 이 땅에 나타났음에도 이 땅은 아무것도 변하지 않았어요. 윤서는 말했어요. 잠시 잠깐 후면 그분의 손에 쥐어진 심판의 칼이 불법과 위선으로 가득한 세상의 중심에서 그 의로운 의지를 드러낼 때가 올 거라고. 반드시 올 거라고. 그러니 조금만 더 참고 그분을 기다리자고 말했어요. 하지만 난 더 이상 기다릴 수 없었어요. 마누라는 아이 좀 살려 보겠다고 하루에도 수십만 원씩 쏟아 부어야 하는 병원비 때문에 해보지 않은 일이 없는데, 아이는 날이 갈수록 밤마다 헛것이 보인다며 두 손을 허우적거리며 괴로워하는데…… 난 재림 예수라고 말한 그 사람에게 무릎을 꿇고 매달렸어요. 심판의 칼은 나중에 높이 드셔도 상관없으니까 우선 내 아들 좀 고쳐 달라고. 애원하고 매달렸다고요. 하지만 아무 소용없었어요. 그는 그저 눈물과 침묵으로만 일관했어요. 그는 자신이 재림 예수라고 밝히지도 않았어요. 오직 윤서의 말을 통해서만 그를 재림 예수라고 이해할 수밖에 없었어요."

"하지만 내가 본 바로는 윤서가 재림 예수라고 지목한 한씨가 사람들의 질병을 치료해 주는 장면을 목격했어요. 그건 어떻게 된 거죠?"

"그게 더 기가 막히고 억장이 무너지는 짓이에요, 빌어먹을."

"무슨 뜻이죠?"

"재림 예수는 누구의 것이어야 하죠? 성서에 나온 대로 읽는다면 그분을 기다리고 갈망하던 이들의 것이어야 하잖아요? 자신의 모든 걸 내려놓고 무력하지만 간절하게 두 손을 높이 들어 주님을 갈망하던 자들의 것이어야 하는 게 당연한 거 아닌가요? 그런데 그 쓰레기 같은 사이비 재림 예수는 믿는 자들, 자신에게 충성을 다하는 자들에겐 너무나 인색했어요. 최소한의 자비도 베풀어 주지 않았어요. 그저 통증을 낫게 해 준다는 용한 접골사 정도로만 자신을 생각하고 고맙다는 말조차 인색한 거리의 노인들, 행려병자, 예수쟁이들이라면 욕하고 침 뱉는 인간 말종들에게만 치유의 기적을 행사하는 인간이 무슨 재림 예수란 말이에요. 그는 내가 알고 있는 한 마귀이거나 이 땅에 잘못 내려온 신의 실패작 둘 중 하나예요. 그가 재림 예수일 수가 없어요. 그래선 안 되는 거예요."

맹호의 다짐은 자기 자신의 흔들리는 심정을 더욱 단호하게 비꼬러매려는 필사적인 의도로 읽혀졌다. 민우는 이 순간 그에게 가혹해지지 않을 수 없었다. 그럼에도 맹호의 변절은 받아들이기 힘든 구석이 있었기 때문이다. 그런데 그 순간, 기이하게도 맹호는 민우의 그런 속내를 이미 꿰뚫고 있는 듯 그를 노려보며 다음과 같이 말하는 것이었다. 변명도, 핑계도 아닌 있는 그대로의 사실을.

"회의와 번민으로 하루하루를 보내고 있던 내게 윤 장로가 찾아왔어요."

"……."

"내 머릿속을 가득 메운 번민의 기운을 뱀의 매서운 눈매처럼 눈치 챈 그 인간이 내게 거부할 수 없는 제안을 해 왔어요. 분명 그건 단호히 뿌리쳐야 할 유혹이고 가증스런 사탄의 속삭임이었지만 나는 그 유혹을 뿌리칠 수가 없었어요. 유혹을 뿌리친다면 난 내 마누라와 하나뿐인 아들이 내가 보는 앞에서 죽어 버리는 비극을 두 눈 멀쩡히 뜨고 받아들일 수밖에 없었기 때문이었죠."

"……."

"용서 따위 구하려고 하는 말은 아니니 착각하지 말아요. 난 결국 사람에 불과했어요. 구차스럽지만 어쩔 수 없는 사람. 나약하고 무력한, 감정과 욕망에 충실한 사람 말이에요. 자식이 수술비가 없어 죽어간다는데 과연 그 순간 어떤 부모가 가만있을 수 있을까요? 재림 예수는 우리를 외면하고 있고, 윤서의 광기와 이상을 따르기엔 너무나 현실은 차가웠어요. 그 순간 난 그 무엇과도 손을 잡을 수밖에 없는 취약한 인간에 불과했어요. 설령 그 손길이 악마의 손이라 해도 잡을 수밖에 없었다고요."

"그럼……."

"……."

"그런데 당신은 어째서 글을 올린 겁니까?"

"……."

"당신이 쓴 글이 아니라는 것 정도는 알 수 있을 것 같아요. 당신이 말한 대로 그 글들, 윤서의 광기의 집념 속에서 쏟아져 나온 작품일 수밖에 없을 것 같단 말이죠."

"바로 보셨어요. 그건 윤서의 노트에 있던 기록들입니다. 두서 없이 메모 형식으로 수많은 단문들을 적어 놓은 글들을 내가 모아서 정리해 올렸어요."

"당신은 그에게서 등을 돌렸어요. 한씨가 재림 예수가 아니라고 스스로에게 단죄의 못을 박았어요. 그런데 어째서 그 글을 올린 겁니까, 무슨 의도로요?"

"억울해서요."

"……?"

"내 청춘과 인생의 모든 것을 이 세상의 종말과 신의 재림에 쏟아 부었어요. 그러나 모든 것이 물거품처럼 사라져 버렸어요. 남은 건 비참한 타협과 굴욕뿐인 삶이었죠. 그래서 난 시험해 보고 싶었어요. 이대로 끝낼 수 없기 때문이죠. 치졸한 변명이라고 욕해도 상관없어요. 내가 설령 지옥에 떨어져도 보고 싶었다고요."

"무엇을 시험한단 말이죠?"

"신의 심판을 보고 싶어요."

"……."

"이제 나 역시 변절자, 가롯 유다가 되어 신의 가혹한 심판을 피할 수 없겠죠. 하지만 상관없어요. 지옥 불구덩이에 곤두박질치는 한이 있더라도 난 정말 보고 싶어요. 만에 하나 윤서가 지목한 한씨가, 그 무력하고 밑바닥 삶에서 벗어날 가능성이 전혀 없는 사이비 접골사가 정말 재림 예수라면 그렇다면 분명히 그는 어느 순간 심판의 칼을 들 것이 분명하겠죠. 윤서가 쓴 글, 그의 주장에 의하면 그래요. 난 그 심판의 순간을 알리고 싶었어요. 그게 내가 지금까지 바쳐온 신을 향한 열정에 대한 최소한의 예의라고 생각했어요."

어느 순간 대화의 흐름이 끊어질 것을 민우는 너무나 익숙하게 짐작했다. 지금과 같은 순간이 바로 그렇다. 자신이 할 수 있는 모든 말을 아낌없이 게워 낸 맹호는 어느새 꽁초가 된 담배를 바닥에 내버림과 동시에 대화의 마무리를 일방적으로 선포했다. 고개를 쳐든 맹호가 바라본 곳은 중환자실 병동이었다. 이곳의 10층에는 그의 병든 아들이 누워 있고, 아내의 절규, 그 처참한 생존의 악다구니가 살아 숨 쉬고 있다. 그리고 지금 이 순간 성문당에는 윤서와 한씨가 있다. 윤서가 이 땅의 정의, 혹은 하늘의 정의를 외치고 있고 그가 지목한 재림 예수인 한씨는 침묵의 성자로 존재하고 있다.

어느 곳이 과연 인간이 가야 할 길인가. 처음부터 그 길이 주어져 있기는 한 것인가. 민우는 혼란스러웠다. 이 혼란은 어쩌면 내내 애써 외면해 오던 혼란이었는지도 모른다. 혼란의 시작은 민우의 존재가 시작되면서부터, 이 땅의 악마성을 인지하면서부터 시작된 숙명의 도래일지도 모른다. 그럼에도 현실은 가혹하다. 혼란의 아우라에 휘감겨 제대로 된 옳고 그름의 식별이 무용해진 이 지경에서도 자신에겐 언제나 어김없는 선택의 순간이 도래할 것이다.

더 이상 물을 것도, 알아야 할 명분도 상실해 버린 민우가 맹호에게서 등을 돌렸다. 이것으로 모든 엉켜 있던 실마리, 석연치 않던 의문들은 해소된 셈이다. 이제부터는 선택의 순간만이 남았다. 그런 착잡한 심경을 끌어안은 민우의 뒤에서 맹호의 마지막 말이 들려왔다. 흡사 환청과도 같은, 하지만 외면할 수 없는 명징함으로 울리는 암시와도 같은 말이었다.

"윤 장로가 단단히 작심한 모양이에요."

"……"

"이번 주, 아님 다음 주에 아예 쓸어버리겠다는 말을 들었어요. 그게 무슨 뜻인지는 아시죠?"

"……"

"윤 장로. 그 사람. 여간내기 아니에요. 옛날에 중정에서 일했던 알량한 이력 하나로 지금도 웬만한 경찰 간부들과는 막역한 사이인 걸로 알고 있어요."

"……"

"혹시 김윤서를 만나게 되면 지금 제가 한 말 꼭 들려주세요. 그 작자가 어떤 선택을 할지는 모르겠지만."

그 말을 끝으로 맹호는 병원 건물 안으로 들어갔다. 다시 몸을 돌린 민우의 눈에 비친 맹호는 어느새 1층 로비 엘리베이터 쪽을 향해 걸어가고 있었다.

23

　다시 돌아온 세명교회의 주일 예배. 설교를 시작한 정인은 아예 작심하고 자신의 욕망과 하나님의 왕국을 동일시하는 내용의 일방적인 선포로 포문을 열기 시작했다. 그는 집요하고 대단히 조급했다. 자신이 여기서 밀리게 되면 더 이상 회복할 수 없는 패배의 길로 곤두박질칠 것이란 불안의 정서가 작동해서일까. 세명교회를 대형 레포츠 센터로 만들겠다는 그의 옹골찬 야심은 이제 단지 교회소식이나 다른 매체들을 통한 것이 아닌 종교적 선포가 가장 적나라하게 드러나는 설교를 통해 쏟아 붓기로 작심한 것이다. 그리고 그 작심의 토대를 만들어 준 가장 큰 공로자가 있었으니 그것은 바로 민우였다.

정인의 설교를 듣는 내내 민우는 심장이 조여드는 뜻 모를 압박감에 시달려야 했다. 그와 동시에 변명할 길 없는 죄책감 또한 예기치 않게 형성된 해일이 되어 그의 의식을 휘덮었다.

그는 지난밤에 만난 강맹호를 생각했다. 그와 자신을 비교했다. 그의 변절과 배신엔 뚜렷한 원인 인자가 존재했다. 그것은 정당방위에 가까웠다. 적어도 강맹호에겐 변명할 기회가 주어져 있는 것이다. 그러나 민우는 지금 자신의 이러한 행위에 그 어떤 당위도, 변명의 여지도 주어질 수 없다는 박탈감을 강하게 실감해야만 했다. 물론 민우에게도 할 말은 있을 것이다. 교회에서 담임목사와 전도사의 관계는 단순한 직장 상사와 부하 직원과의 관계와는 차원이 다르다. 성직의 거룩함은 철저하고도 절대적인, 무모한 계급 사회로의 몰입을 당연시하게 만드는 일종의 터부가 형성되어 있다. 그러한 특별한 체계 안에 위치한 전도사에게 있어 담임목사란 존재는 유일신이요 절대자다. 그의 명령을 거역한다는 건 곧 신의 금령을 어기는 것과 동일시되는 것이다.

민우는 이런 자신의 생각이 비약에 가까운 자학이라고 둘러대기도 했다. 하지만 그것은 엄연한 사실이었다. 종교의 거룩함이 잉태한 터부의 환경에서 자라난 민우에게 담임목사를 향한 순종의 미덕은 절대에 가까웠다. 그렇게 민우는 길들여져 온 것이다. 그리고 그 길들여짐의 중심에 어머니의 기도가 자리하고 있다.

가장 순수하고 고결해야 할 혈육의 기도가 재앙에 가까운 번민의 짐을 민우의 정신의 어깨에 지우고 있는 것이다. 민우는 그 기도에 부응하기 위해 지금 욕망의 덩어리가 되기로 작심한 정인의 설교를 대필해 주어야만 했다. 그의 요구대로 대형 레포츠 센터를 건립하고 새로운 수익 사업을 통해 교회가 단순히 하나님의 성전이 아니라 지역 사회에 경제적으로 이바지할 수 있는 기업이 될 수 있도록 만드는 것이 곧 하나님 왕국의 확장이라는 주제의 설교를 대필해 주기 위해 민우는 수많은 성서 구절들을 찾아내, 그러한 정인의 구미와 욕망에 합해지도록 끼워 맞춰야만 했다. 모든 것이 땅의 축복이요, 그것이 곧 하나님 왕국의 건립이고 천국으로 들어가는 급행열차다. 인간의 눈과 귀를 천상이 아닌 땅을 향하게 하면서도 언뜻 고결하고 세련돼 보이는 종교적 수사를 동원해 영원한 내세의 축복까지도 보장받게 된다는 하늘 왕국의 시민인 것처럼 위장된 설교가 민우의 두 손과 머리에 의해 창조되어 지금 저 뻔뻔하리만치 집요한 욕망의 괴물의 입 밖으로 발설되고 있는 것이다.

신도들은 혼을 빼듯 정신없이 몰아치는 정인의 설교에 아무런 검증의 시간, 성찰의 시간조차 거세당한 채 아멘을 부르짖기에 여념이 없다. 방송실에서 이 모습을 지켜본 민우는 정인의 설교가 클라이맥스에 도달하는 순간 여지없이 한 가지 환상에 사로잡히고 말았다. 아니다. 지금 민우의 두 눈을 압도한 환상은 어쩌면 현실인지도 모른다. 어느 것이 진짜 현실이란 말인가. 하나님 왕국의 지상 건립을 처절하게 부르짖으며 역설하는 정인의 쩌렁쩌렁한 육성의 울림 너머로 땅의 백성들의 비탄에 잠긴 절규가 들려오기 시작했다. 그 순간 민우의 눈앞에 펼쳐진 공간은 제국의 야만에 의해 땅의 전체, 인간 삶의 터전이 재앙의 화마에 휩싸여 버린 예루살렘이었다.

지금 그 성전이 불타고 있다. 로마의 야만이 그것을 한 줌의 망설임도 없이 불태워 없애고 있고, 화려한 종교의 외투를 덧입고 있던 유대 지도자들은 그러한 현상 앞에 말없이 침묵하거나 동조하고 있다. 거리엔 목이 잘려 나간 백성, 피투성이가 된 채 죽어 버린 아이를 끌어안고 오열하는 여인의 통곡, 노예가 되어 버린 민중들이 짐승보다도 못한 취급을 받으며 로마 군인들에 의해 복종을 강요당하는 지옥도를 고스란히 옮겨 담은 장면들이 파노라마처럼 민우의 시야를 압도하고 말았다.

그와 함께 저 반대편, 정인의 욕망의 설교 반대편에 홀로 외로이 솟아 있는 심판의 마지막 도피처, 마사다가 보였다. 그 요새를 향해 죽기를 각오하고 기어오르는 일군의 무리들이 눈에 띄었다. 윤서의 모습이 보였고, 남루한 차림의 백성들이 드러났다. 그들은 정인의 설교에 의하면 반드시 극복되어야 할 게으르고 생떼만 부리는 이 땅의 낙오자들, 사탄의 늪에 빠져 버린 우매한 땅의 인간, 영원히 신의 축복을 받지 못할 이교의 개들이었다.

민우는 끝내 정인의 설교를 모두 듣지 못했다. 그대로 방송실을 빠져나와 화장실로 달려갔다. 단숨에 개수대 앞에 머리를 처박고 구역질을 시작했다. 역겨웠다. 민우는 자기 자신이 너무나 역겨웠다. 자신의 머리에서 스멀스멀 기어 나온 자신이 직조해 낸 말들이 땅의 백성들을 이교의 개, 사탄의 하수인들로 단죄하는 이 현실이 너무나 끔찍해 견딜 수가 없었다.

그렇게 끊임없이 무언가를 비워 내기 위한 구역질을 계속하다 지친 민우가 그 자리에 주저앉았을 때, 정인의 설교는 끝이 났고 익숙한 찬송가 소리가 들려왔다.

24

주일 오후. 고등부 사무실에서 민우는 현민과 재회할 수 있었다. 하지만 이제 녀석은 더 이상 민우가 알아오던 현민이 아니었다. 그는 더 이상 세명교회에 자신이 있을 수 없음을 확실히 보여주려는 듯 고등부 사무실에 그동안 쌓아 두었던 자신의 물건들을 가방에 챙기기 시작했다. 하지만 현민의 행동을 막는 이는 아무도 없었다. 고등부 친구들은 현민의 등장을 유난히 어색해 하며 간단한 눈인사조차 주고받지 못했다. 단지 현민과 그의 할아버지가 성문당에 남아 있다는 이유만으로, 그리고 민우가 정성껏 작성해 준 설교 원고에 의해 성문당에 남아 있는 철거민들은 불법만을 자행하며 하나님 나라 확장을 반대하는 악마의 무리들로 매도당한 이후부터 세명교회 사람들은 현민을 멀리하지 않을 수 없게 되었다.

현민을 호기심 어리게 바라보던 사람들이 하나 둘씩 사무실을 빠져나간 뒤, 자신과 현민. 둘만 남게 된 것을 확인한 민우가 현민의 가방을 붙잡고서 말문을 열었다. 민우는 사람들에게 괜한 오해를 사는 것이 싫어 사무실 문까지 걸어 잠그고 현민을 설득하려 했다. 자신의 그 구차스러움에 돌연 밀려드는 수치심을 인내해야만 했다. 하지만 지금은 모든 게 어쩔 수 없다는 생각뿐이다. 현민이 이곳 세명교회를 완전히 벗어나 성문당에 들어간다는 게 어떤 불길한 미래를 상징하는지 민우는 지나칠 정도로 잘 알고 있었다. 그건 전날 밤 만난 강맹호가 던진 암시를 통해 더욱 명확해졌다.

모든 흐름과 분위기가 심상치가 않다. 정인이 설교 시간에 어떤 모종의 중대 결단을 암시하는 듯한, 지나칠 만큼 과격한 어조로 사탄의 방해에 굴복하지 않겠다는 결의 가득한 말을 남긴 것도 그렇고 윤 장로와 정인의 면담이 최근 들어 부쩍 잦아지는 모습이 왕왕 목격된 것도 그렇다. 그 와중에 남긴 강맹호의 말은 머지않아 성문당 건물에서 벌어지게 될 일단의 사건이 이전과는 비교하기 힘든 비극의 규모로 펼쳐질지도 모른다는 불안의 화로에 기름을 쏟아 부은 느낌이었다. 그러한 심리가 그대로 반영된

242

것일까. 민우는 현민의 가방을 쥐고서 놓아 주지 않았다.

"뭐하는 거냐?"

"더 이상 여기 있기가 불편해서요. 친구들 바라보는 시선도 불편하고 해서요."

"그래서."

"예?"

"그래서 어디로 가겠다는 거냐? 성문당으로 들어가겠다는 거야?"

"거기가 편해요. 할아버지도 그렇다고 하시구요."

"그곳이 편한 곳이라고? 그날 그토록 험한 일을 겪고서도 그런 말을 할 수 있는 거냐?"

"왜 이러세요?"

"뭐?"

현민의 눈빛이 돌연 달라졌다. 현민은 여전히 자신을 이해하지 못하겠다는 표정으로 앞을 가로막는 민우를 바라보며 말을 이었다. 그런 현민의 눈빛엔 자신이 선택한 길이 갖고 있는 당위성을 인정해 주지 않는 민우를 향한 야속함의 기운이 깊게 배어 있었다.

"전도사님도 보셨잖아요. 그곳에 재림 예수가 계시다는 사실 말이에요. 전도사님 친구 분인 김 선생님이 그렇게 말했잖아요."

"어째서 한씨 아저씨를 예수라고 생각하는 거냐?"

"그때 우리 할아버지의 다리를 치료해 주신 걸 보고서도 그런 말씀을 하시는 거예요?"

"그것하고 이건 다르다."

"뭐가 다른데요?"

민우는 답답했지만 무언가 확실한 답을 전달해 주지 못하는 자신이 한심스러웠다. 잠시 생각을 정리한 민우가 한층 차분해진 어조로 말을 이었다. 하지만 갈수록 현민의 얼굴 속에 담겨진 심중 의지는 세명교회를 나와야 한다는 결의로 굳어져만 갔다.

"현민아, 부탁이니까 우선 할아버지하고 그곳을 나와 있거라. 잠시라도 피해 있으란 말이다."

"하지만 전도사님."

"그래, 말해."

"저흰 정말 갈 곳이 없어요."

"우리 집에라도 있어. 조만간 큰일이 벌어질지도 몰라."

"그렇게 피하면요?"

"뭐?"

"그렇게 피하고 나면 그 후에 우린 또 어디로 가야 하는데요?"

"……."

"그곳에 딱 하루만 불도저가 쓸고 지나가면 모든 게 무너지고 말 거예요. 그런 다음에 나와 할아버지는 어디로 가야 하는데요? 교회에서 받아줄 수 있는 것도 아니고, 전도사님이 저희를 받아줄 수 있는 것도 아니잖아요."

"현민아."

"전도사님까지 저희와 함께 있어 달라는 부탁은 하지 않겠어요. 하지만 더 이상 절 막지는 말아 주세요. 부탁드려요."

현민의 단호한 결의를 확인한 순간 자연스럽게 민우의 손에서 결박의 힘이 풀려 버렸다. 가방에서 손을 뗀 민우가 쓰러지듯 컴퓨터 책상에 주저앉은 것을 확인한 현민이 가방을 어깨에 둘러메고는 동작이 큰 인사를 했다. 녀석은 마지막으로 다음과 같이 말한 다음 고등부 사무실을 빠져나갔다.

"교회 홈페이지 정리하다가 게시판에 들어가 봤어요. 새로운 글이 올라와 있더라구요. 한번 확인해 보세요. 그 일도 이제 마지막이네요."

현민의 퇴장을 망연히 지켜보던 민우가 자연스럽게 컴퓨터 모니터 쪽으로 시선을 돌렸다. 현민이 마지막으로 접속한 것으로 보이는 교회 홈페이지 자유게시판에는 녀석의 말대로 새로운 게시물이 등록되어 있었다. '이 땅에 나타난 재림 예수'라는 글의 제목. 하지만 등록자의 닉네임이 민우의 의식을 강하게 환기시켰다. 더 이상 벤 야살이란 닉네임은 사용되지 않았다. 대신 자신의 정체를 밝히고자 하는 의지로 아예 실명이 공개되었는데, 그의 이름은 바로 강맹호였다. 민우는 서둘러 텍스트를 열고는 이전과 같이 그것을 복사한 다음 게시물을 삭제해 버렸다. 만에 하나 정인이나 윤 장로가 이 게시물을 접하게 될 경우 맹호가 겪게 될 불이익을 생각해서였다.

일련의 조치를 취한 후 민우는 자신의 문서 폴더에 저장해 놓은 강맹호의 이름으로 등록된 '이 땅에 나타난 재림 예수'를 모니터에 펼쳐 놓았다. 텍스트를 살펴보기 시작한 민우의 마음은 이전보다 한층 더 무거워지고 그만큼 집요해졌다. 그건 그만큼 텍스트를 기록한 윤서의 종교적 신념을 넘어선 광기와 집념의 구렁이 더욱 신랄해졌음을 반증하는 현상이었다.

25

 마사다에서의 유대 수비대의 항전이 거듭되면 거듭될수록 패배의 전운에 몸을 떨어야 했던 건 로마 군대라기보다는 일천여 명에 불과한 수비대 쪽이었다. 사방이 고립된 분지의 고원, 그곳에서 수비대의 심리를 지치게 만드는 가장 결정적인 원인은 밑으로의 세계의 복귀가 시간이 갈수록 요원해진다는 절망감이었다.

 로마 바수스 총독의 사망 이후, 새로 부임한 플라비우스 실바로^{마 10군단의 장군}의 더욱 악랄해진 마사다 요새 정복 야욕은 더 한층 노골적으로 전개되었다. 공성차나 사다리를 이용해 마사다의 방벽을 무너뜨리고 단숨에 그 내부로 진입하려 했던 로마 군대의 공격이 마사다의 지형적 고립, 접근의 난해함을 유일한 강점으로 삼아 버티는 마사다 수비대의 악에 받친 저항으로 인해 번번이 좌절되면서 점령과 방어의 긴장 관계는 점차 장기전의 양상을 갖고 전개되어 가던 찰나였다. 하지만 플라비우스 실바의 단호한 의지와 명령을 절대적으로 받아들일 수밖에 없었던 로마 군대는 기어이 오랜 시간 마사다의 서쪽에서부터 정상까지 오를 수 있는 방벽을 쌓아 올리던 노역을 더욱 가혹하게 밀어붙이기 시작했다.

벤 야살은 이런 그들의 노골적인 침입에 저항하기 위해 불화살과 돌을 던져 그들의 노역을 저지하려 했다. 하지만 재림 예수는 이런 벤 야살의 노력에 찬물을 끼얹었다. 재림 예수는 벤 야살의 지도를 받아 서쪽의 방벽을 쌓아 올려 마사다 정상과 동일한 높이를 만들어 마사다를 점령하는 그 지루하고도 엄청난 노역에 동원된 이들이 유대 출신 노예들이란 사실에 주목할 것을 요구했다. 그것은 굳이 말이 필요한 요청이 될 수 없었다. 벤 야살 역시 그 장면을 목격하지 않을 수 없었던 것이다. 하지만 벤 야살은 로마의 마지막 결의가 묻어 있는 심대한 공격 음모의 아킬레스건을 끊어 놓기 위해선 필연적으로 방벽을 쌓는 노역에 동원된 같은 민족의 머리 위에 불화살과 돌을 쏟아 붓지 않으면 안 된다는 사실을 애써 합리화하려 했다. 벤 야살은 자신의 앞을 가로막고 선 재림 예수를 향해 이렇게 소리치며 애원했다.

"저들이 우리와 같은 민족이라는 걸 깡그리 망각하자는 건 아니오. 하지만 저들 역시 어느 정도는 자신들의 굴욕과 타협의 의지를 인정해야 하는 것 아니겠소? 어쩔 수 없이 로마의 종노릇을 하는 이들도 있겠지만, 저들에게도 기회가 있었소. 우리와 함께 손을 잡고 마사다로 올라와 우리들만의 새로운 성전, 가식과 위선의 오물을 뒤집어쓴 예루살렘 성전이 아닌 우리 마음의 성전 건축에 동참할 기회가 얼마든지 있었단 말이오."

하지만 이러한 벤 야살의 절규에 가까운 외침에도 재림 예수는 묵묵부답이었다. 벤 야살은 어느 순간부터 이러한 재림 예수의 모습을 보며 그의 형편없이 무력해진 모습을 이해하기 힘들어했다. 여전히 그것은 납득할 수 없는 신의 아들의 면면이었다. 벤 야살에게 소문과 구전으로 알려진 초림 예수의 모습조차도 이렇지는 않았을 거라고 생각했다. 자신의 눈앞에 나타나 있는 재림 예수는 모든 일에 있어서 자신의 길을 가로막는 취약함을 그대로 드러내며, 모순 앞에서 침묵하고 그러면서도 마사다 분지 속에서 절망과 고통의 나날을 보내는 수비대와 그들의 가족들에게 매일의 일용한 양식을 기적의 방법으로 선사하는 모습에 벤 야살은 자신의 신념이 옳은 것인지, 아님 진실로 다른 길이 존재할 수 있는지에 대한 처음이자 마지막 회의에 결박되었던 것이다.

잔혹하리만치 황폐한 위엄의 고립감에 사로잡힌 마사다의 정상 위에서 벤 야살은 밑의 세계를 내려다보았다. 로마의 기세는 좀처럼 수그러들지 않을 것이고, 저곳으로 내려간다면 저들의 가혹한 쾌락의 먹잇감이 되거나 아님 이처럼 의로운 항전을 거듭하는 독립투쟁을 분쇄하기 위해 앞장서는 노예 신세로 전락하게 되거나 둘 중 하나의 비극만이 기다린다고 생각하니 벤 야살은 더욱 자신의 정신을 단호히 단련시켜야 했다.

그는 끝까지, 최후의 순간까지 투쟁해야 하는 자신의 정체성을 당연한 것으로 전제하지 않을 수 없었다. 그리고 비로소 마지막 순간, 제국의 야만, 그 뻔뻔스러운 폭력이 절정에 이르는 그 가증스러움의 첨단에 선 재림 예수 역시 전무후무한 최후의 심판을 쏟아 낼 거란 신념을 가슴속 깊은 곳에 우겨넣지 않으면 안 되었다. 그렇지 않다면, 과연 우리가 그러한 신을 경배할 필요가 있겠는가 하는 최악의 불경스러운 질문을 쏟아 내리라 작심하면서.

하지만 벤 야살의 신념의 기저는 끝끝내 붕괴될 고통의 균열을 일으키기 시작했다. 로마 군대의 방벽 쌓아올림이 마사다 정상의 높이와 거의 근접되어 갈 무렵이었다. 최후를 직감한 벤 야살은 마사다 분지의 사방을 에워싼 토성의 견고함을 더욱 강화하며, 끝까지 물러서지 않아야 한다는 당위성을 매일 밤마다 살아남아 끝까지 투쟁하는 수비대에게 설교했고, 언제나 그랬듯이 수비대 무리들의 한구석, 그늘 깊은 곳에 숨어 여자와 어린아이들을 돌보는 유약한 모습으로 일관하는 재림 예수가 자신의 고통과 번민에 찬 호소에 응답해 주기만을 간절히 염원했다.

그러나 그 간절한 염원에 대해 재림 예수가 보여 준 답으로 볼 수 있는 일련의 행동들은 벤 야살의 내재되어 있던 분노의 뇌관을 일순간 파열시키기에 모자람이 없었다. 최후의 항전을 거듭하는 벤 야살로선 도저히 용납할 수 없는 행동을 자행하고야 말았던 것이다.

기어이 서쪽에서부터 시작한 방벽을 마사다 요새의 정상의 외부 성벽에 도달할 거리까지 쌓아 올린 로마 군들은 방벽 통로로 파성추AD 1~2세기 공성 포위전에 사용되던 투석기용 무기를 끌어올리기 시작했다. 이렇듯 성벽을 아예 허물 심사가 엿보이자 벤 야살의 지시를 받은 수비대는 성벽을 방어하기 위해 안에서 목재로 골격을 세웠다. 흙으로 내부를 채워 최대한 충격을 흡수하는 벽을 만듦으로써 로마의 파성추의 등장에 대처했다. 그와 함께 수비대는 예루살렘과 요타파타에서 즐겨 사용하던 불화살과 표면에 기름을 바른 돌에 불을 붙여 서쪽 방벽을 향해 기어오르는 로마군의 공성무기를 향해 투석함으로써, 즉 무기에 불을 지르는 방법으로 대응함으로써 마사다의 요새를 결코 쉽게 굴복할 수 없는 신의 의로운 자비가 살아 숨 쉬는 곳으로 상징화하기 위해 안간힘을 썼다.

그렇게 마사다 수비대의 막강한 저항으로 인해 공방이 잠시 주춤하던 찰나였다. 그때 벤 야살의 눈에 믿지 못할, 결코 일어나서는 안 될 광경이 벌어졌다. 외부 성벽의 쪽문이 내부에서부터 열리더니 그 열린 문을 뚫고 항복을 상징하는 백기가 펄럭거리는 게 아닌가. 이윽고 깃발을 들고 나타나는 일군의 무리들, 어린아이들과 여자, 노인 몇 명이 오랜 시간 계속된 공포와 굶주림에 길들여진 기색을 그대로 드러내며 로마군이 쌓아 올린 서쪽 방벽 밑으로 내려가기 시작했던 것이다.

믿지 못할 나약한 항복의 광경을 발견한 벤 야살이 비명을 지르며 서쪽 성벽을 향해 단숨에 달려갔을 때, 그는 신음에 가까운 탄성을 내지르고 말았다. 서쪽 성벽의 쪽문을 열어 노인과 아이들의 손에 흰색 깃발을 쥐어 주는 인물이 바로 재림 예수였기 때문이다.

벤 야살은 서둘러 문을 가로막았다. 그리고는 열린 문 너머 스스로 로마의 노예가 되기 위해 목숨을 구걸하려 하는 아이들과 여자들을 향해 비난의 말을 쏟아 부었다. 수비대의 가족 중 여자와 아이들 대부분은 벤 야살의 뜻을 알고 이 최후의 항전에 함께하려는 신념을 갖고 있었다. 하지만 신념과 몸의 고통, 심리적 압박과는 별개의 문제였다. 결국에 이곳에서 모두 죽을지도 모른다는 극한의 공포와 맹렬하게 밀려드는 굶주림, 연일 계속되는 로마 군대의 공격에 질려 버린 이들에게 재림 예수가 열어젖힌 문은 비록 가혹한 비굴함의 낙인이 기다리고 있을 굴욕적인 선택이라 하더라도 또 다른 삶을 위해 선택된 기회였음을 그들은 부정하지 않았다. 하지만 벤 야살은 그러한 나약한 길을 선택하는 이들의 흔들리는 모습을 용납하지 않았다. 생존을 앞서는 건 신념이다. 신념이 죽으면 모든 것이 무너지는 것이다. 그와 함께 벤 야살은 저 잔혹한 로마의 개들이 과연 우리가 항복한다고 목숨을 살려 줄 것인지에 대해서도 심각한 의문을 표했다. 그렇게 외치면서 아이들과 여자들을 돌려보낸 벤 야살, 이번에는 재림 예수를 바라보며 경고의 메시지를 거침없이 쏟아 부었다.

"어떻게 이런 선택을 강요한단 말이오? 이들은 민족에 대한 자긍심과 인간 존엄에 대한 숭고한 가치 하나만을 믿고 내 뒤를 따라온 신의 전사들이오. 이들에게 이 무슨 비겁하고도 수치스러운 선택의 강요란 말이오."

그러자 재림 예수가 비로소 오랜 침묵을 깨고 벤 야살의 의분으로 가득한 외침에 답해 주었다. 놀랍도록 차갑고 냉정한 이성으로부터 분출되어 나오는 말들이었다.

"젖 먹는 어린아이와 그런 아이들을 키워 내야 할 여인들, 그리고 자연의 섭리에 의해 기력을 상실당한 노인들에게 주어져야 할 최선의 존엄은 소중한 생명을 보호받는 길뿐이오."

"과연 저 로마의 개들이 이렇게 항복을 외치며 자신들 앞에 무릎을 꿇는다고 당신이 말하는 그 알량한 생명을 보호하고 존중해 줄 것으로 생각하는 거요? 순진하고 어설픈 낙관주의에 물든 착각, 이제는 거두시오. 거듭 말하지만 저들은 인간이 아니오. 야만의 질서와 충동적인 폭력에만 길들여진 늑대요, 승냥이 떼일 뿐이고, 맘몬에만 눈이 먼 제국에 불과하오. 저들에게서 그 어떤 일말의 동정이나 인간적인 기대를 바란단 말이오. 그런 순진한 생각이 우리 민족과 인간의 존엄을 얼마나 형편없이 무력한 것으로 끌어내리고 있는 줄 정녕 잊었단 말이오?"

"비록 그러할지라도 할 수만 있다면 단 한 명의 생명이라도 보존할 수 있는 방향으로 나아가야만 할 것이오. 그것이 바로 야훼 하나님의 뜻이오."

"닥치시오! 당신은 지금 당신 아버지의 이름을 욕되게 하고 있소. 내 알기로 당신이 처음 이 땅에 나타났을 때의 모습은 분명 이렇진 않았소. 저 지상의 탐욕스러움만이 게걸스럽게 아가리를 벌리는 곳으로 침몰되는 것을 당신은 인간의 존엄이라고 말하지 않았단 말이오! 당신은 당신의 하나님을 시험하지 말라고 외치며 분노했었소. 주 너희 하나님을 시험하지 말라고 소리쳤단 말이오! 땅에 드러나고 보이는 생명을 당신은 본질이라고 말하지 않았소.^{마태복음 4장 7절 참고} 당신은 이 땅이 아닌 저 하늘의 영광을 인간의 참된 존엄이 보장받는 길이라고 말했단 말이오. 그런데 어째서 타협하려 하는 것이오? 어찌하여 하늘의 존엄을 찾으려고 육신의 목숨까지 저당 잡힌 채 최후의 항전을 거듭하는 우리들을 타락시키려 하는 간사한 오르페스^{뱀의 헬라어}의 혀가 되어 버렸느냔 말이오!"

"이제 그만 멈추시오. 싸움은 이것으로 족하오."

"무엇이, 대체 무엇이 족하단 말이오. 오오, 신의 아들이여. 제발 그 나약함의 탈을 벗고 내 편이 되어 주시오. 내 심장은 당신의 신적 위엄과 의로운 분노의 분출을 갈망하고 있소. 저 로마의 세련된 야만이 기승을 부리는 모순과 부조리를 일거에 쓸어버리고 당신의 정의가 살아 숨 쉬는 천상의 왕국을 제발 보여 달란 말이오. 자, 이 칼을 받으시오. 당신 말대로 우리들이 이 칼을 가져갔다면 이제 신의 아들인 당신에게 돌려줄 것이오. 그러니 제발 우리의 믿음을 그만 시험하고 이제 이 칼의 위엄, 신의 위엄을 회복해 달란 말이오!"

벤 야살은 무릎을 꿇었다. 그리고 신의 의로운 분노를 다시 한

번 간곡히 요청했다. 무릎을 꿇은 그가 고개를 들었을 때, 하지만 재림 예수는 벤 야살의 두 손에 놓여 있는 칼을 집어 들지 않았다. 대신 그는 끝을 알 수 없는 슬픔을 끌어안은 번뇌의 인간이 되어 말없이 눈물방울을 떨어뜨리고 있었다. 벤 야살은 그러한 재림 예수의 모습에서 결말을 알 수 없는 무간無間의 절망을 느껴야 했다. 심판의 칼을 집어 들 생각은 않고 대신 눈물만 흘리는 나약한 한 인간의 모습은 벤 야살의 심장을 후벼 팠다. 그건 시대의 격정과 흥분에 사로잡은 신의 현현이 결코 아니었다. 아니, 그는 그러한 모습을 이 땅에 나타난 신의 모습으로 인정할 수가 없었다. 그것이 설령 참된 신의 발현이라 하더라도 말이다.

그리고 그 후, 반나절의 시간이 지난 후 마침내 벤 야살의 눈에 신의 모순이 최후의 임계점에 다다른 사건이 일어나고야 말았다. 전의를 갖춘 로마군이 늦은 오후, 이글거리는 붉은 태양의 역광을 힘입고 불의 괴물과도 같은 형체를 가진 파성추를 끌고 서쪽 성벽을 향해 억세게 밀고 올라왔다. 그러자 파성추의 괴력 같은 진입에 끝내 철옹성으로 알려진 서쪽 성벽의 일부가 허물어져 내렸다. 저항군들은 일순간 당황했지만 벤 야살은 당황할 겨를조차 허용하지 않고 끔찍한 위용을 드러내는 파성추 앞에 서서 불화살을 당겼다. 그리고는 불길을 가득 담은 돌화로를 파성추를 중심으로 모여든 공성무기와 그 뒤에 몸을 숨긴 로마 군대를 향해 쏟아 부었다. 그러자 순식간에 불길이 로마의 파성추와 공성무기들에 옮겨붙을 위력으로 치솟았다. 바람이 거칠게 불어 닥쳤고 로마 군인들의 당황하는 모습이 두 눈에 선연히 드러났다. 그들은 불길을 피하기 위해 무기를 버려 두고 뒤로 물러나거나 고개를 숙이며 우왕좌왕했다. 벤 야살은 이 장면의 도래를 통해 신의 정의를 발견할 수 있었다. 하지만 그 일촉즉발의 순간 그는 신의 정의에 대해 자문하고 있는 자기 자신을 발견했다. 이 정의는 과연 신의 정의인가. 신이 허락한 정의인가. 아님 내 자신이 창조해 낸 신의 또 다른 이름인가.

그 불길한 질문이 끝내 재앙을 이끌어 낸 것일까. 그 순간 갑자기 로마군을 향해 매섭게 불던 바람의 방향이 반대편으로 급선회하고 말았다. 그때 갑자기 신의 섭리인 양 바람이 방향을 바꾸어, 남쪽으로 불면서 반대 방향으로 강하게 불기 시작했다. 성벽이 불길에 휩싸여 버렸다. 그리하여 성벽은 모두 다 철저히 불에 타 버렸다. 이리하여 로마군은 신의 도움을 받은 후, 그 다음 날 적군을 공격하기로 마음먹고 즐겁게 다시 진지로 되돌아갔다.

—요세푸스 저, 《유대전쟁사》 7권 8장

그러자 불길 또한 바람의 물결을 타고 로마 군대의 반대편 마사다의 외부 성벽에 옮겨붙기 시작했다. 그야말로 순식간에 벌어진 상황의 반전이었다. 성벽 내부 목재에 불이 옮겨붙으면서 불은 완전히 성벽 전체를 에워싸고 말았다. 이윽고 반사적으로 저 항군과 여자들의 끔찍한 비명소리가 마사다 정상 전체에 통곡의 기도 소리로 돌변되고 말았다. 성벽의 절반이 불타 무너지는 엄혹한 비극의 장관을 목도하면서 벤 야살은 그 불길 속에서 재림 예수가 보이는 끔찍한 굴욕의 퍼포먼스를 기어이 목격하고야 말았다. 무너진 성벽 너머를 조롱하듯 바라보고 있는 로마 군인들에게 재림 예수가 엎드려 그들을 향해 절하고 있는 것이었다. ^{마태복}

음 4장 9~10절 참고

몸 전체를 땅에 밀착시키고 머리를 조아린 재림 예수의 모습은 벤 야살의 눈에 도리 없이 신의 자비가 아닌 로마 군인들에게 목숨을 구걸하는 굴욕적인 투항의 의지로 일관하는 배신자의 이미지로밖엔 들어오지 않았다. 벤 야살은 똑똑히 들을 수 있었다. 불에 탄 형체도 없이 허물어진 성벽의 잿더미 위에 자신들을 향해 엎드려 경배하는 재림 예수의 우스꽝스런 행위를 지켜보며, 냉소를 쏟으며 자신들의 승리를 확신하고 그들이 섬기는 음란하고 추악한 이방 신의 이름을 승리의 이름인 양 찬양하며 자신들의 승전가를 부르는 모습을 끝내 목격하고 듣고야 만 것이다.

불길의 늪 속을 헤치며 벤 야살은 재림 예수를 향해 달려갔다. 그리고는 비명을 지르며 재림 예수를 억지로 일으켜 세웠다. 그리곤 그의 멱살을 잡았다. 한 손엔 그의 마지막 정체성일 수밖에 없는 사카리를 손에 쥔 채로.

재더미에 머리를 처박은 재림 예수의 얼굴 전체엔 검은 그을음이 가득했는데, 그 그을음을 흐르는 눈물이 씻어내고 있었다. 벤 야살은 그런 재림 예수를 향해 더 이상 존칭도, 최소한의 경외심도 스스로의 의지로 소각시킨 채 단호하고 분명한 어조로 소리쳤다.

"더 이상 당신 아버지를 욕되게 하지 마라! 땅이 좋아 땅에게 경배하는 이 타락한 사람의 아들아."

"이제라도 그 비극의 칼을 거두시오. 이제라도."

"웃기지 마. 이런다고 내가 포기할 줄 알아! 신은 용서해도 난 용서하지 않겠어! 신은 눈물을 흘리고 애통하며 절규해도 난 끝까지 살아남아 싸울 거야. 저 맘몬신이나 악마, 혹은 부, 돈, 재물, 소유라는 뜻. 하나님과 대립되는 우상 가운데 하나의 쓰레기들과 맞서 싸우겠다고!"

그렇게 말한 벤 야살, 재림 예수를 거칠게 밀어내고 자신과 예수 사이의 땅 중심에 사카리를 꽂았다. 그리곤 다음과 같이 소리쳤다. 불길의 중심에서 벤 야살은 신의 의지, 그의 분노를 시험하기 위한 최후의 카드를 내보인 것이다.

"이게 마지막이다. 당신이 이 칼을 받기 원한다면 이 칼로 나를 찌르고 지나가라. 그렇게 한다면 난 당신의 뜻을 기꺼이 받아들일 것이다. 하지만 그렇게 못하겠다면, 끝까지 이 칼을 받지 않고 거부한다면 그땐 내가 당신의 심장에 칼을 꽂아 넣을 것이다. 이 이상 다른 선택의 길은 존재하지 않는다. 선택하라. 신의 아들이여! 칼을 집든지, 칼을 거부하든지. 둘 중 하나를 택하란 말이다!"

［이게 김 선생의 메모와 글들을 정리한 마지막 내용입니다. 아무리 찾아봐도 그 이상의 결론은 알지 못하겠습니다. 그러니 이제 남은 건 전도사님의 몫입니다. 내가 마사다의 외로움을 포기하고 내려온 변절자라면 전도사님은 처음부터 제국에 남아 있던 제국의 노예이기 때문입니다. 제가 드릴 수 있는 말은 이것뿐입니다.］

26

"여기 숨어 있었군. 쥐새끼 같은 놈."

민우의 코끝으로 악취에 가까운 취기가 강하게 밀려들어 왔다. 그 불쾌한 위협감 때문일까. 민우는 자신도 모르게 한 걸음 뒤로 물러났다.

고등부 사무실에서 컴퓨터 전원을 오프^{off}시킨 다음 실내의 전등까지 모두 소등한 뒤였다. 밖을 나서려고 문고리를 붙잡은 순간, '덜컥' 하는 소리가 난폭하게 들리더니 이윽고 밖에서 누군가가 문을 열고 안으로 들어섰다. 그 밀어닥침의 난폭함이 예사롭지가 않았다. 짐짓 당황한 민우가 문고리에서 손을 떼었을 때, 그의 눈앞에서 외부 전등의 역광을 받아 희미하지만 분명한 윤곽을 품은 한 남자가 정체를 드러냈다. 정인이었다.

정인은 만취 상태였다. 어둠 속에서도 민우는 그의 상태를 비교적 선명하게 감지할 수 있었다. 사무실 안으로 들어선 정인은 비틀거리는 자신의 몸을 사악한 괴력으로 통제하며, 문고리마저 잠가 버렸다. 민우가 그런 정인을 의식하며 전등 스위치를 올리려는 순간 정인의 억센 완력이 민우의 손목을 붙잡았다.

　　외부로부터 들어오는 빛의 최소한의 유입조차 허락되지 않는 사무실은 그야말로 완벽한 암흑이었다. 고의적으로 어둠의 공간 속에서 숙취로 가득한 술 냄새를 죽음의 향처럼 풍겨 대는 정인의 어둠 속 윤곽은 험하게 비틀거렸다. 민우는 그로부터 벗어나기 위해 계속해서 한두 걸음 뒤로 물러났다. 하지만 밀폐된 공간에서 그로부터 온전히 벗어날 수 있는 방법은 거의 불가능했다. 설령 이곳이 밀폐된 공간이 아니어도 상관없었을 것이다. 민우가 언제, 어느 곳에 있든 정인은 한두 번의 호출만으로 그를 자신의 몸 앞에 데려다 놓을 수 있었다. 제법 충실하고 성실하게 사육된 훈련견처럼. 하지만 지금 정인은 의도적으로 민우와의 불온한 독대의 환경을 조성하고 있다. 만취한 상태로 보이지만, 그 와중에도 정인의 핏발 선 독기로 무장한 눈빛만큼은 매섭게 번들거렸고, 가까스로 몸을 사무실 의자에 앉힌 그는 머리를 한 번 크게 쓸어 올리며 민우의 평소답지 않은 불순한 태도를 추궁했다.

"왜 전화를 안 받아."

"휴대폰 전원이 나갔습니다."

거짓말이다. 정인은 오후 2시부터 줄기차게 민우를 찾았다. 하지만 민우는 정인의 전화를 받지 않았다. 그의 이름 석 자가 나타나는 발신자 번호를 애써 무시하려 했다. 두려웠지만 할 수만 있다면 피하고 싶었다. 그것만이 그의 독기 서린 위선으로 가득 찬 설교를 대필해 준 자신을 방어할 수 있는 최선의 방법이라고 생각했다. 하지만 그런 민우의 자기 보호는 너무나 무력했다. 단지 전화를 피한다 해서 정인의 마수로부터 벗어날 수 있는 건 아니었다. 그 절망적인 상황을 민우는 게시판에 적어 놓은 맹호의 마지막 말을 떠올리며 더한층 처참하게 실감해야만 했다. 제국의 노예가 되어 제국을 선택한 존재는 그러므로 제국의 국경을 넘어서지 않는 이상 결코 자유로울 수 없는 것이다. 정인은 이러한 민우의 한계를 너무나 잘 알고 있었다. 이곳을 벗어나면 갈 곳이 없을 거라는 확신, 그 확신을 토대로 정인은 민우를 강하게 밀어붙였다. 그의 추궁은 난폭하고 무례한 말의 성찬에 힘입어 민우의 의식을 극한의 궁지로 내몰았다. 더는 밀려날 수 없는 존재의 밑바닥으로.

"쓰레기 같은 새끼, 너 같은 새끼들이 제일 치졸해. 앞에선 살랑거리면서 뒤에선 독 묻은 칼을 품고 기회만 노리고 있지. 하지만 나, 조정인. 그렇게 호락호락할 줄 알아. 어림도 없는 소리 하지 말라 그래. 이 허섭쓰레기 같은 것들아."

"많이 취하신 것 같은데 사택으로 돌아가시는 게⋯⋯."

"너, 윤강석이한테 수희 찾는 일 말고 김윤서와 한철연인지 뭔지 하는 단체에 대해 조사해 달라고 부탁했다면서?"

정인의 추궁의 말들이 마치 형벌의 철퇴가 되어 민우의 간담을 서늘하게 만들었다. 민우는 한마디 변명조차 하지 못하고 짙은 어둠 속에서 윤곽만으로 꿈틀거리는 검은 악마의 호통 소리에 정신의 모든 감각을 헌납당해야만 했다. 정인이 말을 이었다. 상당한 취기가 올랐음에도 그가 내뱉는 독설들은 또렷했고 동시에 날카로웠다.

"수희는 그대로 잠수 타도록 내버려 두고 말이지. 제법이야. 사람 뒤통수치는 데 확실한 재주를 갖고 있어."

자리에서 일어선 정인이 움직이기 시작한다. 그 검은 윤곽이 스멀거리며 자신을 향해 다가오는 게 실감되자 민우는 서둘러 몸을 움직여 이 질식할 것만 같은 상황에서 벗어나고 싶었고, 그래야만 한다고 자신에게 소리쳤다. 하지만 그럴수록 민우의 몸은 차가운 석고상마냥 굳어져 갔다. 두 발이 절대의 힘에 의해 포박된 것 같은 무력감에 사로잡혔다.

최소한의 움직임조차 허락하지 않는 해명 불가한 마비 상태에 빠져 버린 민우는 목적의 성취를 위해 자신의 영혼을 서슴없이 악마에게 내던져 버린 정인이 자신을 향해 다가옴을 고스란히 수용해야만 했다. 이것이 바로 순진한 어린 양의 굴종이었다. 종교를 지배하는 어린 양의 순수는 목자의 비틀림과 잔혹한 타락에 있어서조차 그 어떤 저항의 몸짓도, 소리도 표현하지 못한다. 정인은 득의만면得意滿面한 표정을 하고서 역한 숨결을 민우의 얼굴 전체에 쏟아 내며 그의 목덜미를 움켜쥐었다. 순간 민우의 온몸에 극심한 통증이 전달되어 왔다. 현상적인 통증을 넘어선 가혹한 섬뜩함의 파문이 느껴진 것이다. 영혼의 살점이 찢겨지는 듯한 극심한 좌절감이 존재의 모든 영역을 지배하자 민우의 온몸이 경련을 일으키기 시작했다. 그 순간 그의 물리적인 눈과 귀는 아무것도 볼 수 없었고, 들을 수 없었다. 단지 실감되는 건 정신을 장악한 절대의 압력뿐이었다. 그 절대의 지배자가 뇌까리고 있다. 겁에 질린 어린 양을 어느 시점에 도살해야 할지를 궁리하는 흥미에 빠져 버린 무정한 맹수처럼 으르렁거렸다.

"다시 한 번 말해 두지만 네 녀석이 날뛰는 걸 지켜보는 것도 이번이 마지막이야."

"……."

"네 놈이 내 약점을 잡은 걸로 생각하는 모양인데, 제발 착각하지 마. 네 녀석이 아무리 떠들어댄다 해도 네 놈 말을 들어줄 인간은 이곳에 아무도 없어. 백번 양보해 설령 믿는다 해도 상관없어. 제아무리, 어떻게 짓밟고 길길이 날뛰어도 세명교회는 절대 무너지지 않아. 오히려 더 흥왕해지겠지. 왜 그런 줄 알아? 이 애송아."

"……."

"이 머저리들은 모두 신의 노예들이기 때문이야. 네 녀석도 마찬가지고."

"……."

"마지막 기회라고 했다. 더 이상 날뛰지 마. 한 번만 더 날뛰면 너와 네 어미, 아예 이 안락한 우리 밖으로 내던져 버릴 거니까. 빵 한 조각, 물 한 모금 마실 수 없는 광야로 내쫓기고 싶은 담력이 있으면 어디 한번 해봐. 멋대로 날뛰어 보란 말이야!"

"……."

"목사 안수까지 1주일 남았다. 그때까지 얌전히 있어. 얌전히만 있으면 아무 일도 일어나지 않을 거야."

말을 끝낸 정인이 그제야 민우의 목덜미를 풀어 주었다. 결박에서 풀려난 민우는 다시금 현실의 한 공간으로 복귀된 실제의 감각을 회복할 수 있었다. 정인은 비틀거리며 뒤돌아섰다. 그리곤 여전히 칠흑 같은 어둠 속을 헤집으며 사무실 문고리를 붙잡고 밖으로 퇴장해 버렸다. 밖에는 수행 비서가 그를 기다리고 있었다. 행여 교인들에게 그의 만취한 모습이 발각될 것이 두려워 안절부절못하는 모습이 열린 문틈을 통해 민우의 눈에 제법 선명하게 각인되었다.

정인의 퇴장이 분명함을 확인한 민우는 그제야 발걸음을 옮겼다. 교회 건물을 벗어나 지상 주차장 앞 건널목 앞에 멈춰 섰다. 교회에서 마련해 준 사택으로 가려면 건널목을 건너선 안 된다. 바로 교회 옆에 밀집된 단독주택의 어느 한 곳을 찾아 들어가면 되는 것이다.

그러나 민우는 건널목 앞에서 행동을 멈추고 한참을 서 있었다. 망설임과는 다른 종류의 정지됨이다. 오히려 그것은 끝없는 유예의 시작일 수도 있었다. 민우는 지금 그 지루하고도 내면의 비극으로 점철된 모순의 상황을 더 이상 지속해야 할 동력을 잃어버렸다. 악마의 얼굴을 보았기 때문이다. 자신이 섬기는 숭배의 공간에 더 이상 유일한 숭배의 대상이 담겨 있지 않다는, 그럴 수 있는 가능성이, 완벽한 절망의 심연 속으로 곤두박질쳐 깡그리 사라지고 말았다는 참혹한 실상의 발견이 그로 하여금 세명교회에 남아 있게 한 그토록 강렬했던 명분들을 어느 것 하나 남김없이 무장 해제시켜 버리고 말았다. 절절한 어머니의 기도도, 자신을 지금까지 이끌어 온 관습으로서의 종교도, 최소한 인간의 감정을 지배하고 조율하던 그 보이지 않는 신의 이름도, 모든 것이 악마가 내뿜은 신념의 바다 속으로 떠밀려간 폐허의 끝자락에 서게 된 것이다.

건널목의 신호가 파란 불로 바뀌는 순간, 민우의 시야에 세명교회 맞은편에 위치한 성문당 건물이 보였다. 이른 저녁의 어둑함과 눅눅한 습기를 머금은 안개가 자욱이 깔려 버린 그 낡고 허름한, 하지만 누군가의 삶의 모든 것이 걸려 있는 그곳의 옥상위에 짙푸른 빛을 머금은 망루가 세워지고 있는 광경이 드러났다. 어느새 민우의 발걸음은 무언가의 의지도, 누구의 강압과 지시도 없이 건널목을 건너고 있었다. 그렇게 그는 미래시장촌, 도강동 철거 구역의 마지막 보루, 윤서의 종교적 야심과 생존의 마지막 보루를 위해 빠른 속도로 지어 올라가는 망루를 향해 다가가기 시작했다. 내파된 영혼의 폐허를 고스란히 끌어안은 채. 그렇게 아무런 결론도, 답도 없는 길을 향해 한 걸음 한 걸음 힘겹게 내딛기 시작했다.

27

강맹호의 말은 결코 허언이 아니었다. 시위와 농성 진압에 대한 정보가 전무한 민우가 보기에도 성문당 건물을 둘러싸고 벌어지는 일련의 현상은 작금의 상황이 결코 녹록지 않음을 직감하게 해 주었다.

저녁 일곱 시. 건물 주위에 몇 대의 봉고차가 주차되어 있었고, 차 내부와 그 주위에 용역 직원들로 보이는 열댓 명이 쇠파이프와 야구방망이 등을 하나씩 손에 들고 성문당 내부로 진입할 채비를 갖추는 중이었다. 성문당 입구 앞에선 몇몇 용역 직원들이 4층과 옥상 위에 세워진 망루를 향해 물포를 쏘아 대고 있었다. 이전에 보았던 훼방질과는 비교하기 힘든 규모의 대대적인 공습의 분위기가 느껴지는 이 상황은 바로 살벌함 그 자체였다.

민우는 더 이상의 접근을 멈추고 시장촌 구석, 한때 길례가 운영하던 순대국집 골목에 몸을 숨겼다. 한눈에 봐도 깡패를 연상시키는 험악한 인상의 사내들이 그저 한두 명 모여드는 수준이 아니었다. 봉고차 대여섯 대 근처를 에워싼 그들의 규모는 세어 볼 순 없었지만 족히 오십 명은 넘어 보였다.

민우는 이 순간 망설여야 했다. 섬뜩한 불안이 치밀었다. 중요한 사실이 한 가지 더 발견되었기 때문이다. 물포를 거침없이 쏘아 대는 용역 직원들의 행동엔 전혀 거리낌이 없었으며, 미래시장을 감싸고 있는 성문당 반대편 3차선 앞 보행도로에도 용역 직원들이 포진되어 건물 뒤편을 서성거리며, 물포 공격을 일삼는다는 사실이었다.

무엇보다 놀라운 건 경찰 병력의 투입이었다. 건너편 3차선 차도와 인접한 보행도로 쪽으로 전경으로 보이지만 그보다 더 중무장한 경찰 병력들이 단순한 시위 진압 차원을 넘어서는 규모와 위세로 접근하기 시작했다. 그들이 이미 자리를 잡고 있음에도 불구하고 용역 직원들의 명백한 불법적 훼방질은 멈출 기미를 보이지 않는다는 사실이었다. 그들은 용역 직원들과 성문당 내부에 은거하고서 필사적인 저항의 의지를 보이는 철거민들과의 대치 상황에 대해 별다른 제지를 가하지 않고 방관하고 있었다.

이 기막힌 상황을 넋을 잃고 지켜보고만 있던 민우의 등 뒤로 누군가의 손이 다가왔다. 순간 놀란 민우가 본능에 의지해 고개를 돌렸을 때, 침묵 속에서 낯익은 한 어린 청년의 얼굴이 그의 눈에 들어왔다. 현민이었다.

현민은 지금 성문당을 올려다보고 있는 민우를 발견하고서도 별다른 표정의 변화를 나타내지 않았다. 반가워하는 모습도, 걱정스런 표정도 아니었다. 그런 녀석의 얼굴엔 비장함을 넘어선 무감각한 초연함이 엿보였다. 생수와 먹을 것이 담긴 비닐봉지를 두 손에 쥔 채로 서 있는 그가 민우에게 물었다.

"올라가실 거예요?"

"지금 모두 저기 있느냐?"

"몇 사람이 빠졌지만 대부분은 모여 있어요. 하지만 입구는 이미 깡패들이 막고 있어서 들어갈 수 없어요."

"그럼 어떻게?"

"건물 우측에 임시로 사다리를 만들어 놨어요. 그걸 타고 4층까지 올라가야 해요."

"4층까지? 위험하지 않느냐?"

"제가 올라가지 않으면 안 돼요. 벌써 하루가 지났어요. 저 안에 있는 사람들, 아무것도 먹지 못했어요."

더 이상의 질문과 만류는 사치라는 생각이 민우의 뇌리를 스치고 지나갔다. 그 말을 남긴 현민이 두 손에 비닐을 든 채 용역 직원들의 봉고차가 주차된 측면을 향해 몸을 숙이고 걸어가기 시작했다. 녀석의 뒷모습을 지켜본 민우 역시 끝내 녀석의 뒤를 따르지 않을 수 없었다. 여전히 분명하지 않은 이유였지만 어떻게 해서든 내부에 남아 있는 사람들을 설득해야겠다는 충동이 강했다. 강맹호의 말이 귀에서 윙윙거려 그 경고의 말을 전달해 주지 않으면 견딜 수 없을 것 같은 의무감이 민우의 두 발을 지배했던 것이다.

현민으로부터 비닐 한 개를 빼앗듯 건네 든 민우, 현민의 뒤를 따라 성문당 우측 벽면에 마련된 사다리를 올려다보았다. 곳곳이 용접된 채 가까스로 연결된 사다리는 대단히 위태로워 보였다. 4층 측면 창문에서 누군가가 손을 흔들었다. 민우도 본 적이 있는 사내, 배 사장이란 인물이다. 그와 또 다른 남자 한 명이 4층 측면 창문에 고정해 놓은 사다리를 흔들리지 않게 움켜쥐었다. 하지만 한눈에 보기에도 아찔한 높이다. 과연 올라갈 수 있을까. 현민은 말없이 다소 걱정스런 얼굴로 민우를 바라본 다음 그대로 비닐봉지를 목에 걸고 철제 사다리를 오르기 시작했다. 민우도 그런 현민의 뒤를 따랐다.

바람에 흔들리는 허공 위에 오른 사다리는 위태로움을 그대로 노출했으며, 민우는 아예 입술을 악다물고 눈을 감은 채로 한 손 한 손 힘겹게 위로 오르는 난간을 붙잡기를 반복했다. 그렇게 둘은 급하게 용접된 사다리에 의지해 간신히 4층까지 올라갈 수 있었다.

민우까지 올라온 것을 확인한 배 사장은 그의 등장을 의아하게 바라보았지만 별다른 질문은 하지 않았다. 대신 서둘러 용역 직원들이 측면에 설치된 사다리를 발견하기 전에 그것을 바닥으로 내동댕이쳤다. 그런 배 사장의 행동을 보며 한마디 묻지 않을 수 없었다. 사다리를 내버리면 어떻게 다시 내려가느냐고. 하지만 그 질문에 대답하는 이는 없었다. 배 사장도, 그리고 현민도.

철거민들은 4층에 모여 있었다. 4층 위로 비상계단을 타고 올라가면 옥상이다. 그리고 옥상 위엔 어느새 4단으로 용접해 쌓아 올린 망루가 완성되어 있었다. 용접 실력으로 봐선 한씨의 솜씨가 틀림없었다.

민우는 4층에 모인 철거민들의 면면을 살폈다. 이전에 보았을 때보다 열 명 정도가 더 줄어 있었다. 하지만 서른 명 가까이 되는 수효는 여전했다. 순간, 3층 계단 입구에서 연장으로 철제 장애물을 두드리는 소리와 함께 용역 직원들의 거친 욕설이 들려왔다.

"문 열어. 이 씨발년놈들아! 문 안 열어!"

민우는 서둘러 3층으로 내려가는 계단 쪽을 살펴봤다. 입구가 커다란 철제 금속물로 용접되어 있었다. 통로가 막힌 상태에서 용역 직원들의 필사적인 악다구니는 계속되었다.

심각한 상황은 그것만이 아니었다. 4층의 창문은 이미 박살이 난 상태였다. 맹렬한 수압을 과시하는 물 호스를 대동한 용역 직원들의 물포가 쉬지 않고 쏟아져 나오는 통에 4층 정면의 창문들은 이미 산산조각 난 상태였고, 바닥 역시 그들이 쏘아 댄 물로 흥건히 젖어 있었다. 그것만이 아니었다. 2층과 3층을 점거한 용역들은 아예 그곳에서 화학탄을 쏴 올려 4층 위로 연기가 올라오도록 만들었다. 때문에 4층 내부는 연기와 물의 도가니였다.

민우는 자신도 모르게 고개를 가로저었다. 과연 이런 상태에서 얼마나 더 버틸 수 있을까. 최소한의 협상이란 게 존재할까. 그와 함께 방금 전 저 지상의 도로 위에 도착한 몇 대의 경찰 병력을 태운 버스를 떠올렸다. 끔찍한 생각이 들었다. 저들의 진압의 표적이 만약 지금 이토록 노골적인 훼방질을 벌이는 용역 깡패들이 아닌 지상으로부터의 완벽한 고립을 감당할 수밖에 없는 철거민들을 향한 것이라면……. 민우의 심장이 두근거리기 시작했다.

민우는 이 상황의 심각성을 4층에 모여 있는 이들에게 말해 주어야 했다. 그리고 설득하고 싶었다. 지금이라도 밑의 세상으로 내려가자고 사정하고 싶었다. 하지만 민우는 말을 꺼낼 수가 없었다. 4층 내부에선 윤서와 한씨의 극한 대립이 벌어지고 있었기 때문이다. 철거민들 중 보일러공으로 알려진 민우와도 면식이 있던 윤태와 김밥가게 사장 종진이 계속해서 물포를 쏘아 대는 용역 직원들을 향해 화염병을 던지기 시작했다. 화염병 세례를 받은 지상의 용역 직원들이 욕설을 내지르며, 잠시 물포 세례를 멈추었다. 그런데, 그때 한씨가 다가와 그들의 행동을 제지했다. 그 모습을 지켜보던 윤서가 그들의 행동을 제지하는 한씨의 어깻죽지를 거칠게 잡아끌며 소리쳤다.

"지금 뭐하는 거예요!"

"화염병 따윈 만들지 말자고 했잖아!"

"저 새끼들은 물포, 화학탄 닥치는 대로 쏘아 대고 있어요. 우린 고작해야 화염병이나 돌이 고작이에요. 지금 무슨 소릴 하는 거예요!"

그렇게 말하는 윤서의 손에도 화염병이 쥐어져 있었다. 그는 한씨를 매섭게 노려보곤 이내 일말의 망설임도 없이 준비해 둔 화염병을 용역 직원들이 모여 있는 봉고차를 향해 투척하기 시작했다. 그 모습을 한씨는 안타깝게 지켜보았으며, 민우는 이런 둘의 갈등을 지켜보며 이것이 단지 둘 사이에 형성된 거대한 갈등의 시작에 불과함을 예견할 수밖에 없었다. 그것은 참으로 불행한 예지였지만, 결국 현실의 제단 위에 엄연한 사실로 전개되고 말 것이었다.

잠시 소강 상태에 접어든 저녁 9시. 현민과 민우가 갖고 온 음식물로 요기를 마친 철거민들에게 윤서와 한씨의 의견이 극적으로 엇갈리는 상황이 드러나고 말았다. 그것은 마치 필연적인 갈등으로 민우의 눈에 비쳐졌다. 무엇보다 민우의 마음을 안타깝게 쓸어내리는 것은 둘의 극적인 의견 대립에도 불구하고 이 상황의 심각성으로부터 벗어나기 위해 지상으로 내려가야 한다는 결론을 설득의 카드로 말할 수 있는 형편이 아니라는 사실이었다.

지상의 공간엔 불법과 파괴의 면죄부를 받은 용역 깡패들과 중무장한 경찰 병력들이 함께 공존하고 있다. 그들은 서로를 묵인하며 오직 하나의 대상, 지상으로부터 밀려나 타의에 의한 유배를 감행한, 억지로 땅 위에 내몰려진 존재들을 박멸하려는 목적에만 혈안이 되어 있는 것이다. 과연 그들의 눈에 성문당 4층, 그리고 곧 최후의 항전을 위해 마련된 푸르른 망루에 오르게 될 철거민들은 무엇으로 보일까. 그들은 철거민들을 자신과 같은 사람으로 보고 있을까. 과연 그렇다면 이런 식의 대치가 가능할 수 있을까. 민우는 이러한 질문만을 부질없이 주억거리는 자신이 미쳐버릴 것같이 야속했다.

윤서와 한씨 사이에 가장 극한 논쟁과 대립을 확인한 부분은 망루에 오를 구성원에 대한 문제와 망루에 옮겨 놓게 될 소위 저항의 도구에 대한 것이었다. 윤서는 망루에 철거민들 모두가 함께 올라갈 것을 요구했다. 대부분의 철거민들도 이에 동의했다.

하지만 한씨는 완강했다. 길례를 포함해 현민과 할아버지까지, 이들은 모두 4층에 남아 있어야 한다고 주장했다. 망루에 오르는 이들은 철거민들의 끔찍한 고통을 호소할 수 있는, 그래서 지상을 차지하고 앉은 인종들로부터 협상을 기대할 수 있는 기회를 마련할 계기를 만들 몇몇 대표만 올라가도 족하다고 주장했던 것이다. 윤서는 그런 한씨의 주장을 유약하고 순진한 발상이라고 몰아붙이며 격렬히 비난했다.

"우리 모두 함께 올라가야만 해요. 남아 있는 우리들만이라도 단합해서 우리의 목소리를 확실히 전달할 수 있게 해야 한단 말이에요!"

"그만둬! 나와 윤서, 그리고 배 사장 정도만 올라가면 충분해. 올라가서 우리의 목소리를 전달하면 그걸로 족한 거야. 다른 사람들은 엎드려 이불 눌러쓰고 4층에 남아 기다리고 있어. 경찰들이 오면 그냥 시키는 대로 따라. 그게 최선이야."

"무슨 소리예요! 집어 치워요! 당신이 지금 무슨 소릴 지껄이고 있는 줄이나 알아! 그건 굴복하자는 거야. 저 지상의 불법자들, 머릿속에 맘몬의 똥만 가득한 맹수들에게 우리 형제들을 먹잇감으로 내던지는 꼴밖에 더 되느냔 말이야!"

"윤서, 정신 차려. 우린 싸우자는 게 아니야. 우리의 현실을 그냥 있는 그대로 전달하자는 것뿐이야. 그렇기 위해서 여기에 있는 거잖아."

"순진한 소리 집어치워요. 저들이 그런다고 우리 소릴 단 한마디라도 귀담아들을 것 같아! 눈 하나 깜빡할 것 같으냐고!"

"저들도 인간이야. 우리와 같은 사람이라고."

"닥쳐! 닥치란 말이야."

"김윤서!"

"저들은 인간이 아니야!"

그 순간 윤서의 눈에 광기와 분노의 불길이 거침없이 일렁거렸다. 적어도 이 순간만큼은 민우조차도 윤서의 외침에 동의할 수밖에 없었다. 한씨를 정면에서 노려보며 비명을 지르듯 절규하는 윤서의 다음 말은 그야말로 진실 그 자체였기 때문이다. 한씨의 말조차 묻어 버릴 정도로 가혹하지만 명백한 진실.

"저들은 제국이야! 제국이라고!"

"……."

"한 줌의 자비도, 한 터럭의 동정도 없는 심장이 뚫려 버린 괴물들이야. 지금까지 겪어 보고도 몰라요! 언제까지 그 따위 순진한 가면 속에 숨어 무력한 소리만 지껄일 거예요! 이제 그만할 때도 되었잖아! 제발 그만하란 말이야!"

그때 윤서의 절규를 말없이 지켜보던 한씨의 눈에서 눈물이 흘러내렸다. 다른 철거민들은 이 상황을 좀처럼 이해할 수 없었다.

민우조차도 둘 사이에 어떤 좌절과 관계의 단절이 경험되고 있는
지 정확히 헤아릴 수 없었다. 그러나 윤서의 갈등이 극에 달했다
는 사실만큼은 민우의 두 눈에 명백하게 각인되고 있었다. 신의
분노, 신의 심판의 의지를. 짐승과 제국의 야만을 격렬히 거부하
고 저항한 대가로 주어진 저 망루 위로 오르는 순간 신의 마땅한
분노, 지금 이 땅에서 벌어지고 있는 회복 불가한 가증스러운 위
선의 행태를 향한 재림 예수의 맹렬한 진노의 불을 윤서는 욕망
하고 있었던 것이다. 그 욕망을 과연 비난할 수 있을 것인가. 그
욕망마저도 넘어서야 한다고 종용하는 지금 저 취약하고 나약한
재림 예수 한씨의 명령을 과연 순순히 따를 수 있을 것인가. 민우
는 그 어느 것도 자신할 수 없었다.

대립에 대한 결론이 나오지 않던 그 순간, 굉음과 함께 창 밖에
서 엄청난 양의 물대포가 쏟아져 나왔다. 용역 직원들이 지상에
서 쏘아 올리던 살수撒水의 수준과는 차원이 다른 규모였다. 물대
포 세례를 한 방 제대로 얻어맞은 종진이 두 손을 허우적거리며
바닥을 뒹굴었고, 4층 한구석에 쌓아 놓은 시너통과 화염병, 돌
을 담아 놓은 박스들까지 막강한 수압을 지닌 물줄기의 포화에
휩싸였다.
그뿐만이 아니었다. 3층에선 용역 직원들이 아예 작심하고 불

을 지르기 시작했다. 3층 창문가로 불길이 치솟기 시작했다. 동시에 그들은 작정한 듯 3층과 4층을 가로막은 계단에 용접된 철문을 연장으로 내리치기 시작했다. 한꺼번에 떼로 달려든 용역 직원들이 해머나 스패너 따위의 연장을 들고 와 문을 부수기 시작한 것이다. 때문에 용접된 철문이 금방이라도 허물어질듯 극심히 요동쳤다.

그와 함께 들려오는 소리, 거칠고 요란한 기계음. 창문 밖을 쳐다본 현민이 소리쳤다. 컨테이너를 장착한 대형 크레인이 망루를 향해 올라오고 있었던 것이다.

"특공대예요! 특공대! 밑에서 물대포를 쏘는 것도 특공대였어요. 지금 컨테이너 타고 위로 올라오고 있어요."

상황이 긴박하게 전개되자 윤서는 더 이상 한씨와의 논쟁을 포기하고 자신이 구상한 투쟁의 방식을 실현에 옮기기 위해 두 손에 시너통을 들고 망루로 향하는 옥상 계단을 오르기 시작했다. 그리곤 악을 쓰며 절박하게 소리쳤다.

"망루로 올라올 사람들! 시너하고 파이프 들고 올라와!"

종진과 배 사장은 망설이지 않았다. 배 사장의 아내는 그를 말렸지만, 배 사장은 행동하지 않을 수 없었다. 대신 배 사장은 노인과 여자들, 아이들은 4층에 남아 있을 것을 권유했다. 한씨는 철거민들이 챙겨온 이불을 갖고 와 이곳에 남아 있게 될 사람들을 엎드리게 하고 그들 위에 덮어 주었다. 그러면서 한씨는 시너 통을 들고 올라가는 사람들을 향해 안타깝게 소리쳤지만 그 소리는 그저 공허한 메아리에 지나지 않았다. 망루에 오르기로 작심한 배 사장, 종진, 그리고 보일러공 윤태까지. 이순간 아무도 한씨의 말을 듣는 사람은 없었다.

"시너통 여기 두고 가. 위험해."

마지막으로 망루에 오르는 사람은 한씨가 끝이어야 했다. 그런데, 내내 행동을 망설이고 있던 현민이 벌떡 자리에서 일어나 버렸다. 그리곤 남은 시너통과 쇠파이프를 집어 들고 한씨의 뒤를 따르기 시작했다. 망루 위에 올라서 한씨가 비명을 지르듯 현민의 망루행을 저지했지만 소용없었다. 현민이 자리에서 일어서자 그의 할아버지도 뒤를 따랐다. 그는 울먹이며 손자의 이름을 불렀다. 민우는 망루에 오르는 현민을 지켜보며 그만큼은 끌고 내려와야겠다는 결심에 본능적으로 행동했다.

문득 바라본 성문당 밖의 세계는 그야말로 야만의 장엄이었다. 지상에서 발붙일 곳을 찾지 못하고 망루를 선택한 이들을 향해 가해지는 그들의 법 집행의 의지는 그야말로 지독한 살벌함으로 중무장되었다. 족히 일개 대대는 더 넘어 보이는 경찰 병력이 투입되었고, 크레인을 이용해 망루 쪽으로 접근하는 컨테이너의 열린 문에 서 있는 두어 명의 특공대가 진압봉을 손에 쥐고 아예 망루를 해체할 기세로 으르렁거렸다.

민우는 망루의 최후가 이미 그의 눈앞에 참혹한 예지로 도래하고 있음을 막지 못했다. 그럼에도 그는 지금 망루로 오르고 있다.

'현민을 잡아 내리기 위해서인가. 과연 나의 진심은 무엇인가.'

민우는 어쩌면 자신의 내면도 윤서의 갈망과 동일한 갈망을 품고 있을지 모른다는 불길한 신념의 확산을 억제할 수 없었다.

'당신이 정녕 신의 아들이라면, 만물의 창조자라면 이 땅에 일어나는 당신의 피조물들이 서로가 서로를 물고 뜯으며 모든 것을 파괴하고 짓밟는 이 잔혹한 고통의 현장을 외면하지 마라. 거침없이 생생한 분노의 응어리를 한 줌의 남김도 없이 죄다 쏟아 내어라. 당신이 지은 피조물들의 이 가혹한 잔인함을 저주하고 침을 뱉어라. 내가 왜 이들을 만들었는지, 그 돌이킬 수 없는 창조 행위를 향한 끝없는 후회와 번민의 탄식을 게워 내어라. 그 분노의 화마에 내 한 몸 휘감겨도 상관없다. 이 악의 구조를 갈기갈기 찢어낼 수만 있다면 창조주의 심판쯤 얼마든지 감당할 수 있다. 지옥 불구덩이라도 두렵지 않으리라. 그러니…… 그러니…… 제발 쏟아 부어라. 단 한 번, 한 번만이라도…….'

윤서의 내면은 분명 그렇게 소리치고 있었다. 민우도 이 시점에서부터 윤서의 눈으로 재림 예수를 읽을 수밖에 없었다. 지금의 재림 예수는 윤서의 절규 안에 담겨 있는 재림 예수여야 하지 않은가. 지금의 한씨를 향해 의로운 심판의 표출을 갈망하는 그의 외침이 곧 민우 자신의 억눌려 있던 내면의 외침이 아니던가.

　민우 역시 현민과 마찬가지로 돌과 쇠파이프를 집어 들었다. 바로 그때, 참극의 서곡을 알리는, 4층 계단을 가로막은 철제문이 무너지는 소리가 들려왔다. 종진과 윤태가 망루 입구에서 뛰어나와 곧 정체를 드러내게 될 이들을 향해 돌을 집어 들었다. 정체를 드러낸 건 용역 직원들이 아닌 중무장한 특공대원들이었다. 윤태는 기가 막힌 듯 소리를 지르며 그들을 향해 소리쳤다.

　"이런 씨발. 우리가 무슨 테러범이야! 저 밑에 깡패 새끼들은 안 잡아 가고 왜 여기 와서 지랄이야, 지랄이!"

　윤태와 종진의 저지와 함께 4층에 남아 있던 사람들도 가세해 망루로 침투하려는 특공대의 출입을 막기 시작하는 육탄전이 벌어지던 찰나였다. 현민을 찾아 망루에 오른 민우는 순간 망루 전체가 거세게 흔들리는 충격에 휩싸였다. 크레인을 타고 올라온 컨테이너가 망루와 충돌한 것이다.

　현민을 부르며 그의 뒤를 따라 올라온 민우는 어느새 망루의 마지막 층까지 올라섰다. 계단에 주저앉았던 민우의 눈앞에서 망루의 한쪽 면이 뜯겨져 나가는 장면이 드러났다. 엄청난 소음과 함께 외부 세계의 네온 불빛이 매섭게 비쳐들었다. 그와 함께 컨테이너에 올라탄 특공대가 모습을 나타냈다.

　망루의 마지막 층까지 오른 건 윤서와 한씨였고 그 뒤로 현민과 민우가 뒤를 따랐다. 하지만 그 둘은 한동안 어찌할 바를 찾지 못했다. 망루의 외부로 가혹하리만치 난폭한 수압을 지닌 물포가 쏟아지고 있었다.

　이대로 망루는 무너지고 마는 것인가. 이대로 다시 지상의 노예, 땅의 노예가 되어 버리는 것인가. 윤서의 참혹하게 일그러진 표정은 그 모든 절망을 고스란히 담고 있었다. 그와 함께 이제 그의 이글거리는 고통의 눈길이 향하고 있는 유일한 표적은 한씨였다. 어느새 윤서의 눈에 담겨진 한씨는 무력하고 취약한 신의 실패작으로 전락해 버리고 말았다. 그는 그저 이 순간 최소한의 삶의 권리를 보장받기 위한 작은 소리를 전달하고자 망루에 올라온 연약한 한 인간에 불과했던 것이다.

　윤서는 이대로 물러서지 않겠다는 독기의 다짐을 다시금 가슴속에 강하게 다잡았다. 그리곤 마침내 재킷 안주머니에 품고 있던 칼을 꺼내어 들었다. 주방용 식칼, 순대국집 길례가 순대를 자를 때 사용하던 시장의 애환과 땀이 고스란히 묻어 있는 녹슨 칼. 하지만 지금 그것을 쥐고 있는 윤서에게 그 칼은 최소한의 욕망의 좌절, 마땅한 분노의 상징이 되어 버렸다. 과연 그 칼을 그렇게 만들어 버린 가해자는 누구인가.

특공대 중 한 명이 진압봉을 들고 망루 아래로 내려오는 순간이었다. 그 순간 윤서가 몸을 던지며 내려오는 특공대를 강하게 밀쳐 냈다. 순간 바닥에 곤두박질친 특공대가 비명을 지르며 괴로워했다. 윤서에게 밀침을 당한 순간 몸의 균형을 잃은 탓에 발목을 심하게 접질리고 만 것이다. 몸부림치는 특공대에게 달려든 윤서가 그의 목을 칼을 쥔 손으로 휘감고서 목 부위에 칼을 겨누었다. 특공대가 고통을 못 이겨 비명을 지르며, 급작스런 윤서의 행동에 두 손을 들어 보였다. 윤서는 다리를 사용할 수 없어 주저앉아 버린 특공대의 목에다 칼을 겨누며 거칠게 망루의 합판을 뜯어내고 있는 컨테이너 속 다른 특공대에게 괴성을 지르며 협박했다.

"집어치워! 안 그러면 이 새끼 숨통을 끊어 버릴 거야!"

순간 컨테이너 안에 있던 특공대들의 행동이 주춤했다. 주저앉은 특공대는 험악한 고통에도 비명조차 지르지 못하고 얼굴만 일그러뜨린 채 숨을 죽였다. 윤서는 계속해서 악을 쓰며 소리쳤다. 외부에서 사정없이 물대포를 쏘아 대는 통에 웬만한 소리는 모두 파묻혀 버렸기 때문이다.

"물포 그만 멈추고 모두 내려가라고 명령해! 안 그러면 이 새끼 죽어! 죽여 버릴 거라고!"

그때 다시 한 차례 망루가 크게 휘청거렸다. 몸의 균형을 잃은 윤서가 특공대 옆으로 고꾸라졌고, 윤서로부터 도망치려는 특공대가 몸을 일으켰지만 이내 다시 주저앉고 말았다.

그 순간 민우는 망루의 4층 바닥 합판으로부터 엄청난 열기가 올라오는 감각을 강하게 실감했다. 그 섬뜩한 감각을 몸소 체험한 순간 망루 아래층으로부터 비명소리가 들려오기 시작했다. 철거민들의 음성, 배사장과 종진의 울부짖음이 이어졌으며, 곧이어 할아버지의 손주를 찾는 외침도 터져 나왔다.

"시너통 뚜껑이 열렸어!"

"이 개자식들아! 그만해. 불이 붙었어. 불이 붙었단 말이야!"

"다 죽을 참이야. 그만하라고!"

"물포 좀 그만 쏴. 시너가 샜다고. 불길이 번진단 말이야. 이 개새끼들아!"

"현민아! 아이구, 현민아. 어디 있냐. 내 새끼 어디 있어?"

할아버지의 음성을 들은 현민이 깃발을 내려놓고 할아버지의 음성이 들려오는 곳을 따라 계단으로 내려가기 시작했다. 하지만 이미 망루 곳곳에서 불길은 시작되고 있었다. 거기에 가세되는 물포로 인해 불길이 망루 바닥에 흘러내린 시너와 함께 뒤섞이면서 불길은 이제 걷잡을 수 없는 상황으로 번져 오르고 있었다.

민우 역시 망루가 휘청거리는 통에 중심을 잃고 쓰러졌다가 이내 정신을 차리고 자리에서 일어났다. 그는 지금 오직 윤서를 데리고 무조건 내려가야 한다는 생각뿐이었다. 더 이상 망루에 있어선 안 된다는 실감은 자연스럽게 죽음의 공포를 잉태했다.

'불길이 망루 전체를 휘덮고 있다. 이젠 정말 땅으로 내려가지 않으면 안 된다. 이것이 현실이다. 내려가야 한다. 내려가야만.'

그러나 민우의 눈앞엔 현실보다도 더욱 잔혹한 대립과 좌절의 악다구니가 그의 영혼을 압도하고 있었다. 한 가지 놀라운 장면, 납득할 수 없는 장면이 펼쳐졌기 때문이다. 불타는 망루를 벗어나기 위해 안간힘 쓰는 특공대의 접질린 발을 무릎을 꿇고 어루만지는 한씨의 행동이 그대로 윤서와 민우의 두 눈에 여보란 듯 발각되었기 때문이다.

크레인에 매달린 컨테이너를 타고 올라온 다른 특공대원들은 망루의 천장을 덮은 합판을 참혹하게 뜯어내며 아귀처럼 달려들고 있었다. 윤서는 이 순간, 제국의 노예가 되어 버린 인간의 발을 치료하는 재림 예수의 모습을 보며 절규조차 내지르지 않았다. 회복 불가능한 허탈함에 사로잡힌 그의 표정엔 자신이 지금까지 끌고 온 모든 신념과 욕망의 탑이 허물어지는 극단의 비장감이 노골적으로 연출되었다. 민우는 그 비장감으로부터 비롯된 윤서의 단 하나의 행위를 끝내 막지 못했다. 윤서는 한씨를 향해 다가가며 까무룩 잦아드는, 신음을 닮은 몇 마디를 중얼거렸다.

"그만둬."

"……."

"이제 충분해…… 다 알아들었으니까……."

"……."

"이제 그만해. 제발……."

한씨의 치료로 인해 자리에서 일어난 특공대원이 어느새 망루로부터 멀어지는 컨테이너를 향해 살려 달라고 고함을 지르며 두 손을 흔들 때였다. 한씨의 곁으로 다가간 윤서는 넋을 잃어버린 망연한 눈빛에 자신도 의식하지 못한 사이 고여 든 눈물방울을 한 가득 머금고서 여전히 무릎을 꿇고 앉아 있는 한씨의 등 깊숙이 자신의 손에 쥔 식칼을 밀어 넣었다. 그리곤 한씨를 그대로 뒤에서 부둥켜안았다. 그렇게 둘의 몸은 하나가 되어 버렸다.

민우는 자신을 향해 등을 보인 채 윤서의 품에 안겨 무너져 내리는 한씨, 재림 예수의 마지막 모습을 보지 못했다. 마스크를 쓴 채 4층 망루로 올라온 용역 업체 직원에 의해 끌려나오듯 망루 밖으로 내동댕이쳐졌기 때문이다.

어떻게 내려올 수 있었는지, 그곳을 어떻게 빠져나올 수 있었는지 성문당의 1층 입구 앞, 인도 앞에 그대로 주저앉아 버린 민우는 도무지 작금의 과정을 기억할 수 없었다. 가까스로 민우를 망루에서 끌어내린 용역 직원 강맹호가 마스크를 벗은 채 그의 어깨에 억세고 다급하게 손을 얹었다. 하지만 그 상태조차 민우는 지금 이 순간을 현실의 것으로 실감하지 못했다. 여전히 자신은 망루에 남아 있는 것 같았기 때문이다.

민우는 주위를 두리번거렸다. 현민도, 할아버지의 모습도 보이지 않았다. 밑으로 내려온 4층 철거민 식구들의 오열과 절규 소리, 가족들의 비명소리가 곳곳에서 토해져 나왔다.

성문당 옥상, 망루는 이제 완전한 불길의 한 덩어리가 되어 타오르고 있었다. 그 불길 속에 현민이 있을 것이다. 한씨를 살해하고 한씨와 한 몸이 되어 버린 윤서가 남아 있을 것이다. 그는 지금 그 불길을 신의 심판으로 생각하고 있을까. 맹호의 완력에 의해 끌려 내려오던 민우의 눈에 비친 윤서의 마지막 모습이 새삼 그의 눈앞에 지울 수 없는, 지워지지 않는 낙인이 되어 어른거렸다.

무너져 내린 한씨에게서 물러나 자리에서 일어선 윤서는 현민이 들고 온 '철거민 해방'이란 구호가 새겨진 깃발 하나를 집어 들었다. 깃발을 집어 든 그는 무자비의 폭력에 의해 뜯겨 나간 망루의 천장 밖, 멀고 먼 하늘의 어느 곳을 올려다봤다.

그는 과연 깃발을 꽂을 곳을 찾았을까. 그의 뒷모습이 민우의 시야에서 사라지지 않는다. 저 타오르는 불길의 한복판에서조차 윤서의 이미지는 영원의 질문이 되어 민우의 가슴을 먹먹하게 만들었다.

28

다시 한 주가 지났다.

경찰의 무리한 진압과 용역 업체와의 불미스럽고 석연찮은 결탁, 전례를 찾아볼 수 없는 밀어붙이기식 망루 진압으로 인한 성문당 망루화재 사건. 그로 인한 사망자는 일곱 명에 달했다. 사망자 중엔 컨테이너로 공수되어 진압 작전에 참여한 경찰 특공대원 한 명까지 포함되어 있었다. 나머지 희생자 다섯은 미래시장촌 철거민 연합의 원주민이었으며, 다른 한 명은 이들의 권익을 보호하기 위해 나섰던, 이름뿐인 1인 단체로 전락해 버린 한철연 소속의 김윤서였다.

하지만 사태에 대한 책임 소재를 두고는 경찰의 항변 섞인 입장이 강하게 대두되는 분위기였다. 일찌감치 철거민 단체를 불법 폭력 단체로 규정짓는 데 혈안이 된 다수 언론의 정서와 논조 역시 경찰의 무리한 진압에 초점을 맞추기보다는 화재의 원인을 망루에서 농성을 벌이던 철거민 중 누군가가 고의적으로 방화를 일으킨 것으로 보는 견해를 최대한 부각시켰다. 검찰은 이러한 경찰과 언론의 입장에 힘을 기울이며 더욱 안하무인격인 태도를 관철시켰고, 희생자의 시체 부검조차 임의로 가로막는 비상식적인 공권력을 행사하며 희생자와 희생자 가족들의 공분을 촉발케 했다.

이러한 경찰과 검찰, 그리고 다수 언론이 힘을 모아 철거민 단체의 폭력성에 초점을 맞추는 작업을 본격화했지만 사실상 이번 사태로 인해 용역 업체와 미래시장 구역 내 대형 레포츠 타운 컨소시엄을 주최한 구청과 몇몇 시행사, 그리고 그 사이의 허브 역할을 자임한 세명교회 측의 충격은 상당했다. 불타 버린 성문당 건물, 새벽 난데없는 특공대의 투입, 대테러 작전을 방불케 하는 막가파식 철거 작전의 감행, 거의 동시간대에 벌어진 용역 깡패들의 난동에 대한 묵인, 혹은 방조에 대한 철저한 진상 규명을 원하는 이들의 농성과 항의가 대대적으로 발발했고, 그로 인해 미래시장을 비롯해 도강동 재개발 지역의 사업 시행 자체가 난관에 봉착되는 여론이 조성되고 있었던 것이다.

테러나 자연재해가 아님에도, 주위에 시민의 치안을 책임지는 경찰 중에서도 특공대 병력이 일개 대대나 투입된 상황에서 민간인이 무려 여섯 명이나 불에 타거나 추락사로 유명을 달리한 사건의 발생이 있은 후에야 관심이 공론화되었으니 뒤늦은 감은 없지 않지만, 어떤 면에선 김윤서의 최후의 항전이 보인 초라하지만 분명한 소득이라고 볼 수도 있는 작은 관심이었다.

하지만 이러한 분위기 속에서도 오히려 가장 극단에 가까운 사업 추진 의욕을 보인 집단이 있었으니 그 집단은 바로 세명교회였다. 아니다. 그건 오직 담임목사 조정인의 초인적인 사업 강행 의욕의 발로라고 볼 수밖에 없을지도 모른다.

정인은 다른 선택의 여지를 갖지 못했다. 시간이 갈수록 압박해 오는 자신의 담임목사 자질을 놓고 벌이는 설왕설래에 대한 재신임을 확인하고 세명교회 내부에서 편법에 가까운 방법으로 영리 법인을 출범시켜 교회 재산의 합법적 상속을 체계화하려 했던 음모의 궁극에 미래시장 재개발을 통한 세명 레포츠 타운 교회의 출범이 있었기에 정인은 망설일 수도, 뒤로 물러설 수도 없는 이른바 자본의 배수진을 걸어 놓았던 것이다.

그런 그의 강력한 사업 추진 의욕은 불에 탄 성문당을 마주 보고 있는 세명교회 건물 벽면 전체를 잠식한 대형 현수막에서 그 거대한 상징적 위용을 과시했다.

현수막엔 '1월 30일. 세명교회 종합레포츠쇼핑센터 기공식 기념 예배 겸 목사 안수식' 이란 행사 안내문이 걸려 있었다. 정인과 그의 수족처럼 움직이던 윤 장로의 계산대로라면 그날 망루의 화재 사건만 아니었으면 1월 30일의 기공식은 예정대로 보란 듯, 불도저가 휩쓸고 간 형체도 없이 사라져 버린 미래시장촌 폐허 더미 위에서 치러졌을 것이다. 더 이상의 반대 세력도, 교회 내부의 비판적 여론도 의식할 필요 없이 말이다.

하지만 정인은 결코 물러서지 않았다. 그는 상황은 전혀 달라지지 않았음을 주중 설교에서도 줄기차게 신도들과 재개발 관계자들에게 주입시켰다. 화재 사고 한 번 일어났다 해서 구십 퍼센트 이상 진행된 사업이 무산되는 일은 결코 없다. 단지 기공식 예배를 말끔하게 정리된 미래시장 구역에서 집전하지 못하는 게 아쉬울 뿐이라는 말만 반복하며, 어차피 이 사업은 성공할 수밖에 없는 막대한 자본이 투입된 대규모 프로젝트라는 사실을 강조했다.

정인의 합리화에 대한 욕망은 거기서 멈추지 않았다. 그는 작금의 상황을 종교적 박해와 탄압의 이미지로 승화시키려는 의욕을 결탁시켰다. 본래 기공식 행사는 예배의 의식과는 무관하게 진행될 일반 행사 성격으로 치러질 예정이었다. 시장을 비롯해 구청장 및 관계 공무원들과 시행 및 시공사 관계자들이 함께 모여 커팅식을 벌이는 일반 행사였던 것이다. 하지만 정인은 이 행사를 예배라는 특정 종교의 종교 의식의 바탕 위에서 시행하기로 작심했다. 그럼으로 해서 이 사업을 직·간접적으로 지지하는 교인들을 총동원하여 관계자들과 언론사들에게 분명히 각인시켜 주어 사업의 당위성과 이른바 성문당 방화 사건의 폭력성, 야만성을 대조시킨다는 전략을 일종의 승부수로 내건 것이다.

1월 30일의 종교 행사는 그러한 연유로 두 가지 예배와 의식이 동시에 집전되는 기묘한 상황으로까지 발전되었다. 본래 1월 30일의 종교 행사는 정민우 전도사의 목사 안수식이 전부였다. 하지만 정인은 그 시간대에 기공식 예배를 끼워 넣고 이후 2부 순서로 목사 안수식을 강행하여 1월 30일 기념식의 의미를 세명교회 건축의 당위성, 이것이야말로 신의 뜻을 실천하기 위한 전위에 선 선각자들의 의로운 투쟁임을 역설하기 위한 목적에 쏟아 붓기로 작심한 것이다.

그리고 언제나처럼, 오히려 그 어느 때보다도 더욱 간곡하고 험악하게 정인은 민우를 향해 압력을 행사하여, 기공식 예배 취지에 가장 절묘하게 부합되는 성서 구절과 자신이 말하고자 하는 메시지의 본질을 극적으로 고양시킬 수 있는 언어의 성찬으로 도색된 한 편의 예술 작품을 제작해 줄 것을 명령했다. 협박에 가까운 지시와 함께 정인은 그날의 의미를 다시금 민우에게 되새겨

주었다.

1월 30일, 그날의 의미. 그날은 목사 안수식이 있는 날이다. 그날, 의식만 치르고 나면 더 이상 자신을 괴롭히지 않겠다는 구두 약속까지 남발하며 정인은 1월 30일의 의미가 서로에게 뜻 깊은 효과를 발휘할 수 있도록 해보자는 격려까지 아끼지 않았다. 민우에게 이제껏 습득해 온 모든 찬란한 신학적 수사를 기공식 예배 설교 한 편에 농축시켜 쏟아 부을 것을 요청했던 것이다.

민우의 행방에 대해, 민우가 무엇을 보고 무엇을 겪어야 했는지에 대한 그 어떤 사실에 대해 알지도, 알고 싶지도 않은, 오직 자신의 목표 채움에만 모든 신경을 할애한 정인은 그렇게 애원했고 그렇게 매섭게 다그친 결과의 날이 기어이 도래하고야 말았다.

불법 폭력 단체의 집단 이기주의가 낳은 참극이 바로 성문당의 최후라는 사실을 대내외적 공인들이 모인 자리에서 과감히 폭로하고 이러한 온갖 핍박과 박해에도 불구하고 참된 선함과 이웃사랑을 실천하는 선각자의 마음으로 위대한 사업의 첫 삽을 뜨겠다는 벅찬 포부를 밝히는 한 편의 설교를 기대하며 정인은 이날, 1월 30일이 오기만을 기다리고 또 기다렸던 것이다. 그리고 마침내 그날의 동이 떠오르고 있었다. 주일 오전 11시. 그 시간이 돌아오기까지 이제 채 2시간도 남지 않았다. 그 시간만 지나면 정인은 자신의 제국이 영원토록 굳건한 반석 위에 세워질 것을 재확인하는 거룩한 결의의 터전을 발견할 것이다. 그 스스로에게만 거룩하고 찬란한 그들만의 왕국을 말이다.

29

오전 10시 30분. 기다리다 못한 한 집사가 민우의 방문을 두드
렸다. 평소 주일 아침이라면 10시가 되기 전부터 집을 나섰을 것
이다. 그런데, 다른 날도 아닌 모자(母子)가 오랫동안 학수고대해 오
던 목표가 성취되는 날인데, 아직까지 방에서 나올 생각을 하지
않는 아들의 행동이 걱정되어 노크를 하지 않을 수 없었다.

평소의 그녀라면 결코 문을 두드리는 일 따윈 하지 않았을 것이
다. 아들을 신의 사제로 봉헌하기로 작심하고 기도의 무릎을 꿇은
이후부터 자신의 얇고 서툰 어미로서의 훈계와 간섭이 행여 아들
의 묵상과 정진에 방해될까 싶어 노크하는 것조차 망설이던 그녀
였다. 그런 그녀였지만 오늘만큼은 달랐다. 오늘이 어떤 날인가.
지금 그녀의 차려입은 차림새가 오늘, 1월 30일의 특별한 의미를

입증하고 있었다. 결코 화려하지 않은, 오히려 초라해 보이기까지 한 수수한 한복을 차려입은 민우의 어머니, 한양례 집사에겐 그 한복을 다시 입은 적이 언제인지조차 기억 속에서 가물가물해진 상태였다. 스무 살 때 철모르고 남편을 따라 혼인식을 올린 시절에 입었던 한복을 이제야 다시 차려입게 된 감회가 가져다주는 막대함이 오늘만큼은 평소와 달리 늑장을 부리는 아들의 방을 노크할 수 있게 만든 담대함을 가져다주었던 모양이다.

하지만 한두 번의 노크에도 민우는 아무런 반응을 보이지 않았다. 석연치 않은 마음에 두세 번 더 문을 두드려봤지만 상황은 마찬가지였다. 순간, 불안한 기운이 뇌리를 스치고 지나가자 한 집사는 망설이지 않고 문고리를 붙잡고서 있는 힘껏 뒤틀었다. 그리곤 방문을 열어젖힌 다음 방 안에서 언제나처럼 책상에 앉아 기도를 하거나 성서, 혹은 그에 관련된 책을 읽고 있을 아들의 모습을 확인하려 했다.

하지만 민우는 보이지 않았다. 책상, 침대 위에도, 오래된 책장 옆 나무틀로 된 사각 창문 틀에도 민우는 존재하지 않았다.

한 집사는 얼굴 가득 배어 든 수심을 그대로 끌어안은 채 방 안 전체를 살폈다. 세 평 남짓한 방은 너무나 정갈했다. 모든 것이 말끔하게 정돈되어 있었고, 먼지 한 점 발견되지 않을 정도로 깨끗하게 청소되어 있었다. 책상 위의 풍경도 생소했다. 항상 성서

와 몇 권의 책, 그리고 메모지와 노트북이 다소 무질서하게 놓여
있던 익숙한 책상 모습이 아니었다. 성서와 책들이 가지런히 정
돈되어 제자리를 찾아 놓여 있었는데, 그 순간 한 집사의 두 눈에
여지없이 포착된 것이 있었다. 바로 책상 중심에 놓여 있는 생소
한 느낌의 물체였다. 그 낯선 것의 정체는 서류 봉투였다. 서류
봉투치고는 찾아보기 힘든 푸른색 봉투. 천천히 책상으로 다가간
한 집사는 봉투 위에 적힌 수신인을 확인하는 순간 그녀 자신도
모르게 손을 떨어야 했다. 손의 경련은 책상 의자에 가까스로 앉
아 봉투 안의 내용물을 펼쳐 보는 그 사소한 동작의 연속됨 속에
서 이내 몸 전체의 떨림으로까지 비약되었다. 표정의 변화도 인
상적이었다. 봉투의 수신자임을 암시하는 흔적인 '어머니께'란
글귀를 확인하는 순간 형성된 두려움이 봉투 속에 담겨 있는 두
장의 편지지에 타이핑되어 있는 장문의 편지, 그 초입을 확인하
는 순간 이내 미지의 것을 대하는 생경한 낯빛으로 돌변하였다.
결국 자신의 아들이 그 편지를 적을 수밖에 없는 더는 솔직할 수
없는 진위가 담긴 편지의 하반부를 살펴보는 내내 안타까움과 슬
픔, 그를 넘어서는 가혹한 체념의 정서로까지 이어지는 변모의
과정이 펼쳐지고야 말았던 것이다.

　편지 속 내용을 전부 확인한 한 집사는 한동안 허탈한 표정을
거두지 못했다. 그리곤 그 모습 그대로 아들의 빈자리가 남기고

간 아쉬움을 끌어안은 채 꼼짝하지 않았다. 시간은 무정하리만치 빠르게 흘러 지나갔다. 11시를 알리는 시계 소리가 들려온 지 한참이 지난 뒤였다. 그렇게 11시를 훨씬 넘기고 기공식 예배를 넘어 아들 정민우 전도사의 목사 안수식이 예정된 12시가 지나도록 한 집사는 그 자세 그대로 아들의 방을 지키고 앉아 있었다. 불행히도 그녀는 아들의 빈자리를 지켜주는 것 외에 다른 방법을 배우지 못한 것이다.

30

같은 시각 11시. 세명교회의 기공식 예배를 알리는 서막이 그 웅대한 문을 열었다. 정인의 무리수에 가까운 홍보의 효과가 빛을 발하는 순간이 도래했다.

주요 일간지 기자들을 초청한 것도 모자라 공중파에 준하는 세력으로 성장한 주요 케이블 TV나 뉴스 채널의 기자들까지 불러 세운 것으로도 성이 차지 않았던 정인은 해외에서 활동하는 미국 내 마이너 계열의 크리스천 인터넷 방송 관계자들까지 기공식 예배에 초청해 예배 실황을 실시간 중계하도록 했다.

예배의 형식을 갖추긴 했지만, 정인은 결코 일반 개신교에서 거행하는 집전의 의례를 따르지 않았다. 이날만큼은 세명교회 구성원들로 구성된 성가대원들을 배제하고 시립 교향악단 단원들을 초청해 장중하면서도 세련된 종교 교향곡의 한 단락씩을 연주하게 하는 파격적인 모습을 선보였다. 교회 내의 파이프 오르간이 계속해서 종교적 장엄함과 현대적 진보성을 경박스럽게 오갔으며, 곧이어 시청과 구청 관계자들의 기공식 축하 인사, 각 시민 사회단체의 격려사가 이어졌다.

그리고 이러한 기공식의 당위성과 세명종합레포츠교회의 존재 이유를 강변하는 기공식 예배의 하이라이트 시간이 도달했다. 화려한 조명과 20여 분간 쉴 새 없이 청중을 압도한 장엄하고도 세련된 음악의 비호를 받으며, 그 어느 때보다도 장황하고도 긴, 철저히 윤색된 이력 소개의 후광을 입은 정인이 강단에 등장했다. 그보다 더 위대해 보일 수 없는 자색으로 채색된 사제복 차림으로 손에는 언제나처럼 민우가 쥐어 준 한 통의 서류 봉투를 쥔 채 강단 위에 올라선 것이다.

설교를 시작하기 전 정인은 세명교회 예배당을 가득 메운 청중들을 다시 한 번 만족스러운 표정으로 훑어보았다. 앞자리를 가득 메운 각계각층의 인사들, 자신을 향해, 그리고 세명교회를 향해 쏟아지는 기자들의 플래시 세례와 방송국 관계자들이 송출하는 카메라. 국내 최초로 시행되는 지역 사회와 국가 선진화에 부응하는 종교 기관으로서의 첫발을 내딛는 역사적 순간의 주인이 되었다는 자부심에 정인은 자신이 이뤄낸 쾌거에 만족스러워하며 스스로 감격스러움의 치를 떨었다. 그리고는 단호하게 작심하고서 서류 봉투 속의 내용물을 꺼냈다. 그 어느 때와 마찬가지로 촘촘하고 조밀하게 지면을 채우고 있을 A4 용지 서너 장을 기대하면서 말이다.

하지만 봉투 속의 내용물을 꺼낸 이후로도 거의 1분이 지나가도록 정인은 말문을 열지 않았다. 그러자 그의 설교를 기다리던 청중들이 이내 술렁이기 시작했다. 설교를 시작하기 전 묵상이라고 하기엔 시간이 너무 과도하게 흘렀다는 짐작을 한 신도들도 한 명 두 명 눈을 뜨며 강단 위에 서서 설교 용지만 내려다보는 정인을 의아하게 바라보았다. 기자들은 그때 뭔가를 짐작했는지 더욱 노골적으로 카메라 플래시를 터뜨리며, 설교를 망설이는 정인의 모습을 촬영했다. 하지만 플래시 터지는 소리를 제외하곤 여전히 예배당은 완벽한 침묵 상태였다. 그 침묵이 이 순간 정인을 미치게 만들었다.

정인이 봉투 안에 담겨 있던 내용물을 확인하는 순간 그는 봉투에서 꺼낸 내용물 외에 다른 모든 사물들이 캄캄한 암흑 속으로 곤두박질치는 기괴한 착시를 체험해야만 했다. 사물도, 청중도, 자신의 욕망도, 비전도 그 모든 것이 암흑 속으로 매장되기 시작했다. 지독히 허무하리만치 급격한 속도로 블랙홀 속으로 빠져드는 참담한 경험 앞에서 정인은 고개를 숙인 채, 몇 장의 용지들을 반복해서 앞뒤로 살펴보는 일 외엔 다른 어떤 동작도, 이후에 어떤 말을 어떻게 해야 할지도 가늠할 수 없었다. 단지 캄캄한 암흑 그 이상도 그 이하도 아니었다.

정인이 꺼낸 봉투 안에 담긴 A4 용지 석 장엔 아무런 내용도 적혀 있지 않았다. 단 한 글자도 쓰여 있지 않은 텅 빈 백지였다. 그제야 정인은 강단에 들어서기 전 최소한 봉투 안 내용물을 열어보기라도 했었다면 하는 엄청난 후회가 밀려들었지만 이미 때는 늦었다. 지금껏 단 한 번도 그 순진한 어린 양의 성실한 태도를 의심하지 않았었다. 이런 식의 도발을 감행할 거라곤 꿈에서조차 상상하지 못했던 것이다.

하지만 그 기가 막힌 상황이 이제 엄청난 현실의 연자 맷돌이 되어 자신의 심장을 짓누르고 있다. 어떤 식으로든 모면하지 않을 수 없는 상황이 오고야 만 것이다. 백지 앞에 선 정인은 2분여 동안 아무 말 없이 이마에 식은땀만 흘리며 무모한 소진을 거듭한 후에야 가까스로 청중을 향해 고개를 들고서 한마디 뗄 수 있었다. 하지만 그 한마디는 그의 모든 욕망의 결집, 그 사악한 집념이 켜켜이 쌓아 올린 성전 위에서 쏟아낸 한마디치고는 너무나 허망했으며, 모여든 군중의 실소를 자아내기에 더없이 적합한 말이었다.

"정…… 정민우…… 전도사, 어디 있습니까?"

그리곤 다시 침묵. 정인은 본능적으로 3층 방송실을 올려다봤다. 그곳엔 매 주일마다 자신의 설교 장면을 모니터하다가 자신이 혹시라도 제대로 이해하지 못하는 전문 용어가 나오면 소형 이어폰을 통해 의미를 귀띔해 주는 민우가 있을 것으로 확신했다. 하지만 올려다본 방송실에도 민우는 보이지 않았다. 정인은 점차 다급해지는 목소리로 재차 물었다. 하지만 그럴수록 청중들의 웅성거림만 더욱 거세어질 뿐이었다.

"정민우 전도사 어디 있냐고요?"

그제야 정인의 상상을 초월하는 다급함을 짐작한 다른 전도사들과 장로들이 분주하게 움직이기 시작했다. 하지만 세명교회 그 어디에서도 민우의 모습은 발견되지 않았다. 정인은 계속해서 이마의 땀을 훔치며 입가에는 미소를 머금은 채 그렇게 몇 번이고 계속해서 민우를 찾고 또 찾았다. 하지만 분명한 건 민우는 지금 이 시간, 정인과 그가 노골적으로 토해 낸 욕망의 배설에 동참하는 다른 이들이 함께 쌓아 올린 제국의 성전에 존재하지 않는다는 사실뿐이었다.

그렇게 5분이란 시간이 흘러 버렸다. 더 이상 정인의 얼굴엔 억지로 지어 낸 인자한 미소마저 휘발되어 버렸다. 강단을 버티고 설 수 있는 다리 힘조차 풀려 버린 채 정인은 앞자리에 모인 소위 귀빈들의 모습을 살폈다. 몇몇은 팔짱을 낀 채로 졸고 있거나 서로 잡담을 나누고 있고, 몇몇은 아예 자신의 보좌관에게 손짓을 해 퇴장할 채비를 갖추고 있었다. 다급해진 정인이 목을 조이는 타이를 느슨하게 풀며 다시금 비상구 문을 바라봤다. 그곳에서 다급하게 문을 열고 들어온 전도사 한 명이 들어와 정인에게 두 손을 휘저으며 민우의 부재를 재확인시켜 주었다. 그 순간 정인은 자신도 모르게 천성에 가까운 무례의 기질을 억제하지 못하고 그 웅장하고 화려한 음악과 스포트라이트의 조명 아래 휩싸여 있는 인자와 자비의 신을 모셔 놓은 성전 앞에 스스로 침을 뱉는 행동을 자행하고야 말았다.

"정민우 이 개새끼! 어디 있냔 말이야! 끌고 와! 지금 당장 끌고 오란 말이야!"

순간, 장내에 찬물을 끼얹은 듯한 끔찍한 침묵이 다시금 재연되고 말았다. 신도들의 경악스러운 표정이 정인의 존재 위로 더 이상 회복할 수 없는 수치의 오물이 되어 쏟아지는 그 순간, 정인은 그 말을 끝으로 그대로 강단 뒤로 물러나고 말았다. 그리곤 스스로 성의를 벗어 바닥에 내던지고 싶은 욕구를 가까스로 억누르며 자신의 욕망을 위해 마련된 잔치의 판을 스스로 뒤집어엎은 채로 쓸쓸히 퇴장해 버리고 말았다. 여전히 시퍼렇게 살아 꿈틀거리는 자신의 신념을 강탈당하지 않으려는 필사의 독백을 반복하고 또 반복하면서.

"이런다고 눈 하나 깜빡할 줄 알아. 어림도 없어…… 어림도

없다고……."

31

재림 예수를 죽이다.

의기양양한 호통 소리와 함께 로마 군인들이 퇴각한 그날 밤. 재림 예수와 벤 야살 사이에 엄혹함의 상징으로 꽂힌 칼은 미동도 않은 채 그대로 깊은 밤을 맞이하고 있었다.

가혹하리만치 야속하게 사위의 성벽을 태워 없애던 불꽃의 열기 또한 잦아 들어갔다. 이제 남은 건 지독한 절망뿐이었다. 벤 야살은 성벽의 처참한 붕괴로 인한 극도의 절망에 몸부림치는 이들의 모습을 지켜보았다. 아이를 끌어안고 오열하는 가족의 모습, 다음 날 대대적인 진압 작전을 벌일 로마 군인들의 진지를 향해 맹목의 독설을 토해 내며 절규하는 수비대들, 아예 넋을 잃고 자리에 주저앉아 버린 다수의 사람들. 그들은 밤의 어둠을 밝히는 화로에 불을 붙일 생각조차 잊고 끼니에 대한 최소한의 의욕조차 망각한 채 자신들에게 어김없이 찾아온 심야의 어둠을 생을 지속할 수 있는 마지막 유예의 침묵으로 받아들이고 있었다.

누구도 감히 이 상황 앞에서 희망을 이야기하지 않았다. 말할 수 없었을 것이다. 철옹성을 자랑하던 성채가 단 한 차례 휘감긴 바람의 돌변으로 인해 절반 가까이 허물어졌으며, 로마 군인들이 쌓아 올린 방벽의 산은 이미 마사다 최후 항전지를 넉넉히 압도하는 높이까지 치솟은 상태다. 지상에 남아 음식의 풍요와 잔인성으로 무장한 무기 점검에 여념이 없을 그들의 전력은 어쩌면 처음부터 마사다 위에서 길고 고통스런 항전을 계속해야 했을 유대 저항군과는 비교조차 할 수 없는 우월의 위치를 점하고 있었을 것이다.

하지만 이 끔찍한 비극을 벤 야살은 결코 예상하고 싶지 않았다. 그럴 수 없었다. 그에겐 신의 정의라는 최후의 보루가 남아 있기 때문이다. 그렇게 믿을 수밖에 없었기 때문이다.

벤 야살의 심장 속에서 로마 군대의 잔인성의 극단엔 결코 인간의 모습을 기대할 수 없었다. 그들은 야생의 질서에 길들여져 버린 허기진 맹수였다. 정복의 쾌락에 굶주린, 단지 그뿐인 죄악이란 이름표조차 붙이는 게 호사일 만큼 무감각하며, 맹목의 본능에 포박된 노예들인 것이다. 그들의 공격과 야만으로부터 인간은 도피한 것이다. 그 존엄의 극한에 지금 자칭 하나님의 아들임을 부르짖었던, 그리하여 실제로 육체의 다시 살아남이란 전무후무한 실존의 사건을 일으킨 그 화제의 인물이 다시금 벤 야살의 눈앞에 살아 꿈틀거리고 있는 것이다. 시퍼렇게 날이 선 심판의 칼을 앞에 두고. 그러나 지금 벤 야살은 부정하지 않을 수 없는 단 하나의 대세 앞에 정신의 무릎을 꿇을 것을 스스로에게 강요당하고 있다. 가혹하고 서글픈 강요가 아닐 수 없다.

어둠이 짙게 내리우고 사방 칼의 매서운 날을 닮은 바람이 몰아쳤지만 여전히 재림 예수는 무릎을 꿇고 저 아래의 세계, 로마, 제국이라는 이름의 야만이 맹위를 떨치는 땅의 세계를 안타깝게 지켜보는 굴욕적인 시선의 도발을 멈추지 않고 있다. 벤 야살은 이 무간의 유예를 더는 견딜 수 없었다. 그런 그의 온몸에선 분노의 기운이 세포 하나하나에까지 파고들어 그 자신을 미치게 만들었다. 이성의 영역에서조차 조절할 수 없는 뼛속 깊은 곳까지 분노의 노예가 되어 버린 벤 야살은 끝내 최후의 선택마저 인간의 몫으로 떠맡기는 소위 재림 예수를 향해 참고 참았던 최후의 말들을 토해 내고야 말았다. 어쩌면 그 순간 이미 벤 야살의 눈에 재림 예수는 재림 예수도, 예수도, 메시아도, 그 어떤 것도 아니었을지 모른다. 그 순간 무릎을 꿇고 땅을 바라보는 그는 민족의 독립과 인간의 존엄, 야만에 저항해 신의 정의를 탄원하고자 하는 인간의 양심조차 저버린 단지 한 덩어리의 떡 섭취만을 갈구하는 본능의 노예, 그 이상도 이하도 아닌 존재로 인식할 수밖에 없었다.

"비겁한 신이여. 이젠 이 최후의 선택조차 인간의 손에 떠맡기는 무력함으로 일관하는구나."

벤 야살은 더 이상 존칭을 사용할 필요를 느끼지 못했다. 또한 극도로 흥분된 분노의 응집력으로부터 튀어 나온 말들이었음에도 불구하고 그의 말은 더없이 차분히 가라앉아 있었다. 매서운 바람소리가 더욱 거칠게 귓가에 울려 퍼질 정도였다.

무릎을 꿇은 재림 예수는 가만히 고개를 숙이고 있었다. 침묵을 지속하려는 것인가. 하지만 이제 벤 야살은 더 이상 망설이지도, 예수의 반응을 기다리지도 않았다. 어느 순간 그의 눈엔 더 이상의 변화도, 하늘에서부터 강림하는 신의 심판의 출몰에 대한 일말의 기대도 남아 있지 않았다. 오직 남아 있는 건 엄혹한 현상뿐이다. 어느새 신은 현상계의 아수라를 그대로, 수습에 대한 최소한의 실마리조차 허락하지 않고서 난폭한 속도로 빛의 세계, 이면계의 휘장 속에 그 찬란한 위용을 은폐해 버렸다. 그리고 남아 있는 건 비참하기까지 한 비루함으로 일관하는 신의 실패작뿐이다.

신의 실패작, 인간의 신념에 이끌리고, 인간의 고통과 인간의 탄식과 함께하며, 그러면서도 인간의 최소한의 공분을 배신하고, 무력하며, 제국의 야만 앞에 경배하며 인간과 민족의 최소한의 존엄조차 저버린 변절의 일그러진 초상이 된 신의 실패작이 심판의 칼 앞에서조차 행동을 망설이고 있다. 더 이상 어떤 결론을 기대할 수 있는가. 이것이 어쩌면 신의 뜻, 신의 진실일지도 모른단 말인가. 벤 야살의 고요히 흐르는 레퀴엠에 가까운 말들이 마사다, 어둠의 베일 속에 가려진 천여 명 수비대의 가슴속으로 명징하게 파고들었다. 뒤이어 이어지는 재림 예수의 호소까지 함께.

"어쩌면 이 모든 참극의 시작은 매듭을 풀 수 없는 모순의 집약체로서만 출현하였다가 어느 것 하나 풀어내지 않고서 비극의 오물만이 가득한 하구ㅉㅁ, 그 패배의 구렁 속에서 최후를 맞이하게 될 취약한 신을 끌어들인 나, 벤 야살의 오류로부터 비롯된 것인지도 모르겠소. 그러니 이 고통의 마무리 또한 시작의 포문을 연 존재의 몫이 되어야 마땅할 터. 이제 들으시오. 여러분들이여. 여러분들의 정신과 신념의 고결함을 더럽힌 나 벤 야살은 지금 이 순간 죽음으로써 내 죄를 심판할 것이오."

말을 끝낸 벤 야살, 재림 예수가 보는 앞에서 잿더미 속에 파묻
혔던 칼을 뽑아 들었다. 별빛에만 의지해야 하는 마사다의 하늘
에서도 수비대의 눈에, 그리고 벤 야살과 재림 예수의 눈에도 그
의 손에 쥐어진 사카리의 단면은 지독한 투명함으로 반짝거렸다.

칼을 하늘 높이 들어 올린 벤 야살은 스스로 저주의 주체가 되
기로 결심했다. 자살을 금하는 유대 율법의 지고한 명령, 민족의
자긍심과 궤를 같이하는 그들만의 신율을 스스로 거역함으로써
마사다에서의 투쟁을 비극으로 인도한 죄책의 저주를 스스로 짊
어지겠다는 벤 야살만의 가혹한 자기비판의 순간이었다.

하지만 공교롭게도 바로 이 순간, 벤 야살의 결의를 가로막고
선 재림 예수가 그의 마지막 의지마저 가로막는 고통과 번뇌의
주역을 담당하고 말았다. 사람의 몰꼴로 볼 수 없는 유약하면서
도 마른 체형의 재림 예수는 오랜 시간 무릎을 꿇은 탓에 심하게
비틀거리는 걸음걸이로 힘겹게, 하지만 단 하나의 대상인 벤 야
살을 향해 단숨에 걸어와 그 앞에 무릎을 꿇었다. 벤 야살은 그런
재림 예수를 내려다보고 입술을 깨물며 소리쳤다.

"비켜! 이것마저도 막으려는 거야! 집어치워!

"그만두시오."

"그만두지 않음 우리가 뭘 할 수 있는데? 혹여 내일 아침 당신의 아버지께서 저 어김없이 떠오르는 태양을 희망의 빛으로 우리에게 선사해 줄만큼 엄청난 기적이라도 일으켜 주실 수 있는 건가? 최소한 저 방벽을 타고 기어오르는 로마의 개들을 향해 하늘에서 벼락이라도 떨어뜨려 아버지의 준엄한 정의를 선포라도 하실 수 있는가? 만약 그렇지 않다면 그 아무것도 아니면서 나를 가로막는 거라면 난 기어이 당신부터 찌르고 말겠어. 그러니 비키라고. 이 아무것에도 쓸모없는 이상주의자!"

"날 찌르시오."

"뭐?"

"먼저 날 찌르시오. 내 뛰고 있는 이 심장, 이 인간 심장의 뻔뻔스러운 숨통을 먼저 끊어 놓으시오."

"미쳤어, 관둬!"

"제발, 부탁이오."

"어째서?"

"……."

"어째서 내가 당신의 숨통을 끊어 놓길 갈구하는 거야? 왜 내가 신의 살인자가 되는 것을 원하는 거냐고!"

"그것이 당신의 사명이기 때문이오."

"웃기는 소리하지 마. 피조물에게 자신을 죽여 달라고 애원하는 신은 없어. 그런 신은 틀렸어, 틀렸다고!"

"당신은 내내 보았고 알고 있소. 내가 이 땅에 나타난 신의 아들임을. 그럼에도 당신은 절망하고 있소. 심판의 칼을 빼앗겨 버린 신의 아들의 이 무력함에 치를 떨고 있소. 그리고 결국 이 순간이 도래하고 말았소. 필연에 가까운, 결코 외면할 수 없는 절망의 순간이 결국 도래하고 만 것이오."

"……"

"이 칼은 누구의 것이오? 결국 당신의 것, 인간의 것이오. 이 칼이 심판의 칼이 되는 순간은 무엇이라고 생각하시오? 그 심판은 의로울 수 있을 것이오. 그 심판은 정의와 공분, 마땅한 신의 정의가 이 땅 위에 선포되는 영광스러운 순간이 될 수도 있을 것이오. 하지만 나는 그 칼을 쥘 수 있는 권리가 없소."

"도대체 왜! 왜 잡을 수 없다는 거요? 당신은 창조주요. 모든 것을 지은 자요. 만유는 당신으로부터 발출되었고, 당신의 의지와 당신의 말씀 한마디에 의해 모든 것이 조성되었소. 그런데 왜 당신 맘대로 하지 못하는 거요? 어째서!"

"바로 그렇기 때문에 난 저들을 심판할 수 없소."

"뭐요?"

"저들 역시 내가 창조해 낸 피조물들이기 때문이오."

"……."

"저들의 욕망, 저들의 쾌락, 저들의 욕구, 저들의 야만, 저들의 타락, 저들의 비열함, 저들의 마성 모두 나의 창조의 터전 안에 있는 것들이오."

"……."

"그렇기 때문에 난 저들을 심판할 수 없소. 심판할 권리가 없는 것이오."

"……."

"이제 나를 찌르시오. 당신의 사명을 감당하시오. 폐허와 절망의 잿더미 속에서 나를 발견한 당신이여, 망설이지 말고 이 취약하고 무력한 신을 심판하시오. 당신이 나를 찌름으로써만 비로소 이 저주와 비극의 구조가 붕괴될 것이오. 당신의 정의와 모두의 정의, 모두가 공유할 수 있는 의로움의 회복이 당신의 사명 완수로 인해 새롭게 시작될 것이오. 날 비웃고 욕하시오. 나를 향해 끓어오르는 분노를 거침없이 쏟아 내시오. 그리고 영혼의 먼 길을 떠나시오. 더 이상 비극과 모순이 경험되지 않는 저 먼 곳으로 도주하시오. 그것만이 지금의 내가 당신에게 줄 수 있는 마지막 희망이 될 것이오. 기적의 계시가 될 거란 말이오."

이미, 그 시점을 예감할 수도 없는 찰나에 재림 예수의 심장 깊숙이 사카리의 절반이 파고들었다. 사카리를 쥐고 있는 벤 야살의 손은 믿을 수 없을 만큼 평온의 고요 속에 결박되어 있었다. 하지만 이러한 동작의 물리적인 압도 당함에도 불구하고 벤 야살의 정신은 더는 길어 올릴 수 없는 극한의 서글픔과 혼란의 기운을 감당할 수 없을 존재의 벼랑 끝으로 내몰렸다. 비로소 정신의 마사다, 그 먹먹하고도 가혹한 실존의 한복판에 서게 된 벤 야살, 김윤서, 그리고 성문당 망루에서의 한씨는 말ㄹ을 거부하는 또 다른 말ㄹ로써 서로의 존재의 의미를 공유하기 시작했다. 쓰러져 가는 신의 무력함을 신을 향한, 만유에 대한 또 다른 신의 의지임을 확인한 그(들)은 칼에 묻은 생생한 피와 그 피의 흔적 속에 담겨 있는 현실의 한복판에 홀로 서기 시작했다.

신이 대신할 수 없는 일을 대신하기 위해 인간은 오랜 시간 누군가 그 악역을 감당해 주기만을 갈망해 왔다. 하지만 그 헛된 기다림과 갈망의 우상을 거부한 누군가들이 있다.

나는 지금 그 저주의 악역을 감당하고야 만 그 누군가들을 만나기 위해 길을 나선다. 참으로 오랜 시간의 유예와 망설임 끝에 내딛게 된 한 걸음이다.

언제나 멀게만 느껴지던 저 곳 어딘가에서 북소리, 함성 소리가 들린다. 생의 밑바닥에서 쏟아져 나오는 절규와 탄식, 짓이겨진 자들의 신음 소리가 새어 나오고 있다.

저곳 어딘가에 인간의 심장이 뛰고 있다. 나 역시 그들과 같은 심장을 갖고 있기에, 그렇기에 지금 그곳을 향해 가야만 하는 것이다. 그 누군가들의 손에 쥐어져 있던 칼을 대신 집어야 하는 것이다. 그래야만 하는 것이다.

주원규 장편소설

망루

ⓒ 주원규, 2010

초판 1쇄 발행일 | 2010년 7월 31일
초판 2쇄 발행일 | 2010년 9월 10일

지은이 | 주원규
펴낸이 | 임인규
책임편집 | 임은희
디자인 | 이석운, 김미연

펴낸곳 | 동화출판사/문학의문학
주소 | 413-756 경기도 파주시 교하읍 문발리 509-3 파주출판단지
전화 | (031) 955-4961
팩스 | (031) 955-4960
등록번호 | 제3-30호(1968. 1. 15)
홈페이지 | www.dhmunhak.com

ISBN 978-89-431-0369-9 (03810)